最弱テイマーはゴミ拾いの旅を始めました。9

The Weakest Tamer Began a Journey to Pick Up Trash.

Honobonoru500
ほのぼのる500
Illustration ✿ なま

TOブックス

START!

ハタカ村に
到……着?

次の村に到着したけど
なんだか不安……。

新しいマジック
バッグをGET!
1マス進む

お父さんと揉めに
揉めたけど!
これに決めた!!

まずは
味方を増やそう!
ダイスを振って
出たマス分進む

ジナルさんたちにも
協力してもらおう!
ちょっと手荒で
ごめんね……?

やっぱりこの村は
おかしい!!
2マス戻る

私たち村に入ってから
操られていたみたい……
ソルが助けてくれ
なかったら……(震)

これまでのアイビーの旅路——。

冒険者チーム
「風」と出会う!?
一回休み

変な冒険者チームの
人たち……?
でも強そう……?

井戸端会議を
盗み聞き!
2マス進む

噂話が絶えない村みたい、
なぜだろう?
アッ……これ私たちの
コトだ……!(汗)

誰が洗脳
したのか……?
噂の内容も
バラバラ……でも、
解決してみせる!

To be continued……

もくじ

Illustration なま　Design AFTERGLOW

アイビー
スキルの星がなかったため
親から見放され、
サバイバルの旅に出る。
前世の記憶を持つ。
か弱くみられがち。
本当の姿
シエル
行く先々で出会った
アダンダラ（猫の魔物）。
なぜかアイビーに懐いている。
魔石の力でスライムに
変化しがち。
ソル
フレムから生まれたスライム。
手のひらサイズで、
自由に動きがち。
ドルイド
右腕をなくしたおっさん冒険者。
瀕死のところをソラに治療され、
仲間となる。
過保護になりがち。
ソラ
アイビーが初めて
テイムしたスライム。
崩れスライムというレア種族。
最近雑食になりがち。
フレム
ソラの分裂で生まれた
色違いの分身(?)。
なぜかドルイドと仲良しで、
よく眠りがち。
Character

第8章 ✿ ハタカ村の魔物（魔法陣編）

The Weakest Tamer
Began a Journey to
Pick Up Trash.

409話　拒否します！

ジナルさんたちが団長さんのお願いで、ギルマスさんと補佐の人を確保する為に部屋から出ていった。確保が無理な場合は、周りの状況などを調べてくるらしい。ナルガスさんたちには、副団長代理の確保が言い渡された。団長さん曰《いわ》く、副団長代理に就いた人はちょっと単純な所があるから簡単だろうとの事。ナルガスさんたちも同じ意見なのか、苦笑いしていた。メリサさんとエッチェーさんも、ギルマスさんたちをもてなす準備を始めた。どんなもてなしをするのかは怖くて訊いていない。ただ二人で「薬の量は少し多くても、頑丈そうだから大丈夫よね」と、楽しそうに話していた。恐ろしい。

「とりあえず、魔法陣について詳しい人物と連絡を取ります。その間にフォロンダ領主様へ送る『ふぁっくす』を用意していただけますか？」

「はい、わかりました」

あれ？　フォロンダ領主のいる場所がわからないけど、緊急用を使ったら、すぐに届くのかな？　それでも少し時間が掛かるよね？　何か居場所がわかる方法とかないかな？

「あの、フォロンダ領主の居場所がわからないのですが、大丈夫ですか？」

「それは大丈夫です。特別な方法があるので」

何でも王家にとって重要な人たちには、特別なマジックアイテムが配られているそうだ。そして、そのマジックアイテムの一番すごい所は、場所など関係なくすぐに連絡が取れる事らしい。

「まぁ、これ内緒なんだけどね」

「えっ？」

ならどうして私に話したんですか？

「もっと詳しく言うと――」

「いいえ、聞きたくないです！　というか駄目でしょう？」

「アイビーさんならいいかなっと？」

「いいえ、意味がわかりません！　そしてすごく嫌な予感がするのでやめてください」

「寝込んでいたくせに、油断も隙《すき》もないな」

隣にいたお父さんが、団長さんを睨みつけながら凄《すご》む。

「団長、余計な事は言うな、するな」

「守りが堅《かた》いですね」

「当然だろ。大切な娘だ」

お父さんの不愉快そうな声が、本気で怖い。そっとお父さんを窺《うかが》うと、団長さんを睨《にら》みつけている。

「ほら団長。紙を寄こせ」

そして、一気にぞんざいな扱いになっている。

「しょうがないですね」

苦笑した団長から紙を受け取ると、部屋を出て隣の部屋に行く。用意してもらっていた机に座ると、フォロンダ領主への『ふぁっくす』を書く。最初は挨拶《あいさつ》から次に急に『ふぁっくす』を送った事を謝って、今の現状を書いて……団長さんの紹介。読み直すと、何ともそっけない内容になってしまった。挨拶と連絡事項のみ。

「何だか寂しい『ふぁっくす』になっちゃった。ここ数日のソラたちの活躍を書きたいな。お父さんいいかな？」

フォロンダ領主にはソラたちの事を紹介してあるから問題ないよね。私のスキルの事は、ばれていたし。おそらく実の父関係だろうなと思っているが、詳しくは訊いていない。

「まぁ、いいだろう。ただ、誰かの目に触れる可能性があるから気を付けろ」

「うん、わかってる」

えっとソラとソルは「内緒の術が空に溶けていきました。黒い子供も大活躍です」と。魔法陣を内緒と表現したけど、大丈夫かな？　フレムは……「団長さんが真っ赤に染まって元気になりました」でいいかな。シエルは、「力持ちはこれから扉の外で大暴れです」。……こんなものかな。真っ赤に染まっては少し怖いな。と言っても、他には何も思い浮かばない。……これでいいか。

「お父さん、これでいいかな？」

「……まぁ、大丈夫かな。ちょっと団長が死んでそうな表現だけどな」

あっ、やっぱり？　染まってではなく、包まれてにしたほうが良かったかな？

「用意が出来ましたが、どうですか？」

修正していると、団長さんが部屋の扉を開ける。

「えっ？　歩いて大丈夫なんですか？」

お父さんも隣でかなり驚いた表情をしている。団長さんは、ゆっくりと私たちのもとへ来ると、うれしそうな表情をする。

「すごいですよね。三〇分前は力が入らなかったのに、少し違和感があるなと思ったら立てたんです」

すごい。団長さんの能力？

「何か特別なスキルでも持っているんですか？」

私の言葉に首を横に振る団長さん。

「きっとアイビーさんのスライムが起こしてくれた奇跡です。本当にありがとう」

ソラたちが？　団長さんがうれしそうにその場で足を動かすと、ちょっとふらついてしまう。お父さんが、慌てて支えて椅子に座らせた。

「驚かせないでください。怪我したらみんなが悲しみますよ」

「あはは、すみません。立てたのがうれしくて、ついついここまで歩いて来てしまいました」

何だか子供みたいにはしゃいでいるな。そういえば、歩ける様になるには数ヶ月は必要になると、エッチェーさんに言われていたな。それが三〇分で歩ける様になるんだから、はしゃぎもするか。

エッチェーさんたち、相当驚くだろうな。

「まだ目が覚めたばかりなので無理はしない様に。それで、魔法陣に詳しい人物とは連絡が取れたんですか？」

お父さんの言葉に団長さんは頷く。

「魔法陣による病気や心の操作について、かなり驚いていました。すぐにこちらに人を派遣してくれるようです」

「それはまだやめたほうがいいのでは？　森には得体のしれない魔物がいる」

「はい。それも話しました。なので経験豊富な上位冒険者を引き連れてくるそうです」

「そうですか」

お父さんが思案顔になる。

「先ほどはすみません。契約どおりなので大丈夫です」

団長さんの言葉に、お父さんがちらりと団長さんを見る。

「正直に言えば、ずっと手を貸していただきたいですが契約がありますから。彼らが来る前に事件が解決していなくとも、この村から脱出してください。その手伝いをします。けっして、彼らに認識されない方法を取ります」

「……お父さん？」

「……わかりました。お願いします」

もしかして私たちがこの村から逃げる算段かな？　確かに魔法陣に関わると大変そうだもんね。

ソラたちを見る。遊び疲れた様で、ソファにみんなで集まって寝ている。この子たちを守る為にも、やっぱり逃げるほうがいいよね。ソラたちが、利用されるのは絶対に嫌だし。でも、途中で投げ出すのも嫌だなぁ。

「アイビーさん」

「はい」

「話は少し聞きました。ソラやソルたちの能力も。良識ある貴族の代表ともいわれるフォロンダ領主様なら問題ありませんが、貴族にも色々います。知られればどんな事をしても手に入れようとしてくる愚か者もいるでしょう。だから、冒険者が来る前に気にせずこの村から出てください。大切な仲間を守る為に」

「……わかりました。それまでみんなと一緒にがんばりますね」

そうだね。私が一番守りたいのはソラたちだから。だから逃げる。

「それはすごく期待していますのでお願いします。冒険者が来るのはおそらく早くても一〇日後でしょう。いつでも、動ける準備だけはしておいてください」

「はい」

「お願いします」

私とお父さんが頭を下げる。

「それで、『ふぁっくす』の準備は大丈夫ですか？」

「はい」

団長さんに紙を見せると、ゆっくり椅子から立ち上がり部屋から出ていく。そのあとをついていいくと、団長さんが寝ていた部屋の隣の部屋に入る。仕事部屋だったのか、様々な資料が積みあがっている。机の上に散らばっている書類を見ると、魔法陣が描かれている紙がある。

「魔法陣を調べていたのか？」

お父さんが、魔法陣の描かれている紙を持つ。

「あぁ、数年前に違法な薬を売っていた組織を潰したんだが、そいつらが根城にしていた場所に、魔法陣が描かれていたんだ。術によって壊れた人も」

「だから、魔法陣について詳しい人を知っていたのか」

「そうだ。まさかまた魔法陣による問題に関わるとは思わなかったけどな」

団長が嫌そうに魔法陣の描かれている紙を見ると、溜め息を吐いた。

「二度と関わりたくないと願っていたんだがな。『ふぁっくす』はこっちだ」

410話　魔法の核

『ふぁっくす』を送り終えると、元の部屋に戻りジナルさんたちが帰ってくるのを待つ。

「団長、魔法陣の事で訊きたい事がある」

お父さんの言葉に団長さんが頷く。

「今回の問題に魔法陣が深く関わっている以上、知っている事は話す。何でも訊いてくれ」

「魔法と魔法陣による魔法の違いは何なんだ？　何となくは知っているんだが、正確には知らない」

「どう言えば、わかりやすいかな。……魔法は使用する者の魔力量によって、使える魔法の種類も威力も変わる。だが、魔法陣を使用して魔法を使用すると魔力量は一切関係なく、どんな魔法でも使用出来るし威力もけた違いに上げる事が出来る」

という事は魔力をほとんど持っていない私でも、魔法が使える様になるの？　それは何だかとても魅力的な話なんだけど。

「ただし、魔法陣による魔法の使用は、いずれ使用者を喰《く》う」

んっ？　くう？　えっ、どういう意味？

「魔法を使う者にとって重要なのは、魔法の核だ」

魔法のかく？　もしかして「核」かな？　でも、そんな話は聞いた事がないけど。魔法を使うのに重要なら、どうして知らないんだろう？

「『魔力は誰にも侵される事はなく、本人でも干渉出来ない』と聞いた事はあるか？」

「あぁ、魔法を使う時に必ず教えられる言葉だな」

「そうだ。だが正確には少し違う。『誰にも侵される事はなく、本人でも干渉出来ない』のは核の事だ。魔法は他者からの影響で変わる事が稀にあるからな。この核だが、一部研究者の間では魔物が持っている魔石が、魔物の核ではないかと言われているんだ」

「魔石が？　だが、魔石を持っている魔物と持っていない魔物がいるだろう？」

「そう。だが、そう信じている研究者は多い」

「なら人にも魔石を持つ者がいるのか？」

「俺が知るかぎりはない。人と魔物の違いなのか、それとも魔石が核ではないのか、まだまだ研究中なんだ」

まだ知られていない事もあるって事だよね。

「魔法をどんなに使用しても核に影響を及ぼす事はない。だが、魔法陣による魔法の使用は核に影響を及ぼす。核が変質すれば、使用者にも影響が出る」

ソラが癒《いや》しているのはもしかして核なのかな？

「影響？　廃人になるって事か？」

「それもあるが、それは魔法陣で術を掛けられた相手の末路だ。魔法を使用する側とは違う。使用する側は凶暴性が増していき、最後は殺さずにはいられなくなる。核が変質すると人は理性を失う。いや、人格が変わるというほうが適切かもしれないな」

魔物が魔力の影響で、凶暴化するのと似ているのかな？

「魔法陣は誰が考えたんだ？　呪われた過去の遺産と言われているがどういう意味だ？　それとジナルが魔法陣の研究は途中で頓挫したと言っていた。だが、団長の話では続いている様に聞こえる」

「とりあえず研究についてだが、魔法陣を使用した事件が起きた事がきっかけで研究が再開された。だが、研究者が人を襲い虐殺した事で再び中止が決定した。しかし、また魔法陣を使用した事件が発生してしまった。これは俺が関わった事件なんだが、知らなければ対策もとれない事から再度研究が決まったんだ。かなり慎重に研究されているよ」

「なるほど」

自分を変えてしまうかもしれない魔法陣の研究なんて怖いだろうな。大切な人がいたら余計に。

「魔法陣を考えたのは、この世界に多数の国があった時の者たちだと言われている」

この世界に多数の国？　そんな話は聞いた事がない。

「ドルイドもさすがに知らないだろう？　本当に遥か昔の事だからな」

お父さんを見ると驚いた表情をしている。本当に知らなかったんだ。

「その昔、国と国はその土地をめぐって戦争をしていた。そこで生み出されたのが魔法陣による魔法だ。最初の研究に関わった者たちが残した文書がある。魔法陣を使用すると最初は高揚《こうよう》感があり、何処か幸せを感じるらしい。だが、次第に使用しなければならないという気持ちになり、最後は人を殺したいという欲求が生まれるそうだ」

何だか随分と詳しいな。それに団長さん、苦しそう？

「団長の身内に研究者がいるのか？」

えっ？　お父さんを見る、次に団長さんを見る。

「……………あぁ、祖父が研究者だった。どんどん変わっていく祖父が恐ろしかったよ。最後は身内の半数以上を殺した。父と叔父が何とか食い止めたが、あれは悲惨だったな。祖父の残した資料から、魔法陣は戦争に勝つ為に作られたモノではないかと結論が出た。人を化け物にする、それが魔法陣だ」

「「…………」」

「決して魔法陣には関わらないと、幼心に誓った。だが、数年前の事件で魔法陣が発見され関わる事になり、そして今回の事だ。本当についてないな」

何と言っていいのかわからないな。言葉を知らないというのは、こういう時に困る。

「確かに団長は不運だが、この村には幸運だな」

「幸運？　どういう事だ？」

「団長がこの村のトップにいたお陰で、王都にいる魔法陣の研究者とすぐに連絡が取れた。そして人を送ってくれる事にもなった。この村には幸運じゃないか。団長でなかったら、何も出来ずに最悪な結果になっていた可能性がある」

確かに、団長さんがいてくれたおかげで少し光が見えた。うん、団長さんで良かった。

「そうか」

団長さんは少し驚いた後、ふっと笑みを見せた。

コンコン。

「どうぞ」

「失礼しますね。ナルガスさんたちと副団長代理、ジナルさんたちとギルマスが来ましたよ。食事をしながら話をする様にして構いませんよね？」

あれ？　ギルマスさんの補佐は来なかったのか。

「あぁ、頼む」

「任せてください。エッチェーがそれはもう張り切って、ふふふふふ」

怖い。メリサさんのあの表情は何だろう。

「そうだな、エッチェーの本業だからな。まぁ、ほどほどにと言っておいてくれ」

「……はい」

返事の前の間は何だろう。すごく気になるけど、触れないほうがいいよね。お父さんも、顔が少し引きつっているし。

「エッチェーさんの本業とは何ですか？」

メリサさんが出ていったあと、団長さんに訊いてみる。

「彼女は、あ…………色々な薬草を扱う仕事をしていたんだ」

「そうなんですか」

今、何を言おうとしたんだろう。あ？　薬草を扱う人なら薬師だよね？　でも、それならそう言う筈《はず》だし……あ……暗殺…………。人にはそれぞれ歴史があるからね。

「どれくらいで、ソルたちが必要になるかな？」

「あぁ、急ぐ必要があるとわかっているから、おそらく限界ぎりぎりまで仕込むでしょう。だからすぐですよ」

ギルマスさんたち大丈夫かな？　本業ならきっと大丈夫なんだろうけど。

「さて、そろそろじゃないか？」

「えっ？　もう？」

驚いていると、廊下からがやがやした声が聞こえてくる。本当に来た。

「えっと、ソラたちは」

「ぷっぷぷ～」

「ぺふっ」

鳴き声が聞こえたので見ると、二匹は扉に向かって楽しそうに飛び跳ねている。いつの間にか起きている事に驚く。

「おはよう。お願い出来る？」

「ぷっぷぷ～」

「ぺふっ」

不思議なほどやる気を見せるソラとソル。やはり、術を解いたり、魔法の核を癒したりするのは二匹にとって楽しい事なのかな？　それとも力になるとか？

コンコン。

「失礼。術の解除をお願いしていいですか？」

扉を開けてナルガスさんとアーリーさんが、一人の男性を運び込んできた。

「ぷっぷぷ～」

「ぺふっ」

「大丈夫です。ベッドに寝かせてください」

私の言葉に、ベッドに放り投げられる男性。それにうれしそうに向かって飛び跳ねるソル。

「ソル、頼むな」

アーリーさんの言葉にプルプルと揺れると、さっそく頭を包み込んだ。動きは可愛いけど、やはり頭から食べられている様に見えるよね。

411話　ふぁっくす？

ベッドに並べられた男性が二人。ギルマスさんと副団長代理さん。既《すで》に術も解けて、核の癒しも終わっている。

「少し量が多かったみたいね」

「そうね。もっと鍛えているかと思って」

つんつん突きながら話すメリサさんとエッチェーさん。エッチェーさんの手には紙があり、何かを書き込んでいる。

「ごめんなさい、団長。ちょっと多かったみたいだわ。明日にならないと起きないと思う」

エッチェーさんのちょっと悔しそうな声に、団長が苦笑する。あの二人は、実験体だったんだろうか？

「そうか。今日はここまでにしておこう。明日も動き回る事になるしな」

団長さんの言葉で、ジナルさんたちとナルガスさんたちが帰る準備を始める。窓から外を見ると、既に真っ暗。

「アイビー、広場に戻ろう」

お父さんの言葉に頷いて立ち上がる。ソラたちのバッグを肩から提げると、ソラたちが腕の中に飛び込んでくる。それを順番に捕まえてバッグに入れる。

「手慣れてるな」

「毎回こんな感じなので」

ジナルさんが腕の中に飛び込んできたシエルの頭を撫でる。そしてじっと見る。

「アダンダラね〜。わからん」

それはそうだろう。何処からどう見てもスライムになっているのだから。模様はアダンダラのままだけど。準備を終わらせて、団長さんたちに挨拶をする。

「おやすみなさい。また明日」

「今日はありがとう。疲れただろうから明日はゆっくり来てくれていいから。ギルマスたちには俺たちで説明しておくし。あっ、それと来たらギルマスたちにも契約書を書かせておくから、よろしくな」

団長さんの言葉に苦笑が浮かぶ。本当にこの村では契約書がよく集まるな。

「はい。では」

お父さんと団長さん宅を出ると広場に向かう。歩いていると溜め息が出た。やはり疲れているのかもしれない。

「たった一日で色々あり過ぎたな」

「うん。でも、少しだけど、いい方向へ向かってるね」

おそらくまだ微々たるものだけど。それでも、魔法陣の事も少しだけわかったし。

「色々訊きたかったのに、訊けなかったな」

お父さんの手が頭にポンと乗る。

「俺もだ。団長の話を聞いていると色々考えてしまって、訊こうと思った事の半分も訊けなかった」

お父さんにしては珍しいな。まぁ、魔法陣については考える事があり過ぎたもんね。明日、時間があったらまた訊いてみよう。広場に戻りテントの中に入る。

「ただいま～」

ソラたちをバッグから出して、ポーションを並べるがソラとソルが食べない。フレムはそれを横目にいつもどおり勢いよく食事を始めてくれた。

「どうしたの？　ソラ、ソル、いらないの？」

「ぷっぷぷ～」

「ぺふっ」

いらないってどうして？　もしかして術の解放や核を癒す事で、疲れて食べられないのかな？

「疲れて食べられない？」

「「…………」」

ソラとソルは無反応。つまり疲れて食べられないわけではない。

「お腹が空いてないとか？」

「ぷっぷぷ～」

「ぺふっ」

お腹が空いてない？　お昼に団長さん宅にあったポーションを貰ったけど、それ以外に何も食べていないよね。もしかして、

「術の解放や核の癒しはソラとソルにとってご飯になったりするの？」

「ぷっぷぷ～」

「ぺふっ」

なるんだ。そうか。並べたポーションをバッグへ仕舞う。

「なら、もう寝ようか」

「ぷっぷぷ～」

「ぺふっ」

「にゃうん」

「てっりゅりゅ～」

フレムの声に視線を向けると既に食べ終わっている。最近ますます食べるのが速くなっているな。

「あれ？　もう食事は終わったのか？」

広場周辺の様子を見て回っていたお父さんが、テントに入りながら首を傾げる。

「ソラとソルは術の解放と癒しで、お腹が膨れたみたい」

「へ～、あれは二匹にとって食事だったんだ。だからうれしそうだったのか？」

なるほど、目の前に並んだご飯。もしかしておいしいとかあるのかな？

「ソラ、ソル、フレム。彼らはおいしかった?」

「ぷっぷぷ～」

「ぺふっ」

「てっりゅりゅ～」

おいしかったんだ。

「アイビー、その言い方はちょっと駄目だろう。くくくっ」

「えっ? ……あっ、そうだよね。ギルマスさんたちを食べちゃったみたいに聞こえる」

見た目そのまんま食べられているけど。お父さんが笑っているのでつられて笑みがこぼれる。疲れているからかな、何だか笑いが止まらない。

「さて、寝るか」

笑いが収まったお父さんは、寝床を整え寝転がる。

「うん。お父さん、なるべく早めに解決出来る様にがんばろうね」

体を横たえながら、団長さんとお父さんの会話を思い出す。ソラたちを守る為には必要な事だと理解している。でも、中途半端だと絶対に後悔する。なら、出来る事をやってからこの村から出ていく。

「そうだな。俺も中途半端なのは気になる。だが、アイビーとソラたちの安全が一番に大切な事だ。これは誰に何を言われようと譲れない」

「ありがとう。私もお父さんの安全を守るからね」

「ふっ、ありがとう。おやすみ」

「おやすみなさい」

明日になればギルマスさんも動ける様になっている筈だし。もしかしたら何かわかるかもしれない。そういえば、ギルマスさんを補佐する人の事を聞いてないな。

……眠れない。色々あって、興奮しているのかな？　でも、眠らないと明日がしんどくなるよね。


あれ？　部屋の中の明るさに、今が朝だという事がわかる。寝られないと思ったけれど、やはり疲れていたのか、あのあとの記憶がさっぱりない。起き上がって、部屋を見渡す。ソラたちが、起きた私の傍に来て体をプルプルと揺らす。

「おはよう。お父さんは何処だろう？」

服を着替えようとすると、一枚の紙が置いてあるのがわかった。手に取るとお父さんの文字で「団長から『師匠から、ふぁっくすが届いている』と連絡があったので取りに行ってくる。アイビーを一人にすると俺が不安なので、テントの外にアーリーを残していくから。すぐに戻る」と書いてある。師匠さんからファックスか……あれ？　ふぁっくす？　ここではこの文字なんだ。確か、前の私の世界ではカタカナで、こっちはひらがな。

「考えない様にしてきたけど、何なんだろう」

前世の私がいた世界と似た名前、少し違う名前。入れ替わっている物もあったりして、考えてもわからないから無視してきた。それに最近では気になる事がもう一つ増えた。それは、私が行く先々で問題が起こっている事。普通はそんな事ありえない。まるで誰かに誘導されている気分だ。

「はぁ～」

「ぷ～？」

ソラの声に項垂《うなだ》れていた顔を上げると、ソラたちが心配そうに私を見ている。

「大丈夫。ちょっと、色々考え過ぎちゃっただけ。ありがとう」

もし、誘導されているなら、それって人ではないよね。もしかして神？　でも私は、神に見放された存在だったよね？

「それこそ、考えてもしかたない事かな」

……うじうじするのは性に合わない！　よしっ！　誘導するなら誘導すればいい、受けて立つ！　負けるもんですか！　ざまぁみやがれ……これはちょっと違うかな？

「てりゅ～」

「ふふふっ。本当に大丈夫だよ。今日もがんばろうね」

「てっりゅりゅ～」

お父さんが帰ってきたら師匠さんのファックスの内容を聞かないとね。あっそうだ。今日から「ファックス」を「ふぁっくす」とひらがなのほうで覚え直そう。誰かに見られたら、おかしく感じるかもしれないからね。うん。

あとは、ギルマスさんたちの様子を訊いて、団長さんに今日の予定を教えてもらわないと。やる事は一杯あるんだから、とりあえずお腹空いたな。昨日の夕飯は、合間に少し食べたけど少なかったからね。あっ、やばい。お腹空き過ぎて気持ちが悪くなってきた。

「アイビー、起きてるか？　朝ごはんを、買ってきたけど食べられそうか？」

「食べる！」

お父さん、なんていい時に！

412話　これからの事

朝ごはんを食べ終わり、ソラたちをバッグに入れて団長さん宅へ向かう。ギルマスさんたちは既に起き、話は済んでいるとの事。団長さんは、朝から庭を歩きまわってメリサさんに怒られたらしい。まぁ、見た目ががりがりだから心配なんだろうと、アーリーさんが苦笑した。

「元気で何よりです」

「あぁ、ただ見た目がな。痩せ過ぎだから、ちょっと怖いよな」

「まぁ、確かに見た目がちょっと」

体も顔の肉もこそげ落ちた様な状態。ベッドで寝ていた時は、一瞬死んでいると錯覚するほどだった。よくあの状態で生き延びたと感心したほどに見た目はひどい。

「だから団長！　いい加減にしてください！」

団長さん宅に入るとメリサさんの怒鳴り声。本当に元気に歩き回っている様だ。何だか、いつかエッチェーさんに薬でも盛られそうだな。いや、まさかそれはないか。

「おはようございます」

「あぁ、おはよう」

……まさか、団長さんが椅子に縄でくくり付けられているとは思わなかった。いったい、何をしたんだろう。部屋の中を見渡すと、全員が苦笑している。

「元気そうで、無駄に」

お父さんの言葉に「あははは」と笑う団長さん。昨日より性格が明るいと思うのは気のせいかな？　とりあえず椅子を勧められたので座ると、昨日は話が出来なかったギルマスさんと副団長代理さんが来た。

「話は聞きました。本当にありがとうございます。ギルマスをしているウリーガです」

「俺も聞きました。ありがとうございました。副団長の代理をしているジジナです」

「元気そうで良かったよ。ドルイドだ、こっちは娘のアイビー」

「初めまして。顔を上げてください。体は大丈夫ですか？」

見た感じ、特に問題はない様に見える。でも、昨日聞いた魔法陣の怖さを考えると、何処か不安を覚える。

「大丈夫です。記憶を少し失っている様ですが、それは他のみんなも同じ様なので」

そういえば、記憶のほうもいじられていたな。碌《ろく》な事をしないな本当に。

「話をしてもいいかな？」

団長さんの声に視線を向けるが、どうにも縛れているので決まらない。しかも団長さんの後ろにいるメリサさんがいつの間にか立っているのだけど、表情が怖い。

「構わないが。団長はメリサさんの許可が下りるまで家から出ない事。しっかり体を元に戻す事を考えてくれ。後ろが怖い」

ジナルさんが、ちらりとメリサさんを見ると、すぐに視線を逸らした。

「あははは、しかたないな。で、今日の予定なんだが、アイビーに色々と協力を願いたい。あっ、その前にギルマスたちは契約書だ」

団長さんの言葉にギルマスさんと副団長代理さんから契約書を受け取り、中身を確認してから名前を記入する。契約が終わったのでバッグから、ソラたちを出す。ギルマスさんの目がちょっとキラキラしている気がする。もしかしたらレア好きさんかな？

「アイビー」

「はい、何でしょうか？」

団長さんの声に表情をすっと引きしめる。

「こちら側の人間をもう少し増やしたい。この人数では少し心許ないんだ。それでソルとソラだったかな？　魔法陣による術の解放と核を癒せるスライムに協力を仰ぎたい。大丈夫だろうか？」

団長さんから、お父さんとアーリーさんとの膝の上で遊んでいるソラとソルに視線を向ける。

「ソラ、ソル。協力してくれる？」

「ぷっぷぷ～」

「ぺふっ」

「大丈夫です」

ギルマスさんが、気付けばアーリーさんの隣に来ているのが見えた。

「ありがとう。それと森の魔物だが、門にぶつかった形跡が見つかった。だが、門番たちはいつもと変わらない態度だったよ。それでアダンダラのシエルでいいのかな？　その子に協力してもらい、少し時間を稼ぎたい。森の奥とはいかないだろうが、村に来ない程度に暴れてもらいたいんだ。大丈夫かな？」

「にゅうん」

シエルを見ると、ちょっと興奮している。そういえば、ここ数日は森に出られていないから暴れたいのかも。

「大丈夫です。シエルはやる気みたいだから」

「そうか、ありがとう。あっ、元に戻してほしい冒険者は上位の者数名と自警団の数名だ。この者たちには薬で眠ってもらっている間に、すべてを終わらせてソラたちの事はすべて伏せる事にしたい。あまり、多くの者にアイビーの事を広めないほうがいいだろうからな。既にこの人数だし」

団長さんの提案に一回頷く。それはうれしい。

「ありがたいが、どう誤魔化すんだ？」

お父さんが団長さんに少し厳しい表情を見せる。

「上位冒険者の中には鋭い者がいる。不信感を持たれると厄介だ」

「わかっている。今日の朝方だが、フォロンダ領主様から『ふぁっくす』が届いた。彼は魔法陣の研究に資金を提供している貴族の一人だった様だ」

本当に？

「しかも資金だけでなく、意見を言える立場でもあるらしく、ある研究をする様に指示を出していた。それが、魔法陣による術に嵌った人を救う方法だ」

団長さんからフォロンダ領主からの『ふぁっくす』が手渡される。読んでいくと、私とお父さんの身を案じる言葉。それと魔法陣の研究に資金を提供している事。なぜ資金を提供する事になったのか。そして力を入れさせている研究について書かれてあった。

「救う方法が、見つかっているという事か？」

『ふぁっくす』を読んだお父さんが、団長さんをじっと見つめる。

「完璧ではないが、七割ぐらいで成功するらしい。その方法については悪いが話す事は出来ない」

「わかっている。話されても困るだろうしな」

七割。少ないと感じるけど、方法があるだけましなのかな？

「上位冒険者たちには、その方法を取った事にするんだな？」

「あぁ」

一瞬だけど団長さんの表情が歪《ゆが》んだ。もしかして救う方法は危ないんだろうか？　でも、この村の冒険者たちや自警団員の全員を助けるのは無理だから、何か方法があるのはうれしい。

「わかった。そういう事なら」

「それと、アイビーに確認したいんだが」

「はい？」

「アイビーの魔力で、あとどれくらいの人数を元に戻せるだろうか？」

「はっ？」

私の魔力で元に戻す？　言っている意味がさっぱりわからない。どういう事？

「ぷっぷぷ～」

ソラの鳴き声に、視線を向ける。そういえば、普通はテイムした魔物に主は魔力を提供するんだっけ。もしかして、私の魔力でソラとソルが術の解放や癒しを行っていると思われている？　あっ、テイムの印があるのはソラだけだからソラについてか。

「すみません。えっと誤解がある様です。ソラには魔力を供給してないです。なので、私の魔力は今回の事に一切関わっていません。なので、どれだけの人数を元に戻せるのかは不明です。ただ術の解放や核の癒しで、ソラやソルの体力が消耗されるという事はないみたいです」

昨日、やたら元気だったたし。今日も朝から機嫌良かったたからね。

「えっと、テイマー……レアだからか？　いや、聞いた事が……関係ないのか」

団長さんが口元を押さえて何か言っているが、よく聞こえない。しばらくすると団長さんは溜め息を吐いた。

「わかった。そういう事ならそうなんだろう」

ん？

「冒険者と自警団員で一五人なんだが、問題ないか？」

「ソラ、ソル。一五人もいるけど大丈夫？　無理なら無理でいいからね」

さすがにちょっと多い気がする。

「ぷっぷぷ～」

「ぺふっ」

ソラとソルを見ると、目がきらっきらしている。それを見てちょっと顔が引きつる。

「大丈夫みたいです」

「そうか！　ありがとう、助かるよ」

団長さんが感謝を言うと、二匹は少し体を傾ける。その態度を見て「やはり」と思ってしまう。二匹は感謝される意味がわかっていない。なぜなら、「助けるぞ」ではなく、「食べるぞ」と意気込んでいたから。まぁ、誤解させたままのほうがいいかな。お父さんを見ると、口元を押さえ笑いをこらえていた。まぁ、一緒に生活しているからソラたちが何を思っているのか、だいたいわかるよね。

413話　待て！

ソラとソルの機嫌がすごくいい。しかもジナルさんたちが、術を解く人たちを迎えに出てからそわそわしている。これ絶対、ご飯を前にした「待て」だよね。捨て場で食べている量を見ると、用意するポーションの量が少ないのはわかっている。どうしても、マジックバッグとはいえ限界がある。もう一つ、ポーション専用のマジックバッグを用意したほうがいいのかな？　二匹で楽しそうに縦運動をしているのを見ると、考えてしまうな。フレムとシエルもソラたちにつられてなのか、朝から機嫌がよく部屋の中を飛び跳ねて遊んでいる。

「エサが来るのを、待ちわびている感じだな」

お父さんの言葉に頷く。ソラがお父さんのエサという言葉に反応して、揺れるのが激しくなった。

「ソラ、駄目だよ。エサだとしても、それを表に出しちゃ。お父さんも」

わかってくれたかな？

「ぷっぷぷ？」

あっ、無理みたい。

「あははは っ」

お父さんは笑って誤魔化すし、もう。一階から人の声が聞こえた。どうやら来たらしい。団長さんの声がすると、一気ににぎやかになる一階。このあと、団長さんを交えてお茶をする予定だと聞いている。で、そのお茶に薬草を仕込むとエッチェーさんが楽しそうに言っていた。薬草を手に持ったエッチェーさんが、ちょっと……いや、すごく怖かった。少しすると、階段を上る音が聞こえた。

コンコン。

「準備が出来たけど、大丈夫か？」

アーリーさんが、ちょっと心配そうに訊いてくる。

「ぷっぷぷ～！」

「ぺふっ、ぺふっ！」

私が答える前に、元気に答えるソラとソル。よだれ垂らしてないよね？　ちょっと心配になって顔を覗き込んでしまった。良かった、垂れていない。ソラとソルを抱き上げて一階に降り、ベッドが四つ並べられた部屋に入る。お父さんがそのあとに続く。見ると、お父さんの頭にフレムがいて腕の中にはシエルがいた。

「悪いな、ソラ、ソル。無理だったら途中でやめてもいいからな。さすがに人数が多いからな～」

う～ん。本当の事を言ったほうがいいのかな。でも一五人、本当に大丈夫なのかな？　食べ過ぎになったりしないかな？

「アイビーさん、無理はさせないから安心していいよ」

隣の部屋に入ると、ジャッギさんにポンと頭を撫でられる。

「えっと、お願いします」

食べ過ぎにならないか心配していましたとは言えないな……。苦笑しながらソルとソラをベッドに乗せる。ソルは、勢いよくベッドで寝かされている人の頭に飛びのり、そしてそのまま包み込んだ。気持ちは「やった！　エサ～」かな？　ソルの隣をソラがぴょんぴょんと跳ねている。急かすと消化不良起こしそう。

「ソラ、ゆっくり待ってあげてね」

「ぷ～」

「お願い」

「ぷっぷぷ～」

何とか落ち着いたかな。

「大丈夫そうですか」

ジャッギさんが、ソルの様子を窺っている。ソルは目を閉じてじっとしている。昨日と変わらない状態なので、問題はないだろう。

「大丈夫だと思います」

少し様子を見ていると、扉が叩かれる。アーリーさんが扉を開けると、森の様子を見に行っていた副団長代理さんとナルガスさんが部屋に入ってきた。

「すまない。シエルはすぐに動けるだろうか？」

「にゃ？」

お父さんに抱き上げられていたシエルが、ナルガスさんの言葉に興味深そうに鳴く。

「森ですか？」

「えぇ、すぐ近くまで来ています。数は不明ですが、かなりいるようです。大丈夫でしょうか？」

副団長補佐さんは、シエルを見て不安そうな表情をする。言葉でアダンダラだと説明しても、今はスライム。それは心配にもなるよね。私はアダンダラだと知っていても、どんな魔物なのかがわからない状態でシエルを森へ行かせるのは不安。だけど、シエルを見るかぎり楽しそうなんだよね。

アダンダラは強くて戦闘狂と言われているし。

「大丈夫？」

「にゃうん」

声が弾んでいるし、きっと大丈夫。

「大丈夫みたいです」

私の返答に副団長補佐さんは戸惑いを見せるもホッとした表情をした。シエルの見た目で、相当困惑しているみたいだな。

「門番たちはどうするんだ？」

お父さんが副団長補佐さんに声を掛ける。

「ナルガスさんたち『蒼』のメンバーに、シエルを連れて森へ行ってもらいます。門番たちに見えない場所に行ったら、シエルに魔物を追い払ってもらう予定にしています」

それはナルガスさんたちが相当危険では？　ナルガスさんを見ると、にこりと笑みを見せた。

「大丈夫、俺たちこれでも上位冒険者だから。それぐらいなら何とでもなる」

「そうですか？」

魔物は気配を消せるのに、本当に大丈夫なのかな？　ピアルさんやアーリーさん、ジャッギさんを見ても不安な表情はしていない。覚悟をした人の表情だ。

「わかりました。シエルを預けますね。門まで一緒に行ってもいいですか？」

シエルが心配だし。

「それは構わないが……」

「俺が一緒に行くから大丈夫だ。ソラとソルは団長とメリサさんたちがいるから大丈夫だろう」

「ぷっぷぷ～」

ソラを見るとちょっと胸を張っている。大丈夫と言いたいらしい。

「癒される」

ぼそりと誰かが口にすると、ナルガスさんたちが頷くのが見えた。それにお父さんが苦笑した。

「では、準備をして門へ向かいます。先に行きますか？」

「はい。シエルを連れて先に行ってます」

ナルガスさんたちは森へ出る準備をする為一度自分たちの家に戻るらしい。私とお父さんは、シエルを連れて門へゆっくり向かう事になった。団長さんとメリサさんたちにソラとソルをお願いする。ベッドに寝かされた四人が終わると、ソラたちの様子を見て次が来るらしい。しっかりソラたちの様子を見て判断するから、安心していいと言われた。

「お願いします。行ってきます」

「行ってきます」

「気を付けて。ドルイド、何か不穏さを感じたらナルガスたちは放置していい」

「……わかった」

口にぐっと力を入れて、反発したくなる気持ちを抑える。私が、冒険者たちの覚悟を邪魔しては駄目。

「行こうか」

「うん」

歩き出すと、ポンとお父さんが頭を撫《な》でる。それだけで安心する。シエルとなぜかついて来たフレムが入ったバッグにそっと手を当てる。

「無理しない様にがんばってね」

バッグが微かに振動を伝える。きっと大丈夫。

「おはよう」

お父さんが門番さんたちに声を掛ける。門番さんたちは笑顔で私たちを迎えてくれた。

「少し森の様子を見たいのだけど、いいかな？」

「いいですよ。特に変わりありませんから」

門番さんの言葉に、門から森の様子を見せてもらう。副団長補佐さんが言ったとおり、すぐ傍に何かを感じる。今までは、上位冒険者にしか感じられなかったのに。

「不気味だね」

得体のしれない何かに、体がぶるっと震える。

「そうだな」

私まで感じる様になった事で、かなり危険が迫っているとわかる。門番さんたちの様子を見る。一緒に森を見ているが、特に何かを感じている様子がない。それどころか、森の異様な雰囲気を笑いながら話している。背中にぞくりと冷たいモノが走る。気持ちが悪い。

「お待たせしました」

ナルガスさんたちの声がすると、門番さんたちがアーリーさんに呼ばれて私たちの傍から離れていく。その間に、バッグからシエルを出してナルガスさんに渡す。

「シエル、今日は頼むな？」

ナルガスさんの言葉にプルプル揺れるシエル。近くに門番さんたちがいるから声は出さない様だ。私は肩から提げていたマジックバッグから、ソラの作った光る青のポーションを三本取り出し、ナルガスさんに押し付ける。

「いいのか？」

「はい」

「ありがとう」

門番さんたちの気配がすると、ナルガスさんは持っていたバッグにシエルを入れ、違うバッグにポーションを入れた。

「話はついた。行こうか」

アーリーさんの言葉に、ナルガスさんたちの表情が引きしまる。

「行ってらっしゃい」

「必ず帰ってきてください」という気持ちを込めて送り出す。きっと大丈夫。もしもの時は、ポーションが役に立つ筈。

414話　シャーミ？

ナルガスさんたちが門から出てしばらくすると、門番さんたちは各自の仕事に戻っていった。まだ後ろ姿が見えるので、そのまま見送る。しばらくすると、森の木々がざわつくのがわかった。何かが動きまわっている気がするが、やはり気配は感じない。師匠さんからの『ふぁっくす』では、気配を感じさせない魔物については不明だと書かれてあった。ただ、知り合いに訊いてくれるとあったので、期待している。

「かなりの数がいる様だな」

「わかるの？」

「気配ではないが、何となくな。その感じる何かが、前の時より遥かに多い」

遥かに多いか。ナルガスさんたちは大丈夫かな？

「気配を感じない魔物か」

どんな姿なんだろう？　上位冒険者が探しているのに、まだ目撃者がいないんだよね？　という事は、かなり動きが速いんだろうか？　でも、そんな事は可能なのかな？　どんなに速くても、後ろ姿ぐらいは見る筈。何か気になるんだよね。魔物……目撃者がいない……。森……森……。

「わからないや」

そういえば、森の噂を聞いた気がするな。何だったかな？　えっと、確か春に姿を見せる動物を今年は見ない、だったかな。まぁ、これだけ魔物が溢れていたら、その動物も姿は見せないよね。どんな動物だったんだろう。

「動き出したな」

お父さんの言葉を聞いて、森に集中する。シエルの気配が動き出し、魔力の揺れを感じた。でも、シエルが追いかけているであろう魔物は、さっぱり感じられない。

「木々の動きで何かが起きているのはわかるけど、やっぱり気配は読めないね」

木々の動きから結構激しく動き回っている事がわかる。それなのに気配がまったく掴めないなんて……。以前、近づかないと気配や魔力の揺れを察知出来ない魔物に何度か襲撃された事がある。でもあの襲撃で、私の気配を掴む力が格段に良くなり、最後の襲撃では近づく魔物の気配を微かにだけど掴む事が出来た。それなのに、今は何も掴めない。隠そうとしても、動き回れば気配も魔力も揺れを起こすのに。まるで森の気配が、魔物を隠しているみたい。んっ？　森が気配を隠す？

「お父さん、森の気配が魔物を隠す事はあるかな？　森の気配に似た気配を持っているとか」

「魔物が？　聞いた事はないな。森の気配に近いといえば、小型や中型の動物だろう」

動物のほうか。確か魔物のいる森で生き延びる為進化して、森と同化する様な気配を持てる様になったんだよね。

「にゃ～」

シエルの鳴き声に、ドキッと心臓が鳴る。

「にゃ～！」

もう一度シエルの声が森に響き渡る。そこに焦りの響きは感じられない。どちらかと言うと、

「楽しんでないか？」

「うん。そう聞こえた。鬱憤《うっぷん》でもたまっていたのかな？」

「まぁ、ずっとスライムの状態で過ごしていたし、ソラたちは褒められたのにシエルは出番がなかったから」

出番？

「やる気になって、やり過ぎないよね？」

私、何て言って送り出したっけ？　煽る様な事は言ってないよね？　どうしよう、さっきとは違う心配になってきた。

「加減の出来る子だから大丈夫だろう…………たぶん」

「説得力ないよ、お父さん」

「言ってて、なくなったから」

それもそうだろうね。森の木々がすごく揺れてる。何というか、嵐が来たみたいに。そして、逃げていく何かが見えた。あれがきっと、問題になっている魔物なんだろうけど。逃げる姿を見ていると、不憫《ふびん》に思ってしまって……。あれ？　もしかして今まで姿が見えなかった魔物が見えたのかな？　あっ、もう見えないや。

「にゃ～、にゃ～」

「ナルガスさんたち、大丈夫かな？」

シエルの勢いに、驚いてないかな？

「あっ、シエルに一匹魔物を仕留めてきてもらえば良かったな」

そうだ。そうすれば、魔物の正体が掴めたのに。でもまさか、ここまで一方的な状態になるとは思わなかったから。時々シエルの姿が木の上に飛び上がるのが見えるが、尻尾が楽しそうに揺れている。

「どうしたんですか？　今の声は？」

数人の門番さんが、私の隣から森を見る。今、シエルの姿は森が隠してくれている。

「さぁ、上位魔物がいる様ですよ」

お父さんの言葉に、少し驚いた表情の門番さんたち。でも、それも次の瞬間にはどんな魔物なのか見たいという話になっていく。

「問題ないみたいですね。では」

しばらく森を見て、上位魔物が姿を見せないとわかると、門番さんたちは戻っていく。その姿に悲しさと悔しさが湧き上がる。私がいる場所は、森を一望出来る少し高い場所。その建物の壁には、この森にいる魔物の種類や強さや対策など細かく書かれた紙がびっしりと貼られている。筆跡は一人ではなく色々あったから、みんなで作り上げた物なのだろう。それが今では、ほとんど仕事をしていない。確かに門番として最低限の仕事はしているが、ただ門の前に立っているだけの様子。魔法陣の恐ろしさに、ギュッと手を握る。

「怖いね」

「そうだな」

森を見る。少し静かになっている。ナルガスさんたちが森へ行ってまだ一時間もたっていない。

「早いな」

「うん。やっぱりシエルって強いね」

話には聞いていたけど、前に戦っている姿も見たけど、日々の生活の中のシエルを見ていると可愛い印象が強くて、強い印象が薄れちゃうんだよね。

「戻って来たぞ。怪我か？」

森から出てくるナルガスさんたちの姿を見て、息を呑む。ナルガスさんとピアルさんの服が真っ赤になっている。

「ポーションが効いたみたいだな」

「うん。良かった」

真っ赤になってはいるが、二人の歩みに不安な所はなくしっかりとこちらに向かって歩いてくる。それにほっとするが、やはり赤く染まった服に不安が募る。

「お〜い！」

アーリーさんが私たちを見つけたのか、手を振ってくる。そして大きな丸を腕で作った。作戦は成功したみたいでほっとする。まぁ、あれだけ暴れ回るシエルを見ていたら、成功するだろうとは思ったけど。門から村に入るナルガスさんたちを迎える為に、移動する。門が開くと、ナルガスさんたちが姿を見せた。かなり真っ赤に染まっている服に門番さんたちが驚いている。

「大丈夫だ」

ナルガスさんが少し硬い声を出して門番さんたちに答え、その場をすぐに移動しだした。何かあったのだろうか？

「ちょっと急いで情報を共有したい事があるんだ。場所を移動しよう」

アーリーさんの言葉に門番さんたちにお礼を言って、ナルガスさんたちのあとを追う。

「行き先は？」

「俺たちの家に行きます。ジャッギ、団長に伝えてくれ」

「わかった。あとで」

ナルガスさんの指示でジャッギさんが、道を変えて駆けていく。何だかちょっと嫌な空気が流れているな。

「どうぞ」

ナルガスさんの家に着くと、ナルガスさんとピアルさんが血を洗い流してくると離れた。アーリーさんからバッグを受け取り、中を開けるとシエルが飛び出してくる。元気そうで良かった。

「お疲れ様。怪我はない？」

「にゃうん」

「いや、その心配は一切しなくていいぞ。すごかったから。本当にすごかったから」

アーリーさんがちょっと顔を引きつらせながら、すごいと連呼する。何をしたんだろう。聞かないほうがいい気がする。

「お役に立てて良かったです」

「あぁ、すごい役に立ってくれた。シエルのお陰で、森の中にいたモノの正体がわかったから」

「そうなのか？　さすがシエルだな」

「にゃうん！」

シエルのうれしそうな声に、お父さんがシエルを撫でる。

「わかったのですが……」

アーリーさんが言葉を詰まらせると、マジックバッグから一匹の小型より少し大きめの何かを出す。机の上に乗ったそれは、魔物にしては何か違和感を覚える。

「魔力を感じない？」

「えぇ、魔物ではないので。この村の周辺に住み着くシャーミという動物です。ただちょっと姿が変わっているのですが……」

「えっ？　動物？」

まさか動物が？　それにシャーミって確か、噂されていた動物だよね。春先に姿を見ないって……。まさか動物だったなんて……。

415話　判断した理由

「いや、おかしいだろ？　魔物と判断した理由がある筈だ」

そうだよね。森を騒がすのは毎回魔物ではなく動物もいる。だから何らかの証拠がないかぎり、魔物とは判断しない筈。それとも術で判断が捻《ね》じ曲げられたとか？

「森の異変は、去年の冬からあったんです。ほんの些細《ささい》な異変だったので気にする冒険者は少なかったんですが。まぁ、既に術に嵌っていた冒険者が多かったので、それが原因かもしれませんが……」

「どんな異変があったんだ？」

「音と鳴き声だと聞いてます。俺は聞かなかったんですが。冬に聴いた事がない鳴き声だと言ってました」

音と鳴き声？　アーリーさんが、机の上のシャーミの頭を撫でる。

「雪が溶けだしたぐらいかな、森に出た冒険者が連日何かに襲われたんです。襲われた冒険者たちの証言はみんな似ていました。『姿が見えなかった。気配はなかった。それと、襲われた瞬間に何かを感じた』と」

「調査はしなかったのか？」

「えっと雪解けの時季に……あれ？　えっと確か、調査隊が組まれた筈です。おかしいな、その調査に参加した筈……いや、しなかったのか？　何だろう、よく覚えてない」

「術の影響だろう。気にしないほうがいい」

お父さんの言葉にアーリーさんが、頷く。

「調査はしたと思います。俺が覚えている範囲では、調査結果は特に異状なしだった様な……。たぶんいつものチームで調査したと思うので。あとで確認しておきます。あれ、何だっけ？　……どうして魔物と判断したかでしたよね？　えっと……それは傷痕です」

アーリーさんの話を聞いていると、記憶のほうに少し不安を覚える。彼も自分の記憶のおかしい事に気付いたのか、困惑した表情だ。

「大丈夫か？」

お父さんの質問に、情けない表情をするアーリーさん。

「話には聞いていたし、少しおかしな部分があるのはわかっていたんですが、思ったより記憶がおかしくなっているみたいです」

「経験者から言わせてもらうと」

「はい」

「諦めて受け入れるしかない。なくした記憶は戻ってこなかったし、変えられた記憶も元に戻る事はなかった、だから覚え直す必要がある」

「……わかりました。えっと、また話がそれてしまった。……何でしたっけ？」

「魔物と判断した理由が、傷痕だと教えてくれた所だ」

アーリーさんは一度大きく深呼吸をする。何かを吹っ切った様な表情をすると、私たちに笑みを見せた。

「すみません。もう大丈夫です。襲われた冒険者の傷を見た者たちからの報告で、傷を負った本人とは別の魔力が傷痕に残っていたんです。それも一人ではなく数人の冒険者に」

傷に魔力が残っているという事は、襲った時に魔力を使ったという事だよね。それだったら、魔物だと勘違いしても、おかしくない。

「お父さん、動物が魔力を持つ様になる事はあるの？」

お父さんが首を横に振る。

「聞いた事はない。シエル、シャーミ以外の魔物や動物はいなかったか？　いたら返事をしてくれ」

シエルはお父さんと見つめあうが、反応は返さない。つまりシャーミが、今回の原因という事になってしまう。

「そういえば、本来のシャーミとは少し姿が違うと言っていたが、どう違うんだ？」

「毛です。シャーミはもっと毛が長いんですが。襲ってきたシャーミはみんな、毛が短かったんです。それに爪ですね。こんなに長くないです。本来の姿は、可愛いんです」

机に乗っているシャーミを見る。毛は短く、爪はかなり鋭く三本。この爪で襲われたら怖いだろうな。

「それと、性格はまったく違ってました。シャーミは人懐っこい性格で冒険者たちにちょっとした悪戯をする事はあっても、襲う様な事はなかったんです。でも、会った瞬間襲われました。こんな事、初めてで。とっさに対処出来なかったから、怪我をする羽目になったんですよ。情けないです」

姿に性格の変化。これってゴミの魔力で凶暴化した魔物と一緒だよね。シエルが倒した魔物を、ソルが魔力を食べたんだけど、そのあとに残った魔物を見てあまりの違いに驚いた事がある。それに話を聞くかぎり、凶暴化したと言える状態みたい。

「原因はゴミの魔力じゃないかな？　大人しい魔物の性格を変えちゃうし。姿が変わっていた魔物もいたよね？」

お父さんを見ると、少し考えてから頷く。

「いたな。ただ、動物は魔力を溜める核を持っていない。だからゴミの魔力の影響を受ける筈がないんだ」

そうだった。団長さんの話で知ったけど、魔力を受け止める核がなければ、魔力は溜まらないんだった。動物も実は核を持っているとか？　……いや、核を持っているなら自然と魔力が溜まって魔物になっていくか。

「入るぞ～」

ナルガスさんとピアルさんが部屋に入ってくると、机の上に乗っているシャーミを見て少し顔を歪めた。

「話は？」

「終わってる」

ナルガスさんがアーリーさんの傍に来て、シャーミを見つめる。

「どう思います?」

ナルガスさんがお父さんに視線を向けると、お父さんは首を横に振った。

「色々考える事は出来るが、すべて予想だ。そこに何の証拠もない。わかった事は、襲ってきたのがシャーミという動物だったという事だ」

「シャーミはこの村にとって春を知らせる動物で、ずっと仲良くやってきたから……信じられない」

ナルガスさんたち、この村で生活してきた人にはかなり衝撃を与える事実なんだろうな。三人の雰囲気がかなり暗い。

「お茶を淹れてきますね。調理場を借ります」

気分を変える為にも、心を落ち着かせる為にも少し時間が必要だと思う。椅子から立ち上がって、調理場がある場所を聞いて部屋を出る。

「一緒に行こう」

後ろからピアルさんが追ってきて、一緒に調理場へ行く。そっと彼を窺うと、少し顔色が悪い。お湯を沸かしながら、茶葉を用意する。すぐにお湯が出るお鍋もあるが、時間をかけて準備をしたほうがいい時もある。この間に、少しでも落ち着いてくれたらいいけど。

「お菓子も用意しようか」

「そうですね。疲れた時には甘い物が一番ですよ」

「あぁ。そうだ、この村で一番甘いお菓子は、もう食べた?」

一番甘い？

「いえ。どんなお菓子なんですか？」

「あ〜、口の中がすごい事になる。俺は一口で駄目だったな」

そんなすごいお菓子があるの？　そういえば、何処かで一口食べたらすごい甘味があると聞いた様な？　何処でだったかな？

「どうした？」

「いえ、似た話を何処かで聞いた様な気がして」

「似た話？」

「すごい甘いお菓子の」

「へ〜。あっ、そのお菓子の名前は『だんず』と言うんだ」

「それだ！」

あ〜、そうだ。思い出した、ミーラさんたちを捕まえたお店にあった甘味だ。最終的にあの店では何も食べなかったから、だんずがどんなお菓子か今でもわかってないけど。同じ名前って事は、一緒なのかな？　ラットルアさんが、あの甘さはやばいと言っていたよね。何だかすごく気になる。

「すごい甘党じゃないなら、挑戦はしないほうがいいぞ。ジャッキが一口食べて顔色を変えていたからな」

どうしよう。すごく気になる。

「アイビー……呼び捨てでいい？」

「どうぞ。普通に話してもらってもいいので」

「ありがとう。話していたら食べたくなってきたな。みんなで一口ずつ分ければ、食べられない量じゃないよな。でも、今は駄目だよな。さすがに」

ピアルさんが、何処か楽しそうに笑う。良かった。さっきまでの雰囲気が消えている。

「ありがとう、アイビー」

「いえ、さてお茶も準備出来ましたし、戻りましょう」

「そうだな」

「あっ、すべてが終わったら奢ってくださいね。だんずを」

私の言葉に破顔したピアルさんは、そっと私の頭を撫でる。

「いくつでもいいぞ」

「いえ、一個で十分です。お父さんと分けますから」

416話　お父さんのチェック！

お父さんのいる部屋に戻ると、アーリーさんはいたがナルガスさんの姿はなかった。机の上にあった、シャーミの姿もない。

「ナルガスさんは、何処に行ったのですか？」

ピアルさんが、机の上を綺麗に拭いてくれる。さすがに先ほどまでシャーミが乗っていたので、ありがたい。

「ナルガスはシャーミの解剖をしに行ったよ。それほど時間は掛からないだろう」

「そうですか。えっと、お茶とお菓子です」

机にお茶と用意したお菓子を並べる。

「ありがとう」

お父さんがお茶を飲むとアーリーさんもお茶を飲んだ。

「何かわかるといいけど……」

ピアルさんの言葉に、アーリーさんが頷く。

「ただいま。あれ？　お茶にしてた？」

ゆっくりお茶を飲みながらナルガスさんを持っていると、ジャッギさんが帰ってきた。

「おかえり～。団長は何て？」

アーリーさんが手をプラプラと振ってジャッギさんを出迎える。

「急かすなよ。俺もお茶がほしい」

まだそれほど暖かくないのに、ジャッギさんの額から汗が落ちる。

「走ったのか？」

「あぁ、急いで知らせたほうがいいと思ったからな」

「そうか。ほらっ、お茶」

お茶を渡すピアルさん。それを一気に飲み干す、ジャッギさん。

「団長に、シャーミが今回の森の騒動だと話した。シャーミの事をよく知っているから、かなり困惑していたよ。それと団長も動物が魔力を使える事は初めて聞いたらしく、原因は不明。『ふぁっくす』で知り合いに訊いてくれている」

やはり動物が魔力を使うのは相当珍しい事なんだ。

「そういえばアイビーさん、ソラたちが術を解くたびに元気になっている様な気がすると、ジナルさんが不思議がってたよ」

それはお腹一杯食べられるうれしさで、興奮しているからだろうな。

「元気で良かったです」

「人数が多かったから疲れないか心配だったけど、安心だな」

ピアルさんの言葉に頷く。疲れよりも食べ過ぎの心配なんだけど……。

「俺たちはこれからどうすればいいって？」

アーリーさんの言葉にジャッギさんが少し眉間に皺《しわ》を寄せる。何か大変な事でも言われてきたのかな？

「とりあえず待機だと」

「待機？」

ピアルさんが戸惑った表情を見せる。

「この一刻も争う時に待機なのか？」

「あぁ、そう聞いた」

アーリーさんが再度聞くと、ジャッギさんが煩《わずら》わしそうな表情で答える。

「彼らも、何をすればいいのかわかっていないのだろう」

アーリーさんの言葉にお父さんが口を開く。みんなの視線がお父さんに向く。

「どんなに場数を踏んでいる冒険者でも、今回の問題はわからない事が多過ぎる。だから彼らもどう動くべきなのか迷っているんだ。それに記憶の欠如も問題になっているだろうからな」

「……何だか不思議だな。俺たちから見ると、いつも完璧な存在なので。団長もギルマスも」

ジャッギさんが困惑した表情を見せる。他の二人もどことなく、ソワソワしている。

「彼らとて人だ。何でも出来るわけじゃない。お前たちと同じだ」

「そうですね。はい」

アーリーさんが何度か頷きお茶を飲んだ。みんなの表情に少し首を傾げながらお父さんを見ると、肩を竦めた。お父さんはいつもと変わらない。あっ、そうか。私が落ち着いているのは、お父さんがいつもどおりだからだ。アーリーさんたちが困惑したり戸惑っているのは、団長さんやギルマスさんが混乱しているから。上が迷うと下も迷う。大丈夫なのかな、こんな状態でこの村は。

「大丈夫だから」

お父さんが、私の耳元で呟く。それに驚くが、にこりと笑ってお父さんを見る。

「ふふっ、私は大丈夫。それにしても、上に立つ人は大変だね」

私の言葉に頷くお父さん。何とも言えない空気が流れる部屋に、ナルガスさんが戻ってきた。部屋に入ってくると、アーリーさんたちの様子に気付いたのか、不思議そうな表情で仲間を見つめるナルガスさん。

「どうかしたのか？」

「いや、大丈夫だ。それよりシャーミについて、何かわかったか？」

何処か必死な様子で訊くピアルさんに、ナルガスさんは首を傾げる。きっと何か、動けるきっかけがほしいんだろうな。

「いや、何もわからなかった。体内にも魔力はなかったし魔石もなかった。まぁ、動物だからなくて当たり前なんだけどな」

ナルガスさんの返答に、ジャッギさんが項垂れた。

「何だ？　どうした？」

「団長たちがちょっと混乱しているせいで、彼らも困っているんだよ」

お父さんがナルガスさんにお茶を渡す。それを受け取った彼も少し困惑した表情をした。

「団長が？　何かあったのか？」

ジャッギさんに訊くと、「待機」と言われたと話す。

「そうか、待機か」

ナルガスさんまで、何とも言えない空気を醸し出した。そういえば、彼らはまだ上位冒険者になって日が浅い。こうなるのも無理ないのかな？　お父さんを見ると、ナルガスさんたちをじっと順番に見つめている。その視線がいつもと違う様に見える。何だろうと首を傾げると、お父さんと視線が合う。

「上位冒険者は、どんな時でも人を導く側にいないと駄目だ。誰かの指示を待っている様では、覚悟が足りない。それに第三者の意見を無闇に聞くのもな」

小声で話すお父さんは、そっとナルガスさんたちを窺う。あぁ、だからあんな不安を煽る様な話をしたのか。だって団長さんやギルマスさんが、本当に混乱しているかどうかなんてお父さんは知らない。というか、ちょっとしか関わってないけど、そんな事で迷う様な人たちに見えなかった。団長に会ったジャッジさんは団長の様子を見逃したのかな？

「上位冒険者も大変だね」

「上に立つとはそういう事だよ」

お父さんの様子から、ナルガスさんたちはまだちょっと覚悟が足りないと思っているのかな？

それにしても待機か。今、出来る事って何だろう。魔法陣については団長さんに任せるから、私の出来る事はない。シャーミは、解剖しても何もわからなかった。これ以上は調べる方法はないし。

……本当にないのかな？　そういえば、私はシャーミの事を何も知らない。もっと詳しく知れば、何かわかるかもしれないな。

「聞いてもいいですか？」

ナルガスさんたちに視線を向けると、戸惑いながらも頷いてくれた。もしかしたら、これからの事を考えていたのかな？　それだったら申しわけないな。質問はなるべく簡単にしよう。

「シャーミについて教えてください。食べ物は何ですか？　春はこの村の周辺に来ると言ってましたが、春以外は何処にいるんですか？」

「シャーミについて？　そうだな、小さい昆虫や花の蜜《みつ》、木の実が主食だよ。シャーミにとって春は出産の時期で、この村周辺に生えている木の実や花をよく好んで食べに来るんだ。夏は、近くの洞窟で暑さをしのいでいるのを見た事があるな。秋は冬に備えて、まだ活発に動き回っているかな。春と違って、秋は少しピリピリしている。発情期もあるし、冬を越す為の食料確保もあるから。冬は奥が深い洞窟で、冬眠に近い状態で眠っているのが、確認されているよ」

　ピアルさんの説明に首を傾げる。冬眠に近い状態ってどんな状態だろう？　聞いた事がないけど、今は特に気にする事はないかな。気になるのは、洞窟かな？

「シャーミのいる洞窟に、人が出入りする事はありますか？」

「それはないよ。シャーミはこの村の人にも冒険者にも愛されている動物だから。そっとしておこうというのがこの村の総意なんだ」

　誰も来ない洞窟？　それって、ゴミを捨てても誰にも気付かれないって事じゃない？　シャーミがおかしくなった原因はまだ不明。でも、動物だと考えずに魔物だと考えると、ゴミの魔力が原因だと考える筈。洞窟を確かめる事が重要だよね。

「洞窟はどのあたりですか？」

「洞窟は、村から三〇分ぐらい歩いた所にあるよ」

　三〇分？　問題のシャーミがいる以上、近づくのは大変だよね。お父さんを見ると苦笑しているのが見えた。あっ、これは考えが読まれてるなと感じる。

「お父さん駄目？」

「ん～、シエル。森でもうひと暴れしてくれる？」

お父さんの膝の上で寝ていたシエルがピョント起き上がりプルプル揺れる。

「にゃうん！」

声も弾んでいるので、付き合ってくれる様だ。

417話　覚悟

「あの、何かするんですか？」

ナルガスさんが困惑した表情で私とお父さんを交互に見る。他の三人も、私たちの様子を窺っている。

「何って、森へ行ってシャーミの住処を探すんだ。そういえば、場所を知っているか？」

「それは知ってますが。待機と言われていますし」

ナルガスさんの答えにお父さんが溜め息を吐く。

「君たちは上位冒険者だ。わかってるか？」

お父さんの質問に、ナルガスさんたちが少し不機嫌な雰囲気を出す。その反応にお父さんはにやりと笑う。

「君たちは上位冒険者だ。トップの命令を聞くだけでは許されない存在だ。わかっているか？　俺が話した事をそのまま受け止めたが、あれも駄目だ。というか、俺を逃げ道に使うなよ」

お父さんの言葉に、四人の表情が強張る。

「上位冒険者になってすぐにこの大きな問題に関わったのは可哀そうだとは思うが、君たちは既に上位冒険者で、それを快諾したんだろう？　なら、しっかり自覚しろ。逃げても、何も解決しない」

お父さんが言い切ると、ナルガスさんが気まずそうに俯く。

「すみません。そうですよね」

一度深呼吸したナルガスさんが顔を上げると、お父さんをまっすぐ見つめた。その目に力が戻り始めている。

「団長が倒れる前ですが、違法な薬を売っている集団がこの村に入り込んだ事があったんです。証拠を掴む為、被害者を把握する為、色々な指示が飛び交いました。俺たちはそれについていくのに必死で。でも、指示に従えば良かったので今思えば楽でした」

ナルガスさんの言葉に、他の三人も頷く。確かに、指示に従っていればいい立場は楽だろうな。失敗したら怪我の心配はあるだろうけど。

「問題が起こっている時に、指示が途切れた事がないんです。今までは。それが、初めて『待機』なんて、言われてしまったから……」

待機に意味があるという事？

「考える時間を与える時に、団長が時々待機を使うんです。だから、急に怖くなって……」

あっ、そんな意味があったんだ。この村の冒険者たちだけに通じる言葉だったのか。なるほど。

「駄目ですね。上位冒険者にならないかと言われた時に、しっかり覚悟した筈だったのに」

まだ二〇代だもんね。それに上位冒険者になって初めての問題がこれって……お父さんじゃないけど可哀そうだと思う。

「でも、もう大丈夫です。お前たちもだろ？」

ナルガスさんが力強く言うと、他の三人も頷く。その表情には、何処かすっきりとしたものがある。やっぱり上位冒険者になると覚悟した人はすごいな。私だったら、逃げ出すと思う。

「で、これからナルガスたちはどうするつもりだ？」

口調が柔らかくなったお父さんに、アーリーさんの体から力が抜けるのが見えた。そんなに緊張していたのかな？　私と視線が合うと、恥ずかしいのかさっと視線を逸らされた。

「協力出来る事はさせてください。その前に確認したいのですが、アイビーさん、シャーミの住処に行く必要があると考えたのはどうしてですか？　とりあえず、村を襲うまでの時間を稼げたので魔法陣の問題を解決するほうが先だと思うのですが」

ナルガスさんの言葉に、首を横に振る。この村には時間が足りないのに問題が大きく分けて二つある。一つは魔法陣の問題。魔法陣の被害者である冒険者は、今も術に蝕《むしば》まれ続けている。日に日に核が傷つけられ、いつ廃人になってしまうか……。ただ、これに関しては団長さんが解決策を見つけてくれた。すべての人を助けられるわけではない様だけど、光が差したのはうれしい。でも、それで魔法陣の問題がすべて解決したわけではない。団長さんたちの話を聞くかぎり、魔法陣は使用した者にも影響を及ぼす。最悪、村で今回の犯人が暴れ回る可能性だってある。そうなれば、村の人たちに被害が出るだろう。それだけではない。魔法陣が仕掛けられている場所がまだわかっていない。このまま放置すれば、術による被害者は増え続ける。それに、術を解いた人たちが再度術に掛かる可能性もある。ただ、術を掛けた人を捜すのも、魔法陣を探すのもとりあえず動ける人が必要となる問題だ。その人手を今団長さんたちが確保してくれている。なので、私が出来る事はない。

そしてもう一つの問題は、森で暴れ回っている存在の事になる。存在の正体はシャーミという動物だとわかったが、新しい問題が出てしまった。本来のシャーミは人懐っこい動物だと聞いたが、今は人を襲う動物に変わっている。その原因を探り、排除しないかぎりいつかシャーミは村を襲ってしまうかもしれない。今は、シエルが追い払ってくれたおかげで数日は村を襲わないだろうけど安心は出来ない。それに、数で攻められたらシエルだって対処出来ないかもしれない。でも、今はシエルの存在を怖がってくれている。だからこそ今が、シャーミの寝床を調べる好機だと思う。これを逃すのは惜しい。そして団長さんたちは魔法陣のほうにかかりきりだ。動けるのは私とお父さんとナルガスさんたち。もしかしたら、団長さんはこれに気付いてほしかったのかな？

「魔法陣についての問題ですが、私が今出来る事はありません。今は団長さんたちに任せるべきです。シャーミの住処を今探す理由は、シエルがかなり暴れてくれたお陰で、今なら洞窟までシエルが一緒なら襲われる危険性が少ないと思うからです。この間に、シャーミに何があったのか調べるべきです」

安全を考えるなら、間違いなく今だ。シャーミの頭脳がどれほどなのかは訊くのを忘れたが、次はシエルに怯えないかもしれない。そうなれば、洞窟に近づくまでにかなり攻撃されるだろう。怯えて逃げて行った今が、洞窟に安全に行ける好機の筈。

「なるほど。確かにそうですね」

ピアルさんが少し驚いた表情だが、納得してくれた。

「確かに今が好機かもしれないな。団長に相談しようか。早いほうがいいだろう」

ジャッギさんが立ち上がって出かける用意を始める。それにつられてみんなが動き出す。お父さんは私の頭をポンと撫でてから、バッグにシエルとフレムを入れた。あれ？　みんな、動くとなったら早過ぎない？

「団長宅に行ったら少し待っていてください。裏から入れる様にするので」

アーリーさんの言葉に首を傾げる。どうして裏から入るのだろう？

「術を解いた者たちは、何人になっただろうな？」

あっ、そうだ。今の団長宅は、ちょっと慌ただしい事になっていたんだった。ソラはまだ、大丈夫かな？　食べ過ぎて動けないなんて事になっていないといいけど。

団長さん宅に着くと、玄関には見た事がない自警団員の姿があった。

「あっちが裏になるんで」

ナルガスさんに教えてもらったほうに歩いていくと、団長さん宅の裏にある出入り口が開いていてアーリーさんが手招きしてくれた。中に入ると、賑やかな声が聞こえる。どうやら団長が目覚めた事を喜んでいる声の様だ。団長さんに話がある為、見つからない様に少し離れた部屋で待機させてもらっているとメリサさんがお茶を持って来てくれた。

「すごいわね、あのソラちゃんとソルちゃん。あと四人で全員術が解けるのよ。それにね、術を解く時間がどんどん短くなって。ギルマスさんたちが慌てているわ、次を連れてくるのに。ふふふっ、アイビーさん、ありがとう」

部屋に入った瞬間から話し出したメリサさんに少し驚くが、どうやら上手くいっているらしい。それにしてもあと四人？　予想よりかなり速いよね。ソラとソル、すごい～。

418話　逃げ、一択

しばらくすると団長さんが部屋に顔を出した。

「悪いな、遅くなった。それにしてもソラとソルはすごいな。あと四人だぞ。それに、疲れ知らずなのかまだまだ元気だ」

「あははっ、それは良かったです」

食べ過ぎで、身動き出来なくなっている事もなさそうだ。団長さんが椅子に座ると、ナルガスさんたちは話を始める。団長さんは静かにそれを聞いて、何度か頷いている。

「アイビーさんが、今が好機だと。俺たちもそう思います」

私の名前が出ると、団長さんがちらりと私を見る。うん。やはりこの人は団長さんだ。一瞬だったけど、背中がぞくりとする様な怖さがあった。その怖さをゆっくり深呼吸する事で追いやる。上に立つ人って、何かを見抜こうとする力があるよね。見られるこっちは、その視線がちょっと怖いのだけど。

「確かに、今がいい時だろう。誰が行くんだ？」

「俺たちとドルイドさんとアイビーさんで」

「子供を連れていくつもりか？」

「あっ」

団長さんの言葉に、ナルガスたちがぱっと私を見る。えっ、もしかして忘れてたの？　いや、見たらわかるよね。

「話しぶりから、何だか子供に思えなくて。おかしいな」

ピアルさんの言葉に他の三人が頷く。話しぶりか、それは申しわけないです。

「えっと……アイビーさんは村に」

「一緒に行きます」

ナルガスさんに、村にいるよう言われる前に宣言しておく。足手まといにならない様にがんばろう。

「いや、それは」

団長さんが難色を示す。やはり駄目かな？　私がいると、気が散るなら待っていたほうがいいのかな？

「シエルがやる気になるから、アイビーは一緒に行ったほうがいいだろう。それに今回はナルガスたちが中心となって動く予定だ。俺たちはまぁ、……ちょっとしたお供って事で」

お父さんの説明に団長さんが、一瞬唖然としてすぐに笑いだした。

「ちょっとしたお供って。『ギルドの隠し玉』をそんな風に使うのはどうなんだ？」

団長さんの言葉に、嫌そうな表情を見せるお父さん。まさか知っているとは思わなかったな。誰かに聞いた？　ジナルさんたち？

「はぁ、その呼び方は嫌いなので」

「それは悪かった。そうだ、フォロンダ領主様から王都にいる知り合いに協力を得る事が出来たと報告があった。それと、名前は伏せられていたがアイビーの知り合いに魔法陣に詳しい人物がいるらしいので、その者が協力してくれたら直で『ふぁっくす』が届く事になっている。アイビー誰の事かわかるか？」

私の知り合いに魔法陣について知っている人？　そんな話はした事がない。誰の事だろう？　炎の剣のメンバーか、それとも雷王のメンバーかな？　もしかしてオグト隊長とか？

「誰なのかはまったくわかりません。すみません」

「いや、魔法陣については極秘だからな。知らなくてしかたない。アイビー」

「はい」

笑みを消して真剣な表情の団長さん。まっすぐに私を見ると、ポンと頭に手が乗った。

「何かあった場合、自分の命を優先する事。それが守れるなら、森に出る事を許可する」

「大丈夫です。何かあった場合、自分の安全を最優先するので」

「えっ？　そうか。アイビーはしっかりわかっているんだな」

　私に何かあったら、お父さんとシエルの動きに制限が掛かる。だから、何があってもたとえ怪我をしても逃げきる事。これが私に出来る、最大限の協力だから。絶対に間違わない。団長さんの前でぐっと両手を握って見せる。それを見ると、ふわりと団長さんが笑った。

「ドルイドは、いい子を娘に持ったな」

「自慢の娘です」

　前も「自慢」だと言ってくれたけど、ちょっと恥ずかしいんだよね。うれしいんだけど……。

「今から鍛え上げれば」

「あげませんから」

　団長さんの言葉をお父さんが遮る。そしてちらりと睨みつけると、目がまったく笑ってない笑みを見せた。それを見たナルガスさんたちがちょっと引いている。

「あはははは、怖いな～。まぁしかたないか。よしっ、ナルガスたちは話があるからついてこい。ドルイドはちょっと待っててくれ。すぐに済む」

　ひとしきり笑うと団長さんはナルガスさんたちを引き連れて部屋を出ていった。

「団長さんは、抜け目がない感じだね」

　人を観察する鋭い視線、あの目を向けられるとすべてばれている気がする。でも、それだけではなくて見守る様な包容力も感じる。

「今回は敵の術に嵌ったが、相当やり手だろうな。だから悔しかったと思うぞ」

そうだよね。ちょっとした隙を狙われたんだから。

「絶えず警戒をしている人たちを、陥れるってすごいよね。どんな敵なんだろう？」

サーペントさんを閉じ込めていた魔法陣を見たけど、かなり大掛かりな物だった。これだけの人を操れるのだから、かなり大きな魔法陣を想像したけど、違うのかな？　それに敵はどんな人なんだろう。誰にも気付かれない様にゆっくりと術を広げていくなんて、絶対に一人じゃないよね。

「冒険者ギルドでも自警団でも、自由に動ける者じゃないか？」

者？

「お父さんは敵が一人だと思ってるの？」

「ん？　あぁ、言い方が悪かったな。一人だとはさすがに思ってはいないよ。被害の規模からある程度の集団を最初は考えたんだが、調べても何も出てこない。集団になると、少なからず情報が外に漏れるものだからな。それがない以上、かなり少人数なんじゃないかと考えている。三人もしくは四人ぐらいの。一〇人はいないだろう」

確かに人が集まれば集まるほど、情報が外に漏れやすい。お父さんはその情報を探したって事だよね。知らなかったな。それにしても多くて四人。そんな少人数で、これだけの被害を出す事が出来るって事？

「関わっているのは、かなり熟練の冒険者や自警団員だろう」

熟練だというなら、この村の人たちにとっては頼りになる人って事だよね。でも、お父さんの言うとおりかもしれない。そんな人たちなら自警団の詰め所にだって、冒険者ギルドにだっていても

違和感はない。でも、だからおかしい部分もあるんだよね。詰め所も冒険者ギルドも人の出入りが激しい場所だといえる。そんな場所に、以前見た様な大きな魔法陣は絶対に描けない。それに、さすがに違和感がなくても普段と違う行動をとっていれば、気付かれる筈。魔法陣は冒険者ギルドと自警団の詰め所にあると思ったけど、違うのかな？　でも、冒険者たちが必ず行く場所は、冒険者ギルドしかないし……。

「悪い。待たせた」

ナルガスさんたちが、装備を整えて部屋に入ってきた。それを見てお父さんが首を傾げる。

「さっきとは違う装備だな」

「はい。団長が貸してくれました」

確かに、さっきまで着けていた装備より頑丈そう。団長さんが彼らを心配して貸したのかな？

「あ〜、良かった。間に合ったわね。アイビーさん、はいこれ」

エッチェーさんが部屋に来たと思ったら、私を見つけてうれしそうに、何かを目の前に差し出した。それを見ると、小さな小袋に入った何か。数にして一五個。

「これは、何でしょうか？」

エッチェーさんを見ると、うれしそうに笑う。

「激袋よ」

森へ行く私の為にわざわざ作ってくれたのか。

「ありがとうございます」

「人に向けてはダメよ。風の方向も気を付けて」

「はい」

一人で逃げる時に使う様にしよう。そんな場面がない事が一番だけど。

「少し外れたとしても、少し吸い込めば痺れて動けなくなるから」

「えっ？」

「こっちの赤い紐で縛ってあるのが痺れね。結構周りに飛散するから、気を付けてね」

あれ？　激袋って、確か辛みの成分の粉を詰め込むんじゃなかったかな？　痺れ？

「で、こちらの青い紐の袋は、最後は失神すると思うから」

「……最後？　途中は……」

「ちょっとのたうち回るぐらいよ。驚かないでね。まぁ、どちらでも逃げられるけど、私のおすすめは青い紐かな。新しく調合したから。ふふふふっ。結果を教えてね」

激袋はそんな危険なものではなかった気がするんだけど。エッチェーさんの笑顔を見ていたら、言えないよね。

419話　シャーミの洞窟

「では、行きましょうか」

森に出ると、ナルガスさんが先頭に立ちシャーミの住処となっている洞窟を目指す。少し坂道があるらしいが、それほど険しい道ではないとの事。まぁ、少しぐらい坂が続いても、岩山が続いても平気だけどね。隣を見ると、シエルが機嫌良さそうに歩いている。私の視線に気付くと、こちらを見て「ぐるぐる」と喉を鳴らしながら、顔を私にこすり付ける。何だかいつにもまして甘えてくる。

「久々に本当の姿で会えたから、うれしいのだろう」

「確かに、久しぶりかな。もう、可愛い過ぎる」

歩きながらシエルの顔や喉を撫でると、もっとと要求する様に、「ぐるぐる」という音が大きくなる。その可愛さについつい手が出て頭を撫でてしまうので、ずっと同じ事が続いている。前を見るとナルガスさんとジャッギさんがちらちらと、後ろにいる私たちを気にしているのがわかった。

「すみません、煩かったですか？」

「いや、すごく仲がいいのだなと思って」

ジャッギさんが、私とシエルを交互に見て感心した様に話す。

「大切な仲間であり、家族でもありますから」

「ずっと思っていたが、本当にいい関係を築けているんだな。その関係は最初からなのかな？」

「そうですね。最初から仲良しです。あっ、でもシエルに初めて会った時は、ちょっと怖かったですよ」

後ろを歩いているアーリーさんの言葉に答えると、シエルが体をちょっと当ててきた。

「ごめんって、今は全然怖くないし大切な家族だよ」

「にゃうん」

怖かったという言葉が気に入らなかったらしい。でも初めて会った時は怖かったよ？　まぁ、怪我が治ってからは、怖いなんて思った事は一度もないけど。

「その関係は、途中からでも築けるものなのかな？」

「えっ？　もしかして、良好な関係が築けていないテイマーでもいるんですか？」

「そうなんだよ。俺の幼馴染なんだけど、祖母が名の知れたテイマーだったから期待されてたんだが、テイムした魔物を上手く使いこなせないみたいで」

使いこなす、ね。

「私も、ソラやソルを使いこなしてはいないですよ」

「えっ？」

「何かあったらお願いはします。でも、ソラたちが嫌ならそれでいいと思ってます。家族の間で使いこなすなんて、おかしいでしょ？　それともアーリーさんの家族はそうなんですか？」

「いや、すまない。言い方が悪かったな」

アーリーさんが慌てて謝るが、何処かにその考えがあるんだろうな。そうでなければ、出てくる言葉ではないだろうし。

「助け合いだろう」

「助け合い？」

お父さんの言葉に、アーリーさんが首を傾げる。

「普通の家族は助け合っているだろう？　まぁ、例外は色々あるが」

お父さんの言葉にアーリーさんとナルガスさんがちょっと苦笑いした。

「助け合いか……そういえば、マーシャさんも似た様な事を言っていた」

マーシャさん？　何処かで聞いた事がある名前だな。何処でだろう？　ん～、思い出せない。

「アイビー、ありがとう。幼馴染に伝えておくよ」

「いいえ、関係改善はいつからでも始められると思います。時間は掛かるだろうけど」

あとは、幼馴染のテイマーのやる気次第。助言は出来るけど、やるかやらないかは本人次第だからね。いい結果になればいいな。

「それにしても、簡単に出られたな」

お父さんの言葉に、全員が微妙な表情をした。緊急時は、団長さんもしくはギルマスさんの許可証がないと森へ出る事は出来ない。ナルガスさんたちも、しっかりと団長さんから許可証を貰って来たが、門番さんたちはそれを確認する事なく門を開けてくれた。

「あぁ、少しやばいな」

やばい？

「既にその判断まで出来なくなっているという事だろうな。術の影響と考えていいだろう」

そういう事か。術を解く為の準備をしていると、団長さんは言っていた。でも、まだ少し時間が掛かりそうだとも。間に合うといいけど。

「おかしいな」

「あぁ」

ジャッギさんとピアルさんが、森を見回して足を止める。ナルガスさんたちも周りを見て警戒している。もしかして、私の予想が外れてしまったのかな？

「シャーミですか？」

「いや、違うよ。この周辺にいる筈の魔物が、まったくいないんだ」

アーリーさんの言葉に首を傾げる。

「この辺りが住処だし、上に巣があるのが見える」

ナルガスさんが見ているほうを見ると、木の上に確かに小枝で作られた塊《かたまり》が見えた。あれが、おそらく巣なのかな？

「今の時期は子育て中だと思うんだが、それがいない。一匹もいないのは異常だ」

気配を探るが、この近くに魔物の気配はない。シャーミが何かしたって可能性があるかもしれないな。

「先を急ごう。ここの魔物について今は調べている時間はない」

お父さんの言葉にナルガスさんが頷く。シャーミの住処になっている洞窟まであと少しだと、ピアルさんが教えてくれた。

「あそこだ」

異変があった場所から少し歩くと、大きな洞窟の出入り口が見えた。

「俺たちは中の様子を見てくるから、待っていてくれ」

ナルガスさんとジャッギさんがそう言うと、洞窟に向かって姿勢を低くして行ってしまう。ドキドキしながら二人を視線で追うと、無事に洞窟に近づけたのがわかった。しばらくすると二人の背中が見えなくなってしまった。それにどきりとするが、じっと待つしかない。

「本当にここまでシャーミが一匹もいなかったな」

ピアルさんの言葉に、確かにと思う。シエルに怯えているといっても、一匹もいないのはおかしい。消えた魔物に、おかしくなったシャーミ。何だろう、気持ち悪いな。

「帰って来たぞ」

アーリーさんの声に視線を向けると、ナルガスさんとジャッギさんが姿勢を低くしてこちらに走り寄ってきた。

「どうだった？」

「それが……」

「どうした？　いないのか？」

ピアルさんの言葉にジャッギさんが首を横に振る。

「洞窟の中に確かにシャーミの姿を確認出来た。それと、ゴミが大量にあるのも確認出来た」

ゴミ！　やっぱり、ここで合っていたのか。そうなると、ゴミの魔力でシャーミがおかしくなった可能性が高いって事だよね。

「ゴミはどれくらいあったんだ？」

アーリーさんの言葉にナルガスさんが、眉間に皺を寄せる。

「大量にだ。奥まであって、どれくらいの量なのかまったくわからない」

「そうか」

「シャーミはあの洞窟にいたのか？　それにしては静かなんだが」

お父さんの言葉に頷くナルガスさん。洞窟内にシャーミはいる。ただ、異様なほど静かだ。魔物がいる森の動物は、気配に敏感だし耳もいいと聞いた事がある。それなのに、まったく動きがない。

「丸くなって眠っていた。少し岩を蹴って音を出してしまったんだが、反応がなかった」

眠っている？　音がしても眠るなんて、おかしい事だよね。

「洞窟内を調べよう」

お父さんの言葉に、ナルガスさんたちが私を見る。

「一緒に行ってもいいなら、行きたいです」

「アイビーは大丈夫だ。シエル、何かあったらアイビーを乗せて安全な場所へ運んでくれ」

シエルはお父さんの言葉に、一回大きく頷く。

「行くぞ」

見守る筈のお父さんが、先頭に立ち、歩き出そうとする。いいのかな？　ナルガスさんたちを見ると、特に違和感を覚えないようだ。……いや、駄目だよね。まぁ、あとでお父さんが注意するかな。

「アイビーは俺の後ろに来てくれ」

「わかった」

すぐにお父さんの後ろに移動すると、シエルがすっと隣に来てくれた。

「寝ているると言っても、いつ起きるかわからないから、警戒は怠るなよ」

「うん。お父さんも気を付けて」

「あぁ」

お父さんは返事をしたあと、私の後ろにいるナルガスさんたちを見る。そしてちょっと苦笑を浮かべて洞窟へ向かった。

420話　シャーミの洞窟2

洞窟の入り口に来ると、すぐにゴミの山が見えた。かなりの量が捨てられているのがすぐにわかる。

「ひどいな」

お父さんの小さな声が耳に届く。確かにひどい。シャーミの住処に捨てるなんて。

ナルガスさんが私の隣に来て、前のお父さんの肩を軽く叩く。お父さんが後ろを見ると、彼は上を指す。それにつられて上を見ると、洞窟の壁には段差があり、そこにシャーミがいた。どの子たちも体を丸くしている。これがシャーミの寝る姿なのだろう。お父さんがナルガスさんに頷くと、指で何かの指示を出した。それを見たナルガスさんたちは、アーリーさんを残して反対の壁に静かに移動する。この洞窟の入り口は大きく、中もかなり広い。なので二手に分かれて、中を調べる様だ。お父さんが、少し離れた場所にいるシエルに掌を下にして二回上下させ合図を送る。するとシエルがその場に伏せをした。待機の合図だけど、いつ教えたんだろう？　お父さんがじっと私を見るので、小さく深呼吸して気持ちを整える。それから、大丈夫という気持ちを込めて頷く。それを見たお父さんが、静かに洞窟内に入った。それに続くと、後ろからアーリーさんがついて来てくれた。

壁沿いに静かに移動する。ゴミの量が多く、反対側にいる筈のナルガスさんたちの姿は見えない。というか、どれだけ溜め込んでいるんだろう。入り口から中に進むと、どんどん暗くなっていく。灯りを点ける事は出来ないので、途中で動きが止まる。お父さんが上を見たのがわかり、つられて上を見るとシャーミたちの姿が暗がりの中に見えた。どの子も動かないので、まだ眠っているのがわかる。それにほっとするが、違和感もある。普通に考えると、これはあり得ない。ここまで住処に侵入されれば必ず起きる筈。それなのに起きない。もしかして起きられないのだろうか？　前のお父さんを見ると、バッグから何かを取り出している。灯りを点ければさすがに起きると思うけど、どうするんだろう？　何か準備してきたのかな？　それにしてもゴミが多い。見つからない様に壁に沿って歩いているのに、壁際までゴミが押し寄せてきている。注意深くゴミを見ると、マジックアイテムが多い様な気がする。足元にある大きなマジックアイテムを少し移動させる。あれ？　ゴミの下に、何処かで見た事がある模様が目に入る。それを見た瞬間、背中に嫌な汗が伝うのがわかった。ただ、模様はまだ半分も見えていない。確かめようと、もう一度マジックアイテムに足を伸ばす。音を出さない様に注意しながらマジックアイテムを移動させようとすると、お父さんに肩を叩かれた。驚いて前を見ると、お父さんが先ほどシエルにした合図を私にした。つまりここで待機という事だろう。理解は出来たが、首を横に振る。それを見たお父さんが驚いた表情を見せたが無視して、視線が下に向く様に指で下を指す。アーリーさんも気付いたのか少し体を移動させて、お父さんと一緒に足元を見てくれた。次の瞬間、お父さんが緊張したのを感じた。それを感じながら、先ほど移動させようとしたマジックアイテムをそっと横にずらす。先ほど半分ほどしか見えていなかった模様が、完全な形で視界に入る。「やはり」と心の中で思う。見た事がある筈だ。サーペントさんを捕まえていた魔法陣に使われていた模様なのだから。お父さんもそれに気付いたのか、壁にもう少し寄り添う様に移動する。その時にアーリーさんにも、しっかりと指示を出してくれた。

アーリーさんは少し不思議そうにするも、お父さんの指示に従い壁に寄る。お父さんを見ると、視線が合い頷いてくれた。そして、外に向かって指をさした。今度はアーリーさんを先頭にして、洞窟内をゆっくりと外に向かって歩く。シャーミたちにばれない様に移動するのはきついが、今は急いで魔法陣から離れないと何が起こるかわからない。そういえばナルガスさんたちはどうするのかな？　洞窟の外に出て、少しその場から離れるとアーリーさんが小さなマジックアイテムを起動させるのが見えた。

「これは、異変があった事をナルガスたちに知らせるものだから、すぐに出てくると思う」

シエルと一緒に洞窟から少し離れる。しばらくするとナルガスさんたちが洞窟から出てきた。

「どうかしたんですか？　何かあったんですよね？」

ピアルさんが、心配そうに私たちを見る。ジャッギさんやナルガスさんも不安な表情をしている。

「お前らな、上位冒険者なんだから少しは表情を隠せ」

お父さんの一言に、気まずそうにするナルガスさんたち。

「まぁ、これからは気を付けろ。洞窟の調査を終わらせた原因は魔法陣だ」

「魔法陣ですか？」

ナルガスさんが困惑した表情をする。

「アイビーが見つけたんだが、あの洞窟のゴミの下にデカい魔法陣が描かれている」

お父さんの言葉に黙り込むナルガスさんたち。

「という事は、シャーミがおかしいのは魔法陣のせいだと？」

「おそらくそうだろうな。魔法陣とゴミの魔力で何かされたんだろう」

ひどいな。原因がわかったけど、術を解く事は出来るのかな？

「お父さん、術を解く事は出来そう？」

「難しいだろう。ゴミの魔力で凶暴化もしているしな」

そうだよね。以前は違っても、今は人を見たら襲い掛かっているみたいだし。

「あっ、でも、今は眠っているよね。その間には？」

「そうだな。その間なら何とか出来る可能性もあるが……」

お父さんの表情を見て、無理なのかもしれないと感じる。

「アイビーさん。村に戻って、団長に術を解く手立てがないか訊いてみないか？」

「そうだね。ピアルさん、ありがとう」

ちょっと笑うと、ピアルさんがホッとした表情を見せた。もしかして、ひどい顔をしてたのかな？　しっかりしないと。

「ドルイドさん、どうします？　いったん村に戻ってもいいですか？　このまま。洞窟内を調べるのは危険ですよね」

「そうだな。どんな魔法陣なのかわかっていない以上、近づかないほうがいい。いったん村に戻ろう」

ナルガスさんたちが周りを見ながら村のある方向を指す。それに頷いて、先頭を切って歩くピアルさんに続く。シエルはさっと私の隣に来てくれた。しばらく無言で洞窟から離れる。

「ふ〜、緊張した。それにしても、アイビーはよく魔法陣を見つけたね」

洞窟からかなり離れると、ジャッギさんが後ろで小さく息を吐くのがわかった。

「前に見た魔法陣と模様が一緒だったんです」

「前に見た魔法陣？　どんな魔法陣だったんだ？」

アーリーさんが、私とお父さんを見る。

「魔物を従わせる魔法陣だったみたいです。発動する場面に遭遇してしまって、私とお父さんは記憶が消えたり、変えられたりしました」

「怖いな。知識がアイビーとドルイドさんにあって良かったよ。俺たちだけだったら、危なかったかもな」

「確かにな、もうこれ以上記憶をいじくられるのはごめんだ」

ジャッギさんの言葉に、ピアルさんが同意する。そのまま急ぎ足で村に戻り、門が見えた瞬間体から力が抜けた。

421話　真ん丸

団長さん宅に着くと、帰って来るのが早かった為、驚いた表情の団長さんが出迎えてくれた。

「早過ぎないか？」

「相談したほうがいい問題が見つかったので、戻りました」

ナルガスさんの返答に、団長さんが溜め息を吐く。

「問題か、部屋で聞くよ。あっ、アイビー、ソラとソルをありがとうな。ソラたちに許可を貰って、最終的に二人追加させてもらったんだ」

「そうなんですか？」

「あぁ、勝手をして悪かった」

「いえ、お役に立てて良かったです。ソラたちは何処ですか？」

私の質問に団長さんがちょっと困った表情を見せた。それに首を傾げる。

「何か問題でもあったんですか？」

私の質問に団長さんが首を搔く。それを見たお父さんの目がすっと細くなる。

「ドルイド、大丈夫だ。問題はない。ただな、ちょっと」

「はっきり言ってほしい。何があったんですか？」

お父さんのちょっとイラついた声が廊下に響く。その声に団長さんが苦笑を浮かべると、一階にある少し広い部屋に通される。

「まぁ、見たらわかるから」

部屋に入ると、すぐにソファの上で遊んでいたソラとソルを見つけた。

「へっ？」

「あっ」

二匹を見た瞬間、私とお父さんの少し驚いた声が口から漏れた。後ろから部屋に入ってきた、ナルガスさんたちも同じ様な反応をしている。なるほど、確かに説明されるより見たらすぐにわかるね。それにしても、見事に丸い。

「ソラ、ソル……一杯食べたんだね」

ソファの上には何と真ん丸になったソラとソル。

「ぷっぷぷ〜」

「ぺふっ」

元気な二匹の声に、体調に問題はないという事はわかる。それにほっとすると、少し離れた一人掛けのソファの上で熟睡しているフレムを見つけた。

「悪い。ずっと見た目も変わらなかったから大丈夫だと思ったんだ。あと二人、追加してもいいかと訊いた時も、大丈夫と答えてくれたしな。でも最後の二人が終わって迎えに行くと、この状態で

「……悪い。というか、あの子たちにとって食事だったんだな」

団長さんがソラたちに近づいて、頭をゆっくりと撫でる。

「はい。すみません、内緒にしてて」

やっぱり、言っておけば良かったたな。

「いや、それは構わないが。これは大丈夫なのか？」

団長さんの視線の先には、丸々としたソラとソル。

「転がりそうだな」

「ぷっぷ！」

「ぺっ！」

お父さんの言葉に、抗議の様な鳴き方をする二匹。でも、その体型は本当に真ん丸で、間違いなく転がると思う。

「ソラ、ソル。満足出来た？」

「ぷっぷぷ～」

「ぺふっ」

「体は大丈夫？」

「ぷっぷぷ～」

「ぺふっ」

元気に鳴くし、いつもよりちょっと重そうだけど飛び跳ねているし、大丈夫だろう。

「ソラもソルも元気みたいなので大丈夫です。まぁ、ただの食べ過ぎでしょうから」

私の言葉に、安心した表情をする団長さん。ナルガスさんたちが、ソラに近づいて撫でたり突いたりしだすと、ソラとソルも楽しそうに遊びだした。その様子から、二匹が相当機嫌がいい事がわかる。お腹が一杯になると幸せだもんね。

「お疲れ様。お茶を淹れましたよ」

メリサさんがお茶とお菓子を持って部屋に入ってくる。ソラとソルの事は既に知っていたのか、特に反応する事なく机にお茶とお菓子を並べてくれた。

「話を聞かせてくれ。何かあったんだろう？」

団長さんの言葉に全員が椅子に座る。バッグからシエルを出すと、ソラたちの下へ飛び跳ねていった。二匹を見たシエルがちょっと固まったのが、可愛い。きっと見て目が変わっていて、驚いたんだろうな。

「簡単に説明します。シャーミの洞窟へ行く道中、いる筈の魔物が何処にもいませんでした。なので安全にシャーミの洞窟に到着したので、すぐに洞窟内部の調査に入りました。洞窟内は捨て場から消えた大量のゴミが捨てられており、中の調査は大変だと思います」

確かに何をするにも、あの大量のゴミをどうにかするのが大変だな。

「それとゴミの下に魔法陣らしき模様をアイビーさんとドルイドさんが見つけました」

ナルガスさんの説明が終わると、団長が頭を抱えた。

「魔法陣？　どんな模様だったかわかるか？」

「大量のゴミがあったので全貌がまったく見えません。見えたのはほんの一部だけなんです」

「一部だけか……悪いが、その模様を描いてくれないか？」

団長さんの言葉にナルガスさんが紙に模様を描く。それをお父さんに見せて、頷くのを確認してから団長さんに渡した。

「これは……」

「詳細は話せないが、その模様は、ある魔物を従わせようとした魔法陣に使われていたものだ。下手に触れると記憶が消される可能性がある」

お父さんの説明に団長さんの眉間に深い皺が刻まれる。目もかなり吊り上がり、怖い。

「俺も見た事がある模様だ。以前魔法陣を使った事件に関わったと言っただろう。その時にこれを見た」

「そうか。どうやって対処をした？」

「……魔法陣の上書きをしたんだ。だが、そのせいで冒険者が八人死んだ」

えっ、冒険者が？

「膨大な魔力が必要になるんだ。八人が命を懸けて最悪な魔法陣を無効化してくれた。ドルイドが見つけた魔法陣はどうしたんだ？」

「その魔法陣はまだ不安定だったんだろう。シエルが力で抑えつけてくれた。ただ、少し触れてしまった俺とアイビーは記憶の一部を消されて、今も戻っていない」

「記憶を？　俺の知っている魔法陣ではそれはなかったな。違う魔法陣か？　だが、この模様は

「……」

「どうする？」

お父さんの言葉に、苦悶《くもん》の表情を見せる団長さん。

「冒険者と自警団員に協力を求めるよ」

「だが、今は術に掛かっている状態だ。出来るのか？」

「………」

部屋の中が異様に静かになる。

「後回しに出来そうか？」

「ん～、魔法陣の指示が何かわからないからな。わかってるのは……ナルガス？」

「動物でありながら魔力を持って、人間を攻撃する事ですね。それ以外は、門へ攻撃する回数が増えていたので、村を襲う様に指示している可能性もあります」

お父さんに名前を呼ばれ、ナルガスさんが慌てて説明をする。門への攻撃が増えていたのは知らなかった。でも、これだと猶予はそんなにないのかな？

「それと、門番たちはぎりぎりかもしれません」

それは術の事だろうな。

「……そうか。わかった」

団長さんをそっと窺う。静かに目を閉じて、考えているのがわかる。すべてに時間が足りない。

コンコン。

「ナルガスたちが帰ってきていると聞いたが」

扉を叩いた後すぐに扉が開き、ジナルさんたちが部屋に入ってきた。部屋の雰囲気を見て、険しい表情をする。

「何があった？」

ジナルさんの言葉に、団長さんが簡単に説明をする。それを聞いたガリットさんが、大きく溜め息を吐いた。

「最悪な事になっているな」

「あぁ、何か解決策はないか？　村の問題を解決する最低限の者たちしか、術は解いていない。俺の知っている解き方では、術が解けてもすぐに動ける者たちはいない」

団長さんの言葉にジナルさんたちが考え込むが、時間だけが過ぎていく。

「ぺふっ」

ソルの声に視線を向けると、飛び跳ねようとして失敗したのかソファから転がり落ちてしまっていた。

「ソル、大丈夫？」

ソルの傍により抱き上げると、ちょっと重い様な気がする。見た目だけでなく、体重も重くなっているソルにちょっと笑みが浮かぶ。

「ぺふっ、ぺふっ。ぺふっ、ぺふっ」

ソルを見るとじっと私の顔を見る。何だろう？

「何かを伝えたいの？」

「ぺふっ」

「アイビー、どうかしたのか？」

お父さんの言葉に、ソルを抱っこしたまま元の椅子に座る。するとソルは、隣に座っているお父さんに向かっても、鳴く。

「ぺふっ、ぺふっ。ぺふっ、ぺふっ」

「何か伝えたいみたい」

今この場所で伝えたい事？　話していたのは洞窟の魔法陣を無効化する方法。ソルを見る。何か期待した様にキラキラしている目を向けてくる。

「もしかして、ソル。解決方法を知ってるの？」

私の言葉に、団長さんたちの視線が集まるのがわかる。

「ぺふっ」

知ってるのか。……どうやって、解決方法を教えてもらおうかな。

422話　食べるらしい！

「えっと、どういう事だ？　解決方法って？」

「ソルが魔法陣の解決方法を知っている様です」

団長さんの困惑した声に、はっきりと告げる。ソルがそう言う以上、出来るのだから。それより、解決方法はやはり無効化なのかな？

「ソル。洞窟の魔法陣を無効化出来る方法を知ってるの？」

「ぺふっ」

やはりそうか。どうやるんだろう。……もしかしていつも通り？　それは、今のソルにはちょっとやめてもらいたいな。

「ソルがやるのか？」

「ぺふっ！」

「いつもみたいに？」

「ぺふっ」

お父さんの質問に元気に答えるソル。やっぱりソルが魔力を食べて無効化するのか。でも……ソルを見る。

「……それ以上食べたら、お腹壊すから……」

「「「「…………」」」」

「……いや、アイビー。そうじゃないだろう」

「えっ？」

お父さんの言葉に、視線をソルからお父さんに向ける。あれ？　団長さんたちが、何だか不思議なモノを見る様な目で私を見ている気がするんだけど。気のせいかな？

「まぁ、アイビーだからな」

お父さんの納得の仕方はどうなんだろう？

「ソルが出来るそうだ。団長」

「あぁ、話を聞いていたから。ただ、理解が追いつかない。スライムだよな？」

「間違いなくスライムだな。だが、ソルがそう言う以上、間違いなく出来るだろう」

お父さんの言葉に頷く。ソルが出来ると言うなら、出来る。となると、私はソルを洞窟へ連れて行けばいいって事だよね。うん。それなら私でも出来る。でも……真ん丸。絶対に食べ過ぎになる。運動をさせるべきかな？

「いや、ソルが出来ると言ったのはわかったが、それは本当なのか？　魔法陣だぞ？」

団長さんが困惑した表情をして、お父さんを見たあとに私も見る。

「大丈夫ですよ。ソルが出来ると言ったので、きっと無効化出来ます」

「……そうか。うん。二人に断言されるとな」

団長が苦笑して、ジナルさんを見る。ジナルさんが肩を竦めた。

「ソルを疑う事はしないのか？」

「しません」

ジナルさんの質問に断言する。そんな事はしない。今までの事を考えると、無駄だもん。

「そうか。あ～、まぁ、ソルを洞窟に連れて行ってみるしかないな」

「……それしかないな。さすがに自分の目で見ない事には……悪いな」

団長さんの表情に笑みが浮かぶ。それはしかたのない事だと、これまでの経験で知っているから特に気になる事はない。だって私の仲間は、普通とは違うから。それにしても気になるのはソルの体型。絶対に食べ過ぎだと思う。これに追加で食べたら、絶対体調崩すよね。

「よしっ！　ソル、運動しよう。そのままだと何だか危ない気がする」

「ぺ～」

嫌がられた。でも、食べ過ぎたから体型に出ちゃったんだよね？　それなのに、今以上に食べるなんて……絶対に危ない！

「食べ過ぎになって、動けなくなるよ」

「ぺ～」

「む～」

「アイビー、ソルと一緒に唸《うな》ってどうするんだ？」

そうだけど！

「ぺっ！　ぺっ！」

あれ？　ソルの様子がおかしい。何だかちょっと苦しそう？

「ソル？　大丈夫？　お腹痛い？」

やはり食べ過ぎたのかな？　薬草……食べてくれないよね。

「ぽんっ！　ぽんっ！　ぽんっ」

「おぉっ！　ソルもか。驚いた」

「本当だ。すごい同時に三個もだ！」

「「「「………」」」」

苦しそうに見えたソルから魔石が飛び出した。さすがにフレムに続いての事なので、免疫が出来たのかちょっと驚いたけど最初の頃より驚かなくなった。まぁ、真っ黒な魔石だったのは驚いたけど。

「ぺふっ」

「もしかして体型の事を言われたからか？」

確かに、魔石を三個作りだしたソルの体型は少し元に戻っている。とはいえ、まだ丸いけど。

「ん？　まだ作り出すのか？　体に負担が掛からない様にな？」

「ぺふっ。ぺ〜、ぽんっ！　ぽんっ！　ぽんっ」

新たに三つの魔石を作ったソル。また少しだが、体型が元に戻った。まぁ、これぐらいなら安心かな？

「ドルイド、ちょっといいか？　それは魔石で間違いないのか？」

ジナルさんがお父さんの手の中の物を指す。

「あぁ、そうだ」

そう言って、差し出すお父さん。恐る恐るそれを手にするジナルさん。団長さんたちもジナルさんに近づき、魔石を見つめる。

「確かに魔石だな。魔石を作り出すスライム？」

団長さんがソルを見る。

「確認だが、知ってたのか？」

「ソルが、魔石を作りだしたのは初めてだ。だが、フレムが普通に作るからな」

団長さんの質問にお父さんが答えると、みんなが寝ているフレムを見る。

「すごっ。俺、今すごい所にいる」

ナルガスさんがボソッと声に出すと、ピアルさんたちが何度も頷いている。すごい所？

「まぁ、そうだろうな。最近は当たり前になり過ぎたけど、団長たちの姿を見て思い出したな。最初は俺もそっち側だったから」

お父さんが、団長さんたちを見てしみじみ言う。何だか懐かしがっている。そんな昔の事ではないのにな。

「はぁ～。魔法陣の事で悩んでいた筈なんだけどな」

団長さんの言葉に、周りから笑いが起きる。何だか、先ほどとは違い空気が柔らかい。さっきはギスギスしていたからね。

「魔法陣を無効化出来る方法が見つかって良かったじゃないか」

フィーシェさんがソラの頭を撫でながら話す。ソラは、フィーシェさんの手に頭をぶつけてぐりぐりしている。きっと楽しいんだろうな。

「そうだが、こうドルイドと関わってから緊張感が続かないよな」

ジナルさんの言葉に、苦笑を浮かべるみんな。

「それは俺のせいではないだろう」

お父さんが不服そうに言うと、笑いが大きくなった。

「さて、時間もないし行くか」

団長さんが椅子から立ち上がると、ジナルさんが呆れた風に団長さんを見る。

団長が行けるわけないだろう。その姿で村の中を歩くつもりか？」

「少しぐらい、いいだろう」

団長さんは反論するが、きっと駄目だと思う。ちょっと怖いなと思うほど痩せているのだから。

それにしては元気だけど。

「メリサさんとエッチェーさんの許可があれば、考えましょうか？」

ガリットさんの言葉に団長さんが、嫌そうな表情をする。絶対に許可が下りないと思っているんだろうな。まぁ、間違いなく下りないだろうけど。

「少し抜け出して」

「許可は取ったほうがいいと思うが」

ナルガスさんたちにも言われ、団長さんがいやいや椅子に座り直すと溜め息を吐いた。

「そんなに見た目がひどいか？」

「あぁ、すごいぞ。特にこのあたり」

ジナルさんが顔を指して、頷く。体は服に隠れているのである程度誤魔化す事が出来るが、顔は隠せないからね。

「寝ていたら死人だな」

フィーシェさんが言うと、周りが頷くのが見えた。確かに、ベッドの上で眠っているのを見た時は一瞬死んでいると思ったもんね。

「血色は良いから死体には見えないのでは？」

アーリーさんの言葉に団長さんを見る。確かに痩せこけて少し怖いが、血色は良い。何だかそれがちょっと、気持ち悪……困った印象を強めている気がするけどね。

「それより、時間が惜しい。誰が森へ行く？」

「この周辺の森に詳しいので、俺たちが行きます」

お父さんの言葉に、ナルガスさんが手を挙げる。確かに何かあった場合、森に詳しい人がいたほうがいい。

「わかった。気を付けてくれ。先ほど以上にアイビーの安全を最優先に考える事」

「もちろんだ」

団長さんの言葉にナルガスさんが力強く頷く。私が最優先される事に少し首を傾げる。

「さて、行こうか。アイビーは問題ないか？」

「はい。アーリーさんも疲れてないですか？」

「大丈夫。ありがとう」

シエルとソルが、準備をしだすと寄ってくる。今回もシエルはついて来てくれるらしい。

「ありがとうシエル。ソル、お願いね」

「にゃうん」

「ぺふっ」

「団長さん、ジナルさん。ソラとフレムをお願いします」

私の言葉に、団長さんたちが私を見て「もちろん」と返事をしてくれた。よし、もう一度森へ行こう。

番外編　ジナルたちの暗躍

―アッパス視点―


「ギルマス、怒ってくださいね。まったく、まだ駄目だって言うのに無理をするから！」

「わかったよ」

廊下から聞こえるエッチェーの怒り狂った声。やばいな。本気で怒らせてしまったかもしれない。これからは彼女の持ってくるお茶には気を付けよう。いや、食べ物もか？　でもまずは、ちゃんと謝ろう。勝てる気がしないから。

「倒れたんだって？」

扉を叩く事もなく開けるのは、この村のギルマスをしているウリーガ。ベッドの上から手だけを上げて挨拶をする。ちょっと調子に乗って動き回り過ぎたようだ。立ち眩みを起こしてしまった。

「まぁ、しばらく寝ていれば問題ないだろう」

「そうか。エッチェーに毒を盛られないようにな」

毒って。彼女が盛るのは毒ではないだろう。まぁ、数日は起き上がれなくするぐらいは平気でするだろうが。

「どうだった？」

「村か？」

「あぁ、ある程度情報は得たと思っているが、ギルマスの立場から見た情報を貰いたい」

「一言で言うなら異常だ。危機感が一切ないという不気味さが村全体を覆っている。魔法陣の術の影響だと知らなければ、すぐにこの村から逃げるな」

魔法陣。二度と関わりあいたくない最悪なモノだ。

「王都からは？　どうせ王から何か話があったんだろう？」

「あった」

「彼らの事は話していないだろうな？」

ベッドから体を起こしウリーガを見る。友人というよりギルマスとして訊いている事が、その視線の鋭さからわかる。

「ふっ。話せない事を知っていて聞くのか？」

魔法陣に関わった者には監視が付く事が多い。魔法陣に魅せられて、何か問題を起こさないか。正直、あんな恐ろしいモノを使おうとする者は愚かだ。だが過去に、魔法陣に魅せられてしまい、使用して町に大きな被害を起こした冒険者がいたのも事実。だから、監視される事もしかたない。

「まぁ、それはそうだが。解除は出来ないんだな？」

「あぁ、あの紙を使用した場合、サインをした者同士の同意がない場合の解除は呪いを発動する」

視線をベッドの近くにある机へ向ける。ウリーガが机の上の紙を一枚取る。そこにはドルイドとアイビーのサイン。そして俺のサインがしてある。

「しかし、よくこんな紙を奴らは持っていたな」

ウリーガが持っているのはマジックアイテムの紙。契約を交わす時に、一般的に使われる紙の様に見えるが、実は少しそれとは異なる性質を持っている。その紙は王と契約を交わす時に、使用する事が多い。なぜなら、ある特殊な魔法が掛かっているからだ。その紙を使用した契約書を見た時、正直戸惑った。これほどの紙を使用する必要があるのかと。今思えば、ジナルたちの判断は正しかった。

「王は何と？」

「魔法陣の詳しい性質についてだ。あと被害とこれからの事だな」

「そうか。誤魔化せたのか？」

ウリーガを見ると視線が合う。どうもドルイド、いや違うなアイビーの事を気に掛けている様子。

「彼女の事が気になるのか？」

「少しな。まだ、それほど話はしていないが。何か特殊なモノを感じる」

ウリーガも感じたのか。俺も最初に出会った時に、何かはわからないが感じた。それを言葉で表現するのは難しいが。

「誤魔化す事は出来なかった。協力者について話したが、疑問を持たれたよ。他にもいるのだろうと」

今の王は鋭い。魔力量も相当あると聞いているから、何か感じたんだろう。

「それで？」

「契約書があるので話せないと言っておいた」

「解除すると言われなかったのか？」

マジックアイテムの紙でも、通常で使われている紙では王家が抱え込んでいる者たちに掛かれば無効化出来る。まぁ、それなりに痛手はあるので、相当の事がないかぎりそんな横暴な事はしないが。だが、今回は魔法陣が関わっている。つまり横暴な事をしても情報はすべてほしい。実際、人を寄こそうとしたからな。すぐに呪いの紙を使用しての契約だと言ってそれを阻止した。

「言われたが、呪いの紙を使用した事を言ったら、止めてくれたよ」

相当悔しそうな声を出していたが。さすがに、呪われて死ぬのは嫌らしい。

「呪いの紙に掛かっている術は解けないのか？」

ウリーガの言葉に、頷く。

「あぁ、王家のお抱えの奴らでも無理だ。下手に関わると、呪われるわ記憶を消されるわ魔力を喰われるわで、最悪死ぬ。死ななくても廃人とか再起不能とか。まぁ、関わらないのが一番だ」

一度目にした事があるが、あれは何というかすごかった。呪いの紙から溢れる、毒々しい魔力。それに包まれる者の叫び声。しかも、関わった者、それを命令したものまで見逃す事がないからな。

「そんなに酷いのか？」

「あっ？」

「気付いてないのか？　アッパス、お前ひどい顔してるぞ」

ひどい顔って、せめてひどい表情をしていると言ってほしい。俺の顔が、ひどいみたいじゃないか。

「前に、呪いの発動を見た事があってな。それを思い出した」

あれを見た数日は悪夢に魘《うな》されたからな。

「そうか。この紙を使用したジナルたちは、契約違反をしたらどうなるか知っているのか？」

「あぁ、それは確かめた。知っていて必要だと感じてこの紙を使用したらしい」

少し前のジナルとのやり取りを思い出して、眉間に皺が寄る。「知らないわけがないだろう？　まさか異論でも？」と、にこやかに渡しやがったからな。しかも、「昔の君の立場を知っているのに、普通の紙で契約書？　ありえないだろう」とも言われた。あの口ぶりから、俺が王のお抱えの一人だと知られている様子だったよな。あれはもう二〇年以上も前の事なんだが、しかもお抱えだった時期は三年ぐらいだ。……まぁ、今も王家に反発している貴族たちの情報は流しているが。

「大丈夫か？」

「あぁ、ジナルたちは抜け目がない。あれは、恐ろしい奴らだよ」

かなり極秘の情報を、どうやって手に入れたのか。本当に恐ろしい。しかも、王がどう動くかある程度予想を立てて契約書を作っているのが、もっと怖い。ウリーガが持っている契約書に手を伸ばし受け取る。そこには『契約者を村からどんな手段を用いても安全に逃がす事』と書かれてある。王は間違いなく、魔法陣の解除や魔物の討伐に必要な人員と共に、協力者を探る者たちも送り込んでくる。魔法陣の研究者から、思ったより人が多く派遣されると『ふぁっくす』が届いたからな。あの王が、諦めるわけない。情報を精査して、俺に言わなければ契約違反にはならないと考えるだろう。そしてそれを見越して、ジナルはこの契約書を作ったんだ。おそらく奴らは魔法陣の事をある程度知っている筈だ。だが、それをドルイドたちに話した様子はない。もしかしたら、奴らも契約で縛られている可能性があるか。……いや、それにしても魔法陣について無防備過ぎる。契約で縛れていたらもっと言葉を選ぶ筈だが、話した時にそんな印象は受けなかった。それに、奴らは何処か掴みどころがないんだよな。見えているモノが、何処か作られたモノの様な。言い方はおかしいが、違和感はないのに違和感がある様な。……駄目だな、よくわからなくなってきた。

「そういえば、森へ行ったナルガスたちとドルイドとアイビーは、まだ帰ってきていないのか？」

ん？　そういえば、まだ話していなかったな。これを話したら、驚くんだろうな。俺ですら、いまだに疑っているのだから。

「シャーミの洞窟に魔法陣が刻まれている事が判明したんだ。それで一度戻ってきて、魔法陣を無効化する為にソルを連れて、森へ戻ったんだ」

「はっ？　魔法陣を無効化？　ソル？」

お～、間抜け面だな。さすがに、この説明だけではわからないか。しかたない、詳しく説明するか。人に話せば、頭の整理も出来るだろう。まぁ、どれだけ話してもスライムが魔法陣を無効化出来るなんて、見ないかぎり信じられないだろうが。

番外編　ギルマスと団長

―ウリーガ視点―

団長であるアッパスにシャーミの洞窟の話を詳しく聞く。そして魔法陣を無効化する為に、アイビーがテイムしているスライムのソルが洞窟へ向かったという事も。

「アッパス、まさか信じたのか？」

「ドルイドもアイビーも、特別な事ではなく普通に受け止めたんだよな」

どういう意味だ？

「ん？」

首を傾げる俺に、アッパスが呆れた表情をする。

「ウリーガ、お前。術に掛かって少し鈍くなったんじゃないのか？」

「煩い。ありえない事を聞いて、混乱しているだけだ」

スライムが魔法陣を無効化だぞ？　そんな話をどう信じろと言うのだ？

「で、お前自身はそれを信じたのか？」

「正直、自分の目で見ないかぎりは信じられないだろうな。だが、ドルイドたちの様子を見ていると、疑うのが馬鹿らしくなるぐらい、普通なんだ」

アッパスの痩せこけた顔を見る。戸惑っている様子に少し驚く。何事にも動じないこいつが驚いている？

「アッパスこそ、術に掛かって頭がおかしくなったんじゃないか？」

「すごい言われようだな」

「だって、そうだろう。あの非道なアッパスが迷うなんて」

こいつの過去は知らない。前の団長が何処かから拾ってきたという事になっているが、まぁ嘘だろう。間違いなく王家もしくはそれに関わりがある者だと思っている。だが、そんな事はどうでもいい。重要なのは、この村にとって利益になるか不利益になるかだけだ。一緒に仕事をしていると気付くが、こいつは非道な部分が多々ある。そして何事にも迷いがない。それに随分と助けられてきたから、文句はない。利益になるなら、過去などどうでもいい。ギルマスと団長として、いい関係が築けていると思う。何より、王家の事に関わってもいい事はないしな。

「お前の中の俺はどうなっているんだ。あぁ、言わなくていい。何となくいい事でない事はわかる」

残念、貶《けな》したかった。

「話を戻すぞ。正直、戸惑っている。ありえないと思う反面、ドルイドたちの様子から信じていいのかもしれないと思っている。……確かに術に掛かってから変わったかもな」

「本気で言っているんだよな？」

「……その疑いの眼差しはやめろ。少し自分でも驚いているんだ」

「そうか」

アッパスが信じるほどの何かを感じたという事か？　しかし、スライムが魔法陣を無効化？　もし出来るとしたら黙っていない奴らが……あぁ、だから契約書か。

「そういえば、ドルイドは呪いの紙の事を知っているのか？」

「訊いてはいないが、知っているだろう。特に気にしていない様子だったが」

ドルイドも只者ではないよな。何処か人を突き放している様子があるし、あの剣。普通の冒険者では、絶対に手に入らないモノだとわかる。特に魔石。かなり強い力を秘めた物だろう。

「なぁ、ドルイドはどういう奴なんだ？」

「ドルイドか。あれはかなり場数を踏んでいる冒険者だろうな。隙がある様でない。一方で仲間を大切にする一面もある。何処かのギルマスや団長だと言われても納得するだろうな」

アッパスはドルイドを認めているのか。まだどんな人物なのか、俺にはよくわからないんだよな。最初に出会った時、俺は術から解放されたばかりで少しふわふわした状態だった。あの時の事で思い出せるのは、その部屋にいた者たちが誰かだったぐらいで、話した内容はうろ覚えだ。ドルイドとも話した筈なんだが、記憶が微妙なんだよな。

「それよりウリーガ。ドルイドが持っている剣を見たか？　あれは相当な代物だぞ」

アッパスが楽しそうな表情で、ドルイドが持っていた剣の話をする。やはりこいつも気付いたのか。

「ちらっと見えた魔石。見た瞬間に目が離せなくなったな」

「そうだな。あれは見事だ」

アッパスに賛同すると、「見せてくれるかな？」と真剣に悩みだす。いや、今そんな話はしていなかったと思うが。……そういえば、こいつはこういう奴だったな。何だかすごく懐かしい。二年か。その間、こいつは倒れ、俺は自我を失っていた。その間に村の冒険者や自警団員が術に掛かってしまった。

「長いな」

「ん？　どうした？」

「いや、二年は長いと思ってな」

俺の言葉に、笑みを消しじっと俺を見るアッパス。

「そうだな。ドルイドやアイビーが誰であれ、どういう人物であれ、俺たちの、そしてこの村の救世主だ。もし彼らが何か犯罪を犯していたとしても、変わる事がない事実だ」

アッパスの言葉に一つ頷く。それは絶対に変わらない。

「何かあれば、協力しようと思っている。たとえ、王都から誰が来たとしても。今までの仲間が情報を漏らそうとするなら、何としても止める」

アッパスを見つめる。俺の視線をじっと受け止めて、ふっと笑みを見せる。

「わかっている。気付かれているとは思っていたが、何処まで?」

「さぁな、何の事だか俺にはさっぱりわからない。俺はただ守ると言っただけだ」

この村と、この村を助けてくれた者たちを。

「嘘つけ。今、王家の」

「知らん! 何か言ったか?」

聞こえません。だから理解出来ません。何も聞いてないぞ〜。アッパスから王家なんて言葉は一切、聞かない。

「ふっ、まぁ結構長い付き合いだからな」

「それより、これから俺たちはどう動く? 時間もないだろう?」

「あぁ、門番の様子がかなりやばいとナルガスから報告が上がっている。今日、術を解いた奴らは明日から動けそうか?」

「大丈夫だ。確認してきたが、動けるだろう」

ソルとソラ。魔法陣の後遺症を残さず、日常へ戻す事が出来るスライム。……そうか、魔法陣を無効化する事に疑問を感じたが、術から解放しているのだから出来るかもしれないな。というか、出来るのだろう。

「そうだ、ソルから魔石を貰った。正確にはアイビーがくれたんだが」

魔石? アッパスを見ると、手に真っ黒な魔石を持っている。

「何だそれ。魔石?」

あれ？　今、おかしな言葉を聞かなかったか？　……ソルから貰った魔石？

「ソルから貰ったとはどういう事だ？」

「そのままの意味だ。目の前でソルの口からこの魔石が飛び出してきた」

「……………」

「ちなみに、フレムは使いきった魔石を復活出来るそうだ。これはアイビーに聞いた」

「……………」

「大丈夫か？」

「何とかな」

アッパスの言葉を頭でゆっくりと繰り返す。

「……そうか。まぁ、魔法陣の術から解放するスライムだからな。うん。そんな事も出来たりするんだろう」

何だろうな。考えるだけ馬鹿らしくなってきた。というか、わからない事を考えても無駄な気がしてくる。

「はぁ～、ここ三日ぐらいで、俺の知っているスライムの常識が音を立ててなくなったよ」

「ふっ、まだこれからもあるかもしれないぞ」

本当に、ありえそうで嫌だ。それにしても、話が進まない。

「ギルマス」

アッパスの呼び方が変わると、自然とすっと背が伸びる。

「自警団から五名、冒険者から五名。頼む」

アッパスの視線、言葉の中に覚悟が見える。魔法陣の術を解放する為には、別の魔法陣の術を使う必要があると聞いた。そして、魔法陣は使えば使うほど使用者を蝕む。最後は狂うと。目をギュッと閉じ、ゆっくり目を開ける。この位置に着いた時、すべての罪を背負うと決めた。その罪がまた数個、増える事になるだけだ。立ち止まる事も怯む事も、この地位に立つ者は許されない。

「わかった。既に話はしてある。明日、答えを訊く事になっている」

423話　えっ？　終わり？

シャーミがいる洞窟から少し離れた場所で足を止めたナルガスさんが、ピアルさんを見る。

「シャーミが目覚めている可能性があるよな？」

「そうだな。調べるか？」

「そうしよう」

ピアルさんが、洞窟から隠れる様に指示を出したので、ソルを抱きかかえて大木に身を隠す。シエルを見ると、ぴょんと木の上に飛び乗ったのが見えた。腕の中のソルがもぞもぞと動くので足元に置く。

「隠れてようね」

私の言葉に、視線を合わせてプルプル揺れるソルの頭をそっと撫でると洞窟を見る。特に変化がある様には見えない。ただ、洞窟の中までは見えないので、確かに調べる必要はありそう。

「少し見てきます。ここで待機していてください」

お父さんに向けてナルガスさんが言うと、ジャッギさんと一緒に洞窟へ向かった。二人を見送りながら、周りの森を見渡す。前と何も変わっていない森。

「ずっと寝ているのかな？」

シャーミの姿を思い出す。四本ある腕を体に巻き付けて、洞窟の壁に体を寄せてギュッと小さくなって寝ていた姿は、まるで何かから身を守っている様に見えた。元々その様な姿で寝ているのだろうけど、魔法陣の術に嵌っているとわかった今ではとても痛々しく感じてしまう。

「どうだろうな。もしそうならその状態のままで術から解放させてやりたいな」

「そうだね」

お父さんと小声で話しながら、隠れている大木からそっと洞窟を見る。洞窟にたどり着いた、ナルガスさんとジャッギさんが洞窟内に入っていくのが見えた。無言で待っていると、川の流れる音が聞こえた。

「あれ？」

目を閉じて耳を澄ませる。川の流れる音、木々が風で揺れる音が聞こえるが、動物の鳴き声の様なモノが一つも聞こえない。森の中にいるのに、聞こえない事に首を傾げる。

「どうした？」

「森の中にいるのに、動物の鳴き声がまったく聞こえてこなくて」

私の言葉にお父さんが、頷く。

「気付いてたの？」

「少し前にな。森全体が、何処かおかしくなっているのかもな」

神妙な表情で森を見るお父さん。何だか嫌な感じがする。

「戻って来たぞ」

ピアルさんの言葉に、視線を洞窟のほうへと向けるとナルガスさんとジャッギさんの姿が確認出来た。

「シャーミは寝ていて動きはなかった。他の動物や魔物の気配もなかったから大丈夫だろう。アイビー、行こうか？」

「はい」

足元にいたソルを抱き上げる。腕の中でプルプルするソル。

「ソル、お願いね」

「ぺふっ」

小声で話す私たちに合わせた様に、小さな声で返事をするソル。私とソルを守る様に周りを囲まれながら、洞窟までゆっくりと進む。洞窟前でソルを地面に下ろすと、いつの間にか木から降りていたシエルがすっと私の隣から顔を出した。それに少し体がびくついてしまう。音をさせずに移動するから、心臓に悪い。

「アイビー」

「はい」

アーリーさんが、私の傍に来てソルを見る。

「ソルが何をするかわかるかな？」

「……食事？」

「あ～、どういう風に？」

あっ、そうか。

「ゴミの場合は、魔力を取り出してバクバクと食べてました」

私が説明すると、アーリーさんだけではなく、前にいたピアルさんも振り返ってソルを見た。

「バクバク、食べた？」

「はい。ソルの触手が空中に浮かんだ魔力をがしっと掴んで、口に持っていってバクバクと」

「触手？」

あれ？　見た事なかったかな？　そういえば、なかったかも。

「ソルは手の様に動かせる触手が出せるんです。結構可愛いですよ」

「いや、可愛くはないぞ」

私の言葉を静かに否定するお父さん。そうかな？　可愛いと思うのだけど。

「どうしたんですか」

ピアルさんが私の傍にいたソルを持ち上げて、色々な角度から眺めている。

「……いや、悪い。実はスライムではないのかと思ったんだが、スライムだったたな」

「当たり前じゃないですか。フレムから産まれたんだから……たぶん」

ソルが産まれてから、フレムの黒いシミは完全に消えた。なので間違いなく、フレムから産まれた筈。スライムから産まれたのだからスライムだろう。それは、間違いない筈だ。

「はぁ～」

「どうしたんですか？　アーリーさん？」

「うん、何でもないよ。とりあえず、ソル、頼むな」

「ぺふっ」

ソルがピョンと洞窟に向かって飛び跳ねる。そのあとをそっと追いかけるが、ドキドキする。シャーミが気付いたら、ソルを攻撃するかもしれない。その時は、ソルを持って洞窟からとりあえず逃げよう。

「本当に寝っぱなしだな」

お父さんの言葉につられて、シャーミがいる場所に視線を向ける。確かに先ほど見た時と同じ様に見える。そのままソルのあとを追って洞窟の奥へ進む。少し薄暗くなったあたりでソルが止まると、ソルから触手が出てきた。

「本当に出てきた。すごいな」

確かにすごいけど……長い。今まで見た事もないほどソルから出てくる触手が長い。ソルから出た触手はゴミの山の上を右へ左へ。ゴミに触れる事なくゴミの少し上の空中を右へ左へ。何往復かすると、触手はぴたりと止まる。全員の視線がソルに向く。ソルは特に気にする事なく、ぴょんとゴミの山に向かって飛び跳ねゴミの上に乗ってしまう。魔法陣が発動しないかとドキドキするが、止める事はしない。

「ぺふっ、ぺふっ、ぺーふっ」

何とも気の抜けた鳴き声が洞窟内に響く。そっとシャーミを見るが、起きる気配はない。それにほっとしてもう一度ソルを見る。ソルがゴミの頂上辺りに近づくと、地面がぶわっと黒く光りだした。

「うわっ」

ゴミに近づいていたジャッギさんが、慌ててゴミから離れ壁に体をピタッとくっつける。

「触れない様に気を付けろ。記憶を奪われるぞ」

お父さんの言葉に、ナルガスさんたちも黒い光に体が触れない様に壁に寄る。

「ぺ～ふっ」

みんな下を向いていたが、ソルのいつもより少し大きな鳴き声に反応して、視線をソルに向ける。

「あっ」

視線の先には、ソルの体がゴミを覆う様に広がっていく姿。そういえば、ソラも元の大きさからは想像出来ないほど伸びたなとシエルを包み込んだ姿を思い出す。ただ、ゴミの量は多く、黒く光っている場所を見ると、かなり大きな魔法陣だとわかる。

「大丈夫かな？」

「ソルの様子からは、心配なさそうだけどな」

確かに、何とも楽しそうな鳴き声だった。ワクワク感が伝わる様な。……心配するのは無駄かな？

「元の大きさがわからないほど、スライムって伸びるんだな」

隣にいるアーリーさんが、目の前の光景を見て呆然としている。

「ソルだからじゃないか？」

「レアだから？」

ナルガスさんの声と、ピアルさんの声が聞こえる。そっと壁から体を離して、二人の様子を見る。

アーリーさんと同様、ソルの状態を見て呆然としていた。

「すごいな、この量のゴミを覆いつくしたぞ」

ジャッギさんの言葉にソルの様子を見ると、確かに大量のゴミを覆いつくしていた。

ソラ以上の伸びの良さだ。

「そういえば、魔法陣の光がいつの間にかなくなってるな」

ナルガスさんの言葉に地面を見る。確かに黒く光っていたのに、今は光っていない。無効化が出来たのだろうか？　こんな短時間で？

「そうなんじゃないか？　魔法陣の色が変わった」

お父さんが指すほうを見ると、ゴミから少し見えている魔法陣に変化が見られた。

魔法陣は黒い何かで描かれていたが、今は白くなっている。

「ぺふっ！」

鳴き声に、慌ててソルを探すとゴミの山の上にソルが真ん丸い姿でいた。良かった、見た目はあまり変わっていないみたいだ。丸いけど。

「げふっ」

やっぱりちょっと食べ過ぎだよね。というか、もしかして終わったの？

424話　急には駄目

「えっと、終わりか？」

ナルガスさんの戸惑った声が洞窟内に小さく響く。あまりのあっけなさに、全員がソルを見つめて固まっている。

「そうだろうな。すごいな。あの悩んだ時間は何だったんだろうな」

お父さんの言葉に、ナルガスさんが溜め息を吐きながら頷いた。洞窟に着くまでに、問題が起きた場合の対処法などを話し合っていたので、それの事だろう。

「さすがにこんなにあっけなく終わるとは……誰も考えないですよ」

ピアルさんが、近くにある大きなマジックアイテムの上に座ると、洞窟内を見渡す。ほんの数分前と変わっていない様に見える洞窟内。ただ、変わった事がある。

「風が吹いてますね」

私の言葉に誰かが「そうだな」と相槌を打ってくれた。魔法陣の線が黒から白に変わりしばらくすると、洞窟内に風が流れた。最初は驚いたが、先ほどまでがおかしかったのだと気付いた。

「何だか力が抜けたな」

ナルガスさんがその場にしゃがみ込むと、ジャッギさんもそれに続く。アーリーさんは壁に背を預け、お父さんも私の隣で地面に座り込んだ。

「何が起こってもやりきる覚悟で来たからな」

ピアルさんの言葉に、ナルガスさんたちが苦笑する。

「キュー！　キュー！」

洞窟内に大きな鳴き声が響き渡った。ナルガスさんたちが立ち上がり、武器を手にする。お父さんは、剣を鞘から出すと私を背に庇う様にして立つ。

「シャーミが目覚めた様だ」

ジャッギさんが上を見ながら弓を構えた。慌てて上を見ると、シャーミの無数の目が私たちを見下ろしているのがわかった。数はよくわからないが、かなりの数のシャーミがこちらを向いて威嚇《いかく》している。

「キュー！　キュー！」

「キュー！　キュー！」

「キュー！　キュー！」

「キュー！　キュー！」

　ゆっくりゆっくり動き出すシャーミ。緊張感が増していく。私は邪魔にならない様に、足元に来ていたソルをそっと抱き上げると、洞窟の出入り口へと視線を向ける。

「にゃ～！」

　シエルの威圧感のある鳴き声が洞窟内に響き渡る。その声に飛び上がったシャーミたちが、鳴き声が聞こえた逆方向に向かって逃げていった。その逃げる姿を見て、恐怖で硬くなった体からゆっくりと力が抜けていく。さすがに怖かった。ついでにシエルの鳴き声にも慄《おのの》いてしまった。

「シエルが来てくれたみたいだな」

　お父さんがシエルに向かって手を挙げると、シエルは私たちの傍まですぐ来てくれた。シャーミを刺激しない為に、洞窟の外で待機してもらっていたが、シャーミの鳴き声が聞こえて来てくれたのだろう。

「シエル、ありがとう。助かった～」

「にゃうん」

　洞窟の奥を見ると、シャーミたちが固まってこちらの様子を窺っている。何だかちょっと可哀そうになってくる。

「どうしますか？」

　ナルガスさんに訊くと、彼はシャーミたちを見る。

「シエルがいるから、襲ってくる事はなさそうだな。少し洞窟内を調べたいのだけど、どうするべきか」

「とりあえず、いったん全員外に出よう。シャーミたちを刺激しないほうがいいだろう」

お父さんの提案にナルガスさんが賛成してくれたので、シャーミたちを警戒しながら外に向かう。シエルが、後ろに向かって何度か威嚇してくれたおかげで、襲われる事なく洞窟から無事に脱出出来た。

「ここまで離れたら大丈夫だろう。シャーミたちもシエルに警戒している筈だ」

洞窟の出入り口が見えるギリギリまで離れ、お父さんが立ち止まる。ナルガスさんたちも洞窟を気にしながら、各々座って休憩を取りだした。

「ほっとしたあとにあの緊張感は疲れるな」

アーリーさんの言葉にピアルさんが苦笑いする。

「あの場所で緊張を緩めたのが、そもそも間違いなんだけどな」

ピアルさんの言葉に、アーリーさんだけでなくナルガスさんも小さく笑みをこぼした。

「どうする？　洞窟に戻って調べるのか？」

「シャーミがあれほど興奮しているので、少し時間をおいてから調べたほうがいいと考えてます。あの……いえ、何でもないです」

お父さんの質問にナルガスさんが少し考えながら返答する。シャーミの興奮状態を思い出し、確かに時間を置いたほうが安全だろう。

「何か気になる事でもあるのか？」

「いえ、大丈夫です。落ち着いたら村に戻りませんか？」

ナルガスさんがもう一度、洞窟を見るのでつられて私も洞窟へ視線を向ける。シャーミが洞窟から出てくる様子はなく、少し離れた場所から見るかぎり危ない雰囲気も感じない。

「そうだな、戻るか」

お父さんがそう言うと、立ち上がって私に手を差し出す。その手を借りて立ち上がると、シエルが隣でぐっと背を反らして体をほぐしているのが見えた。私が見ているのに気付いたシエルが、頭をすっと差し出してくる。その頭をゆっくり撫でる。気持ち良さそうに目を細めて、グルグルと鳴いているシエル。この顔を見ると洞窟に飛び込んできた、あの目が血走った表情が嘘だと感じてしまう。一瞬、シエルを見て体が硬直したのは内緒にしておこう。

「シエル、ごめんね。ありがとう」

「にゃ？」

シエルの不思議そうな表情に、つい笑みがこぼれる。やっぱりこっちのほうが好きだな。

「ありがとう。帰ろうか」

「にゃうん」


団長さん宅に着くと、団長さんがなぜかベッドの上でエッチェーさんに怒られていた。無理をした為、少し熱が上がってしまった様だ。ベッドの近くの椅子に座っていたギルマスさんは、呆れた表情でそんな二人を見つめていた。時々、団長さんが助けを求める様にギルマスさんを見るが、ギルマスさんが肩を竦めるだけで助ける気はないらしい。二人の様子を見るかぎり、険悪な印象は受けない。団長さんとギルマスさんの仲が悪いという噂があったけど、あれは嘘だったのかな？　いったい、誰が流した噂なんだろう。

「はぁ、怖かった。危うく毒を盛られる所だった」

団長さんが、安堵の声を出して、ベッドに寝そべる。

「悪いな。みっともない所を見せて」

「本当に」

団長さんの言葉にギルマスさんが頷く。

「それよりお疲れ様。大変だっただろう？」

団長さんの言葉に、ナルガスさんたちが微妙な表情をする。それを見た団長さんとギルマスさんが、顔を見合わせた。

「あ〜、失敗しても気にする必要ない。何か別の方法を考えるよ」

ん？　失敗？　ギルマスさんの言葉に首を傾げると、団長さんとギルマスさんも不思議そうな表情をする。

「魔法陣は無事に無効化出来たので問題はない。覚悟したより簡単だったんだ。何せ、無効化までに五分くらいしか掛かっていないからな」

「「はっ？」」

お父さんの言葉に、団長さんとギルマスさんが同時に眉間に皺を寄せる。

「どういう事だ？　五分？　そういえば、帰ってくるのが早かったな」

ギルマスさんが戸惑った様に、時計を確認する。

「本当に、そんな短時間で無効化出来たのか？」

団長さんの質問に、ナルガスさんが「はい」というとギルマスさんも一緒に驚いていた。

「そうか。……『蒼』のメンバー全員に命令だ。今日、経験した事は決して口にするな。仲間内でもだ」

「「「えっ」」」

団長さんの急な命令に、驚くナルガスさんたち。隣にいた私も驚いて、団長さんを凝視してしまった。

「どれほどの規模の魔法陣なのか、正直な所はわかっていないが、かなりすごい事が行われた事は理解出来た。ソルの事もだが、アイビーの事も隠す必要性を強く感じる。だから仲間内でも話す事は禁止する。気を付けていても、話す事でバレる可能性があるからな。命令だ、わかったな！」

団長さんの言葉にナルガスさんたちは、はっとした表情を見せるとすぐに団長さんの命令を受け入れた。

425話　信頼関係が大切

「そういえば、ドルイドたちは広場で寝泊まりしていると聞いたが本当か？」

「あぁ、なぜです？」

お父さんの返答に団長さんが少し考える仕草をした。その後、ギルマスさんを見るとギルマスさんが頷く。

「敵の姿がまだ一切見えてこない状況なんだ。これからの事を考えると広場では危ないだろうから、俺の家に来る気はないか？　ギルマスという地位についているからこの家ぐらいには広いし、一人暮らしだから遠慮は必要ない。どうだ？」

確かに、敵が誰かわかっていない状況で広場を使用するのは危ないかな？　周りの冒険者や自警団員は術に嵌っているから助けてくれるかわからないし。周りに敵がいないともかぎらないしね。

「団長が目を覚ました事は明日には広まるだろうから、敵もこちらの動きに気付いてしまうか」

お父さんの言葉に団長さんとギルマスさんが頷く。

「おそらく既にこちらの動きには気付いている筈、この家の周辺に見張りがいる可能性もある」

ギルマスさんの言葉に、あっと気付く。そんな事、頭の片隅にもなかったので特に身を隠す事なくこの家に入ってきてしまった。大丈夫なんだろうか？

「迂闊《うかつ》だったな」

お父さんも気付かなかったのか、少し落ち込んだ声を出す。

「お父さん、大丈夫だよ。たぶんだけど……」

警戒をしていなかったとはいえ、気を張っている状態だったから気配は探っていた。この家の周辺に、違和感を覚える様な気配はなかった。上位冒険者の人たちが、見張りをしていた場合は気付けないだろうけど。

「敵の目星はまったくついていないのか？」

お父さんが団長さんに問うと、団長さんが大きな溜め息を吐く。ギルマスさんも首を横に振る。

「今日一日ですべてを調べ終えたとは言えないが、特に気になる人物は引っ掛かってこなかった」

ギルマスさんの言葉に、少し疲れが混じる。よく見ると、顔色も悪い様な気がする。

「あの、明日は朝からシャーミの洞窟を調べてきます。注意する事はありますか？」

ナルガスさんの言葉に、バッグから出て団長さんのベッドの足元で寝ていたシエルがすっと起き上がる。そして、ナルガスさんに向かって飛び跳ねる。

「うわっ」

慌ててシエルを抱き留めようとするが、胸のあたりに当たって跳ね返った。

「シエル！　どうしたの？」

急なシエルの攻撃にナルガスさんが胸を押えて驚いている。団長さんやギルマスさんも、少し目を見張った。

「にゃうん！」

いきなりの事で全員がシエルに視線を向ける。シエルはなぜかちょっと怒っている様子。それを見て首を傾げる。シエルが気になる事でもあった？　今話していたのは明日の事で……あっ！

「シエル、もしかしてシャーミの洞窟に一緒に行きたいの？」

「にゃうん！」

なるほど。

「明日の朝って、いつ頃行くんですか？」

ナルガスさんたちに訊くと、少し戸惑った表情を返された。

「連れて行ってもらうのは駄目ですか？」

遊びに行くわけじゃないもんね。駄目かな？

「いや、俺たちとしてはシエルに一緒に来てもらえれば随分と助かる。無駄にシャーミを殺さずに済むから。だが、いいのか？　今日の事もそうだけど、アイビーさんには随分と世話になりっぱなしで……」

シエルが威嚇すれば、襲ってくる事がないから殺さなくて済むのか。そこまで考えてなかったな。でも、無駄に殺すのは可哀そうだよね。シャーミだって被害を被っているんだから。それと、世話って……それこそ誤解！

「お世話をしているわけではないですよ。ただ出来る事があるからしているだけです。それに動いているのは私ではなくてソラやソルたちだから」

「テイムしている魔物があげる手柄は、テイマーの手柄になるんだよ。命令……そういえばしている所を見た事がないな」

団長さんが不思議そうに私とシエルたちを見比べる。

「命令はした事ないですから。お願いはよくしますけど」

「お願い？」

ギルマスさんも不思議そうな表情で私と団長さんのベッドで寝ているソラたちを見る。その視線に気付いたのかソラが目を覚まして私を見る。

「はい。聞いてくれる事もあるけど、拒否される事もありますよ」

ベッドから私を見上げているソラに「ねっ！」と言うと、ぴよ～んと一回縦に伸びた。……えっと、今のはどんな反応なんだろう。時々、不思議な反応を返してくれるんだけど、いまだに真意がわからない。からかわれているだけの様な気もするけど。

「拒否……本当にお願いなんだな」

団長さんが少し楽しそうな表情をする。それを見てお父さんと私が首を傾げる。バルガスさんたちも、不思議そうな表情で団長さんを見る。

「マーシャの言っていたとおりだと思ってな」

マーシャさん？　この名前、何回かこの村で聞いてる。それなのに、誰なのか思い出せないんだよね。ん～。

「マーシャはこの村にいたテイマーなんだ。数年前に亡くなってしまったんだが。今は孫がテイマーとしてがんばってくれているよ」

あっ、テイマーか。噂にも出ていた名前だった気がする。なるほど、テイマーだったのか。

「そのマーシャという者が、何か言っていたのか？」

「あぁ、テイマーと魔物は心を寄せ合う事が何より大切なんだって言っていたんだ。その話を聞いた時はまだ子供だったから、何を言っているのか意味がわからなかったが、今ならわかるな」

団長さんが懐かしそうに目を細める。何かいい思い出でもあるのかもしれないな。

「そういえば、マーシャのばあさん。おもしろい事を言っていたよな」

ギルマスさんが楽しそうな表情をする。

「あのばあさん。契約がなくても、信頼関係が築ければ力を貸してくれるって」

「そうだな……あれ？」

ギルマスさんの言葉に団長さんが、ぱっと足元で寝ているソラたちに視線を向ける。おそらくその視線はソルに向かっているのだろうな。

「マーシャさんの言うとおりだと思いますよ。ソルはテイムしていません。でも、協力してくれてます」

「えっ？」

ギルマスさんは驚いた表情を、ナルガスさんたちはなぜか納得したという表情をした。それを不思議に思い、ナルガスさんたちを見ていると「印がなかったから」と言われた。しっかり見れば、すぐにばれるよね。ソラたちにある印がソルにはないのだから。

「そうだったか？」

ギルマスさんは確認していなかったのか。団長さんが少し呆れた表情でギルマスさんを見る。

「普通はすぐに確認するだろう。しなかったのか？」

「術から解放されて、衝撃と衝動を抑えるのに必死だったな。あとは、やる事が多過ぎて……そうか。あのばあさんの言っていた事は本当だったのか」

ギルマスさんがソルにそっと近づくと、ちょうどソルが目を覚ます。そして近くにいるギルマスさんをじっと見つめた。

「本当だ。印がない」

じっと見つめるギルマスさんにソルが居心地悪そうに、少し身動きする。

「止めてやれ」

「あっ、悪い。何だか見れば見るほど、この子たちすごいよな」

ギルマスさんの言葉に部屋にいた全員が何度も頷く。

「そういえば、マーシャの孫はどうなんだ？」

「どうとは？」

団長さんの言葉にギルマスが訊き返す。

「実力だよ。マーシャが教えていただろう？」

「あ～、あれ？」

ギルマスさんの眉間に深い皺が刻まれる。そのまま何か考え込むが、首を横に振る。

「思い出せない。なぜだ？　マーシャの孫だよな？　ん？」

ギルマスさんがナルガスさんたちに視線を向けると、ナルガスさんたちも首を横に振る。

「記憶が飛んでいる様だ。仲間や仕事関連の者たちは忘れていなかったから安心したんだが」

術による後遺症か。何かきっかけがあれば思い出さないかな？

「その方の名前も思い出しませんか？」

「名前？　……駄目だ。孫についてだけ、なぜか何も思い出さない」

ギルマスさんだけでなくナルガスさんたちも同じ様で、思い出せないらしい。団長さんを見ると、首を振られた。

426話　あり過ぎ……

マーシャさんの孫の名前はどうしても思い出せない様で、全員が首を捻っている。

「顔はどうだ？」

団長さんがギルマスさんやナルガスさんたちに問うが、全員が首を横に振る。私とお父さんはそもそも知らないので、様子を見るしかない。それにしても孫の名前や顔を全員が忘れているというのは気になる。

「何かありそうだな」

「私もそう思う。何か変だよね？」

孫の事を知られたくない誰かがいるのかな？　それとも孫が、今回の事に関わっているとか？

「わからない事を考えていてもしかたない、明日ギルドに行って調べるよ。誰かは覚えているだろう」

「ウリーガ、気を付けろよ。術から解放された者がいる事は、明日には絶対に敵にバレる。もし孫が敵の一味だったら、何か仕掛けてくる可能性がある」

団長さんの言葉にギルマスさんが頷く。

「わかっている。注意はするが、調べない事には何も進まないしな。だから一人で行動するのは控えるよ。ジナルたちの誰かと一緒に行動する」

「そうしてくれ」

ギルマスさんの言葉に、団長さんが安心した様に笑う。

「あ～。ドルイドたちは夕飯をどうするんだ？　俺は一人だからいつも屋台なんだが」

夕飯か、どうしようかな？　あれ？　一人？　ギルマスさんは確か結婚しているという話だったよね？　……そうだ、間違いない。仲のいい奥さんがいるって聞いた。

「ギルマスさん、奥さんはどうしたんですか？」

「あっ、そういえば」

お父さんも忘れていた様で、私の言葉にハッとした表情をした。

「はっ？　奥さん？」

私の質問に不思議そうな表情をするギルマスさん。

「何だ、再婚したのか？　知らなかったな」

あれ？　再婚？

「アイビー、何の話だ？　俺は結婚をしたが、彼女は一五年ほど前に病気で死んでいる。それからずっと独り暮らしなんだが」

「本当に？」

ギルマスさんの言葉に、険しい表情をしたお父さんが訊く。

「俺が知っているかぎりでは、こいつの奥さんは一五年前に病死している。それからは独り身だ」

ギルマスさんが団長さんの言葉に頷くと「誰から何を聞いたんだ？」と不思議そうな表情をする。

「ジナルさんたちから聞いたんです。二年ぐらい前からギルマスさんがおかしくなったという話をした時に、借金があったり、大切な人が亡くなったりしてませんかと確認したんです。その時に、仲のいい奥さんがいると言っていました」

どういう事だろう？

「あの、本当に奥さんはいないんですか？」

ナルガスさんがそっとギルマスさんに声を掛ける。その声は、何処か不安そうな印象を受ける。視線をナルガスさんたちに向けると、なぜか顔色が悪い。

「どうかしたのか？」

団長が訊くと、ナルガスさんたちは顔を見合わせて頷く。

「二年半ぐらい前だったかな、ギルマスから一人の女性を奥さんだと紹介されたんですが」

「俺も見ました。というか冒険者ギルドに一緒に来ていたので、冒険者たちの多くが見ています」

ナルガスさんとアーリーさんの言葉にギルマスさんと団長さんが固まる。ナルガスさんたちも、かなり戸惑った様子でギルマスさんたちを見ている。

「悪い。本当に、俺が紹介したのか？」

「はい。間違いないです」

ギルマスさんが、確認するとピアルさんが頷いて答える。

「どうなっているんだ？」

ギルマスさんが頭を抱えてしまう。

「どんな女性だった？」

お父さんの質問にナルガスさんが、少し考え込む。ギルマスさんは顔を上げ、じっとナルガスさんを見つめる。

「肩ぐらいの髪で濃い青色をしてました。年は三〇歳ぐらいで随分若い奥さんだなって話したのを覚えてます。可愛らしい印象の人でしたよ。二年前は、一緒にいるのをギルド内でよく見かけました」

ナルガスさんの説明を聞いてもギルマスさんは首を横に振った。まったく覚えがないらしい。

「ジナルたちは何処にいるか知っているか？　彼らからも話を聞いたほうが良そうだ」

お父さんの言葉にアーリーさんとジャッギさんが、ジナルさんたちを探す為に部屋から出ていく。

「ウリーガ。術から解放されたあと、家に戻ったよな？」

「あぁ、帰った」

団長さんの質問に、力なく答えるギルマスさん。かなり衝撃を受けた様で、随分と顔色が悪くなっている。

「家の中に変化はなかったか？　女性用の何かが置いてあるとか」

「なかった。それは間違いない」

「そうか。奥さんと紹介されたが、生活は一緒ではなかったという事か」

「俺の妻は、彼女だけだ。他にいらない！」

ギルマスさんが悔しさをにじませた声で、団長に断言する。

「わかっている。だが、覚えていないとはいえ誰かを奥さんと紹介したんだ。家にいてもおかしくないだろう？」

「……そうだな。いなくて良かった」

ギルマスさんが少しほっとした声を出すが、その表情は強張っていて少し怖い。

「だが、誰なんだろうな？　青い髪の可愛らしい三〇代？　思い当たる人物はいるが、彼女たちは既婚者だしな」

団長さんが首を捻る。

「最悪だ。誰なんだよ」

悔しそうなギルマスさんの肩をポンと団長さんが叩く。

「何なんだ？　何かあったのか？」

しばらくするとジナルさんが部屋に入ってきた。

「アーリーに、ここに行く様に言われたんだが、何かあったのか？」

「ジナル、確かめたい事があるんだ。いいか？」

お父さんが、ジナルさんに近くの椅子を薦めながら訊く。

「あぁ、大丈夫だけど。何を確かめたいんだ？」

ジナルさんは、椅子に座るとお父さんと向き合う。

「ギルマスには奥さんがいると言っていたよな？」

「あぁ、二年ぐらい前かな。この村に来た時にギルマスと女性が一緒にいたから、紹介してもらったんだ。その時に奥さんだと紹介を受けたけど。それがどうしたんだ？」

やはりギルマスさんから紹介された様だ。お父さんが、ギルマスさんにはその記憶がない事などを話すと、ジナルさんが唖然とした表情をした。

「いや、本当に？　だが、俺は実際にギルマスに紹介されたぞ？」

「……悪いが、記憶にない」

ギルマスさんの声と表情を見たジナルさんが、少したじろぐ。話しが進むほどにギルマスさんの顔色が悪くなり、表情が怖くなっていく。それにしても、ここに来てまた違う問題が出てきてしまった。少しゆっくり整理したいな。それにこれ以上の情報を詰め込んでも、こんがらがるだけだ。

「あの、今日はもう終わりませんか？　色々な事があって混乱していると思うんです」

「そうだな。冷静になる時間も必要だろうしな」

私の言葉にお父さんが賛同してくれる。ギルマスさんは何かを言おうとしたが、首を振って「そうだな」と言ってくれた。彼も落ち着く時間が必要だとわかっているのだろう。

「ジナル、悪いな。来てもらったのに」

お父さんが椅子から立ち上がって帰る準備を始める。

「いや、大丈夫だ。他の仲間からも話を聞いておく。明日はどうするんだ？」

「朝はシャーミの洞窟へ行く予定になっているから、昼から集まるなら集まろうか。団長、それで構わないか？」

「あぁ、午前中に調べられる事は調べておく。ウリーガは動くな。今のお前はやばい。朝起きたらすぐにここに来い」

「大丈夫だ」

首を横に振るギルマスさん。

「駄目だ！　ウリーガはここに来い。暴走されると迷惑だ」

静かに断言する団長さんを睨むギルマスさん。しばらく睨み合っていたが、ギルマスさんが大きく溜め息を吐く。

「わかった。悪い、少し……」

「わかっている。ドルイド。悪いがこいつを朝、ここまで連れて来てくれ」

「了解。アイビー、出られるか？」

ソラたちをバッグに入れて、忘れ物がないか確かめる。大丈夫と頷くと、お父さんがギルマスさんの肩をポンと叩く。

「あとでお邪魔するので、屋台で何か見繕ってください。アイビーがお腹を空かせているので、よろしくお願いしますね。三人分じゃ少ないですが、あまり多過ぎると余るので気を付けてください」

「はっ？　あぁ、夕飯か。わかった」

「あと、アイビーはお菓子が好きですので、それも考えて買ってきてください」

お父さんの態度に少し唖然とする。少し前に衝撃を受けた人に言う言葉だろうか？　戸惑っているると、ジナルさんが小さく笑うのがわかった。視線が合うと、余計に笑われた。

「何かする事があると、気が紛れるからだろう。ギルマスにとってアイビーは恩人だしな」

恩人という言葉に、少し恥ずかしくなるがギルマスさんからも「恩人だ」と言われている。だから、私を引き合いに出すのはわかるのだけど。

「アイビーは舌が肥えているので、おいしい物じゃないと納得しないですよ」

お父さん。最後のその言葉は、必要なのかな？

427話　違い

広場からギルマスさんの家に着き、食事をする事になったのだがテーブルに並ぶ料理に苦笑が浮かんでしまった。

「だから考えてくださいと、言っておいたのに」

お父さんが呆れた表情でギルマスさんを見る。その原因はテーブルに所狭しと並べられた、三人前以上の料理の数々。それを見ながらギルマスさんに許可をもらったので、シエルたちをバッグから出す。

「悪い。気付いたら買い過ぎていた」

苦笑いしたギルマスさんを見ると、団長さん宅にいた時より落ちついている。奥さんの事はまだ色々と考えているだろうけど、少し余裕が戻ったのかもしれない。ソラたちは珍しそうに、部屋の中をぴょんぴょんと飛び回りだす。

「こらっ！　静かにしないと」

「アイビー、大丈夫。自由にさせてあげていいから」

ギルマスさんの言葉に頭を下げる。

「ソラたちは、ほどほどにな。俺たちは、食事にしよう」

団長さん宅でも思ったけど、お父さんの話し方が砕けた様な丁寧な様な微妙なモノになっている。気付いているのかな？

「どうして同じ料理が五個もあるんですか？」

「全部、違う屋台だぞ」

あっ、お父さんの顔が引きつった。

「食べよう、お父さん！　お腹がぺこぺこ」

「そうだな。アイビー、何が食べたい？」

お父さんが小さく溜め息を吐くと、料理を順番に見せてくれる。どれもおいしそう。

「これにする」

お肉と野菜を炒めた料理を取る。パンに乗せて食べるとおいしいらしく、パンも一緒に買ってあった。

「ギルマスさん、いただきます」

お父さんとギルマスさんも、それぞれ料理を選び食べ始める。二人から少しずつ料理を分けてもらったけど、どちらもおいしかった。食事が終わると、大量にあるお菓子から今食べる分を選んだ。

「すごく贅沢だね」

「そうだな」

「残りはマジックボックスに入れておくから、好きな時に食べてくれ」

ギルマスさんが残った料理とお菓子をマジックボックスに入れる。時間停止機能は本当にありがたい。

「今日は色々あったから疲れただろう？　大丈夫か？」

ゆっくりお菓子を楽しんでいると、ギルマスさんが心配そうに訊いてくる。

「大丈夫です。でも、確かに色々あり過ぎましたね」

「そうだな。アイビー、この家を見てどう思った？」

ギルマスさんの質問に部屋の中を見渡す。借りる部屋に荷物を置かせてもらった時も思ったけど、全体的に物が少ない。そして、何処を見ても女性の物が一つもない。

「男性の一人暮らしの家ですね。一人で住むには広いですが」

「そうか」

ギルマスさんがお菓子を口に運び、すぐにお茶を飲んだ。甘いものが苦手なのかな？　なら、どうして手を出したんだろう？

「これ、甘過ぎないか？」

ギルマスさんの言葉にお父さんがお菓子を口に入れ、首を横に振る。私ももう一つ食べるが、決して甘過ぎる事はない。

「さっぱりした甘さですよ？」

「えっ、本当に？」

ギルマスさんが首を傾げる。それを不思議に思いながら、もう一つ口にお菓子を入れる。さっぱりした甘さが口に広がっておいしい。

「アイビー、今日の事を整理しないか？」

お父さんの言葉に少し姿勢を正して頷く。

「まずわかった事は、シャーミの洞窟の魔法陣。テイマーの孫の名前と姿の記憶の欠如。あとギルマスの奥さんだな。これで間違いないよな？」

お父さんがギルマスさんと私を見る。

「間違いないよ。シャーミの洞窟の魔法陣は解決でいいよね？」

「あぁ、明日最終的に調べる事になるが大丈夫だろう」

「ぷっぷぷ～」

「てっりゅりゅ～」

家の中を探検していたソラたちは私たちがいる部屋に戻ってくると、ぴょんとそれぞれの膝に飛び乗る。私の膝の上にはソラとソル。お父さんはフレム、ギルマスさんがシエル。

「……すみません」

私の謝罪に、ギルマスさんはうれしそうな表情をする。

「まったく問題ないよ。この可愛い子がアダンダラだとはね」

そういえば、ギルマスさんはまだシエルの本当の姿を見ていないか。いつか、本来の姿を紹介しよう。

「話を戻すけどいいか？」

お父さんの言葉にギルマスさんも私も頷く。

「孫の事なんだが、メリサさんたちに訊けば良かったんじゃないか？　彼女たちは術に掛かっていないだろう？」

お父さんの言葉にギルマスさんが「しまった」という表情をする。

「そのとおりだね。混乱していたから、思い出せなかったみたい」

私の言葉にお父さんも「俺も」と言って、苦笑いした。本当に、物事を考える時は冷静にならないと駄目だな。

「そういえば、メリサさんたちは元冒険者さんなんですよね？」

「あぁ、二人とも治癒スキルを持っているんだ。かなり活躍した人たちだよ。まぁ、そのうちの一人は裏方だったけどな」

きっとエッチェーさんだな、それは。

「何か気になるのか？」

「二人の手伝いをした時に、ある薬草の在庫の話をされていて『商業ギルドで買って来る』という話をしていたんです。商業ギルドには魔法陣がある筈なのに、二人は術に掛かっていなかったのが気になって」

「そういえば、そうだな。エッチェーの扱う薬草は特殊なものが多いから、大量には購入出来ない筈だ。特に団長の体を維持させる為の薬草は本当に貴重なモノだと聞いた。何度も商業ギルドに足を運んだ筈だが……」

ギルマスさんの話から、商業ギルドには魔法陣がない可能性があるよね。というか、両ギルドに魔法陣があると思い込んでしまったのは失敗だったかも。でも、あれだけの冒険者たちや自警団員たちに術を掛けるには、ギルドを利用するのが効率的だと思ったんだけどな。

「魔法陣のある場所さえわかれば、敵も見えてくると思うんだが」

ギルマスさんが、テーブルの上を指でトントンと叩く。初めて見るそれに、じっと視線を送る。

「ん？　悪い。子供の頃からの癖なんだ」

見ている事に気付いたギルマスさんが、テーブルから手を下ろす。

「気にしないでください」

癖なのに初めて見た。団長さん宅では、していなかったよね？

「癖はなかなか抜けないからな」

お父さんの言葉にギルマスさんが何度も頷く。

「注意されても、治らなくて。奥さんによく怒られたよ『煩い！』って」

ギルマスさんが懐かしむ様な表情をする。そういえば、ギルマスさんって術でおかしくなっていたんだよね。ジナルさんたちが言うには、「まるで人が変わった様だ」と言っていたな。おかしくなっている間、奥さんの事は覚えていたのかな？　……いや、知らない女性を奥さんと紹介していたのだから、忘れていた可能性のほうが高いか。

「あれ？」

今、何か……。

「どうした？」

「いえ、今何かが引っ掛かった様な……」

何を考えたっけ？　ギルマスさんがおかしくなっている間……違うこれじゃない。ジナルさんたちが「まるで人が変わった様だ」と……。あっ、どうしてギルマスさんだけバレたんだろう？　術に掛かっている他の人たちは、少し話したぐらいでは気付かないのに。ギルマスという地位にいたから？　でも門番さんたちは、森で問題が起きた時には人数を増やしていた。そう、違和感を覚える態度はとらなかった。術に長く掛かっていたから？　それはあるのかな？　ここ数日の門番さんたちの態度は、あきらかにおかしくなってきている。でも、ギルマスさんだけ早過ぎない？　他の人とは違う何かがある？

「アイビー？」

「団長さんもだ！」

「えっ？」

そうだ！　団長さんも他の人と違う。術を掛けたらいいのに、どうして毒を盛った？　ギルマスさんと団長さん、この二人と他の人の違いは？

「ん？」

何かを感じて前を見るとお父さんとギルマスさんの心配そうな顔。あっ、考えに没頭し過ぎたみたい。

428話　増えていく……

「何を考えてたんだ？」

お父さんが、ポンと私の頭を撫でる。視線を向けると、その目は真剣で少し緊張する。自分の中でもまだよくわかっていない事だから、話していいのかどうか。でも、お父さんとギルマスさんだったら何か答えを導きだしてくれるかもしれない。

「ジナルさんが言った事を覚えてる？」

私の質問に首を傾げるお父さん。

「ギルマスさんの事なんだけど」

「俺？」

「ギルマスさんがおかしいって、『まるで人が変わった様だ』と言ってたんです」

「……あぁ、そういえば言っていたな」

お父さんは思い出したようで、頷いてくれた。目の前に座っているギルマスさんは、少し情けない表情をした。

「バレるという事は、違和感を与える行動をとっていたって事だよね？　術に掛かっているのに、どうしてそういう行動が出来たのかなって。あれ？　そもそもジナルさんたちもなぜそう感じられたんだろう？」

「「ん？」」

ジナルさんたちも、あの時は既に術に掛かっていた筈だよね？　なのにどうして違和感を覚える事が出来たんだろう？　まだ、術に掛かっていなかった？　その可能性はあるのかな？　あの時のジナルさんたちは、違和感について調べていたし……。いや、術には掛かっていた筈だ。そうでなければ、冒険者たちの態度がおかしい事にまず気付く筈。

「どうした？」

「ジナルさんたちはどうして術に掛かっていたのに、違和感を覚える事が出来たのかなって今気付いて」

「そういえばそうだな。術に掛かっていたなら他の者たち同様に、気付けない筈だ」

「それともう一つ思い出したんだけど、ナルガスさんたちが一年半前にギルマスさんがおかしいって団長に話をしたと言ってたよね？　どうして他の人は気付かなかったのにナルガスさんたちは気付いたの？　それとも他の人たちも気付いていたけど言わなかったとか？」

「「…………」」

「もう一つおかしいのは団長さんを毒殺しようとした事。他の人は術を掛けたのにどうして団長さんは毒殺しようとしたのか。団長さんだけ別件とか？」

「いや、それはないだろう。アッパスを毒殺しようとしたのは、その地位がほしかったからじゃないか？」

ギルマスさんの言葉になるほどと思う。

「それだと少しおかしくないか？　なぜ最後まで実行しなかった？」

「メリサが気付いたからだろう」

メリサさんとエッチェーさんが守ったという事か。

「彼女たち二人に術を掛けるぐらいの事は出来るだろう。この村の冒険者や自警団に術を掛けたんだから」

「……そうだな。だったら別の理由があるという事か……思いつかないな」

お父さんとギルマスさんが黙りこむ。あ～、問題が増えていく。どんどん答えから、遠ざかっている様な気がする。落ちつこう。えっと、とりあえず一番知りたいのは何だろう？　ギルマスさんと団長さんが、どうして他の人と違うのかって事かな。そのまま訊いてみよう。

「あの団長さんとギルマスさんと他の人の違いは何ですか？」

「一つ挙げるとしたら魔力量かな」

「魔力量ですか？」

「俺とアッパスは他の人より少し魔力量が多いんだ」

「そうなのか？」

ギルマスさんの答えにお父さんが少し考える仕草をした。

「あぁ。だがこれに意味があるのか？」

「魔力量が多いと、魔法陣の術に掛かりにくいとかありますか？」

それだと二人だけ違った理由にはなると思うけど。

「魔法陣による術の発動に魔力量は関係ないから、どうだろう？　ん〜、ないんじゃないか？」

そういえば、そう教えてもらっていたな。その事を聞いて一瞬、私でも攻撃魔法が使える様になるのではと期待しちゃったもんね。二人を一緒に考えていると、答えは出ないかな。今度は別々に考えてみよう。えっと、ギルマスさんだけなら、なぜ第三者におかしいと気付かれたのか。ギルマスさんだけ……ギルマスさんだけ？　もしかして。

「ギルマスさんだけ、他の人とは違う術が掛けられたとは、考えられませんか？」

だから一人だけ他の人とは違う反応になった。

「俺だけ違う？　それは……あるかもしれないな」

ギルマスさんだけ術が違うなら、その理由は……あり過ぎるか……。ギルマスさんを利用したら、何だって出来てしまうもんね。利用するなら一番簡単な方法は、ギルマスさんを支配下に置く事だよね。そうすれば、やりたい放題になる。もし術で支配下に置いたと考えて……当分の間は一人にはしないよね。ちゃんと支配下に置けているのか、見たいだろうし。ん？　ギルマスさんが覚えていない奥さん、確か冒険者ギルドに一緒に来ていたって……。まさか見張り役？　えっ奥さんと紹介されたのは二年半前だってナルガスさんたちが言っていたよね。あれ？　おかしいな。ジナルさんが見た二年前はまだおかしくなかったんだから、その前から術に掛かっていたとは考えられない。

本当に？　本当に考えられないかな？　例えば、徐々に支配を強めていくとか……。

「あの、魔法陣による術って強いモノだけなんですか？」

「強いモノ？」

「例えば、何度も何度も術を掛けないと魔法が発動しないとか……少しずつこう従わせていくとか」

「どういう事だ？」

「強い術で一気に従わせたら、さすがに周りは少し違和感を覚えると思うんです」

「確かに、そうなるだろうな」

ギルマスさんが少し顔色を悪くする。何が言いたいのか気付いたようだ。

「だから、周りに気付かれない様にギルマスさんにゆっくりと術を掛けたとは考えられませんか？」

「洗脳か？」

お父さんの言葉に首を横に振る。

「そこまではわからないけど……その可能性は否定出来ないと思う」

「俺が利用されていたという事だな」

ギルマスさんが苦々しい表情をする。

「まだ、そう決まったわけではないですが」

「だが、俺が敵の手先になれば、冒険者や自警団たちに術を掛けるのは簡単だ。俺の部屋に呼びつけて俺が掛ければいいんだから」

「ギルマス、待て。術に掛かった者が術を掛けられるのか？」

「それは、わからない。だが俺が、敵の手先になっていれば冒険者も自警団員も術を掛ける事が簡単に出来る筈だ」

そう、とても簡単に出来てしまうよね。ギルマスさんの指示を、拒否する冒険者も自警団員も少ないから。これを利用して、術を掛ける場所に順番に送り込む事も簡単に出来る。最悪な想像だけど、可能性はある
「はぁ～、俺は何をしたんだ？」

「まだ決まったわけじゃないですよ」

ギルマスさん言葉に慌てる。まだ、そうだったとは決まったわけではない。

「間違いないと思うぞ」

「ギルマスさん？」

「不思議なんだが、洗脳という言葉を聞いて一人の女の顔が浮かんだ。もしかすると……」

「奥さんか？」

「認めたくないが」

ギルマスさんがいやいや頷く。

「思い出したのか？」

「いや、顔だけだ。だが、すごい嫌悪感を覚える」

つまり奥さんは敵という事か。

「つっ……」

ギルマスさんが、こめかみを押さえて小さく呻く。少し耐える様な表情をしたが、痛みが増したのか両手で頭を押さえた。

「大丈夫か？」

「ぷっぷぷ～」

ぴょん……ぽふん。

「「…………」」

何処から飛んできたのか、いきなりギルマスさんの首から上がソラに包み込まれる。さすがに驚いて、全員が固まってしまう。ギルマスさんもソラの中で目を瞬かせている。

「あとで、ソラの中から見た世界を教えてもらおうか」

「そうだね。うん」

429話　孫？　奥さん？

「はい。お茶どうぞ」

「あぁ、ありがとう。一瞬溺れるかと思った」

ギルマスさんが笑って膝の上にいるソラを突く。

「ぷっぷぷ～」

「痛みは？」

お父さんの言葉に首を横に振るギルマスさん。

「ソラに包み込まれた瞬間に消えた。すごいな、ソラ～」

ギュッと抱きしめられたソラはちょっとうれしそうにしている。何だか、よくわからないけど良かったのかな。

「ソラのお陰なんだろうな。三年前だ。マーシャの孫に会ったのは」

マーシャさんの孫？　何の話？

「俺と結婚したという女性が、マーシャの孫だ」

「本当に？」

「あぁ、テイマーとしてなかなか上手くいかないからと相談に乗った事も思い出したよ」

まさか、ギルマスさんの奥さんになった人がマーシャさんの孫だったとは。という事は、孫は確実に関わっていると思っていいのかな？

「すべて思い出したのか？」

「いや、断片的だな。マーシャの孫に相談があると言われて、そのあと何かがあった筈なんだが記憶が飛んで、何処かの部屋でマーシャの孫と向かい合っているんだ」

断片的でも、今回の問題の解決には役立つ。今まで何も出てこなかったんだから。

「それとアイビーが言ったとおりだ。何度も魔法陣の中に入れられた記憶があった。魔法陣だとわかるんだが、模様はぼやけてしまってわからないんだがな」

何度も魔法陣に入れられたという事は、何回も入る必要があったという事だよね。

「どうして何度も入る必要があったのかわかりますか？」

私の質問にギルマスさんが首を横に振る。

「それは、わからなかった。ただ、あの窓を何処かで見た記憶があるんだが」

「窓？」

「あぁ、記憶の中にある魔法陣のある場所なんだが、窓が見えたんだ。おそらく魔法陣の中から見たんだと思う」

「そうか」

「魔法陣がある場所の特徴とかわかりますか？」

「特徴か～、色とりどりの光があった気がする、それと窓だな。悪い。他には何も。ただ、冒険者ギルドでも商業ギルドでもなかった」

そうか。両ギルドは無関係かもしれないのか。あると思い込んで調べたのが失敗なんだろうな。探してなかったのだから、それを信じれば良かったんだ。それにしても、色とりどりの光？　窓から光が入っても、色は一色だよね。これがわかれば場所が特定出来そうなんだけどな。

「あと、冒険者に何かを渡した記憶がある。マーシャの孫も一緒にいた。おそらく魔法陣のある場所に俺が指示を出して、彼らを行かせたんだと思う」

苦しそうな表情で話すギルマスさん。

「マーシャの孫が、今何処にいるかわかるか？」

「テイマーだからな、仕事はしていると思うが。最近の記憶の中にマーシャの孫がいないんだ」

「そうか。既に逃げた可能性があるな」

あれ？

「冒険者ギルドも商業ギルドにも、魔法陣はない可能性が高いんですよね？」

「明日中に調べるが、おそらくないだろう。なぜだ？」

ギルマスさんの質問に、眉間に皺が寄る。

「お父さん、私たちは何処で術に掛かったの？」

冒険者ギルドだと思った。だから考えた事もなかったけど……。

「おかしいな。ギルマスに初めて会ったのは、術を解く時だからな」

あと、可能性のある場所は何処だろう。広場？

「広場は調べたよね？」

「あぁ、見張りがいた時の事を考えて極秘にだが、魔法陣らしきものはなかった」

洞窟の魔法陣を思い出す。一部分しか見えていなかったが、かなり巨大な魔法陣だった。サーペントさんを襲った魔法陣も大きかった。この二つの大きさの魔法陣なら、すぐに見つかる筈。見つかっていないという事は、もっと小さい魔法陣なんだろうな。門の所の詰め所？　あそこなら……いや、周りは壁だった。一部の壁には、連絡事項などを書いた紙が貼ってあったが、壁がむき出しだった。魔法陣を隠せる場所はない筈だ。でも、魔法陣が想像より小さかったら？

「魔法陣って、どれくらいまで小さく出来るんだろう？」

「ん？　何？」

「魔法陣の大きさです。お父さんと見つけた魔法陣は大きい物ばかりだったけど、小さい魔法陣もあるのかなって思って」

「俺は聞いた事がないな。そもそも魔法陣は調べる事が禁止されているから、知っている情報が少ない」

ギルマスさんの言葉に苦笑する。この問題の大きな壁はそれだな。禁止されていたから、魔法陣についての情報が少な過ぎる。その為、知っている事に無理やり当て嵌めるから、正しい答えに行きつかない。

「魔法陣については団長に訊くしかないな。何処まで知っているかは不明だが、おそらくかなり知っているだろう」

お父さんの言葉にギルマスさんが頷く。

「そろそろ寝ようか。明日も早いだろうから」

「そうだな」

お父さんが私の頭をポンと撫でると、ギルマスさんも膝の上のソラの頭をポンと撫でた。ソラが気持ち良さそうに、目を細めてプルプルと体を揺らす。

「色々危ない状況だから気持ちが焦るんだが、ソラたちといると落ち着くな。冷静にもなれる」

ギルマスさんの言葉がうれしかったのか、ソラの揺れが激しくなる。

「癒されるんだよな」

「そうなんだよ」

ギルマスさんとお父さんが、しみじみソラを見て呟く。相当疲れが溜まっているのかな。


「おはよう」

「おはようございます」

ギルマスさんの家から直接門まで行くと、既にナルガスさんたちが待ってくれていた。

「さて、行こうか」

ジャッギさん先頭になって歩き出すので、少し驚いた。昨日はナルガスさんだったけど、今日は違うらしい。ナルガスさんを探すと、私の後ろにいた。

「どうしたの？」

後ろを気にしたからか、ナルガスさんが不思議そうな表情をしている。

「今日はジャッギさんが先頭なんだなって思って」

「あぁ、その場その場で結構入れ替わるんだよ」

そうなんだ。ラットルアさんたちは、いつも決まっていた様な気がするな。チームごとに違いがあるんだね。

「歩きながら聞いてくれ。情報を共有したいから」

お父さんが昨日わかった事実をナルガスさんたちに伝える。そういえば、ナルガスさんたちはギルマスさんの奥さんを見たけど、二年前の記憶はなくて、マーシャさんの孫は覚えていなかったよね？　奥さんを思い出して、孫を思い出さないなんてあるのかな？　何だか不思議な記憶の消し方だな。

「あの女性が、マーシャの孫？」

話を聞き終わると、ピアルさんが戸惑った声を出す。

「ピアル、気付かなかったのか？」

「何か関係があったのか？」

アーリーさんの質問に、お父さんがピアルさんを見る。

「あの、少しの間ですが付き合っていた事があって。でも、ギルマスの奥さん……顔を思い出しているけど、マトーリだとは思えないんだが……。本当にマトーリがギルマスの奥さんだったのか?」

マトーリ? そういえば、マーシャさんの孫と言っていて名前は聞いてなかったな。……何でだろう? 普通は、すぐに名前を訊くのに。

「マトーリ?」

孫の名前を口にすると、ナルガスさんが立ち止まる。しばらくそのまま、何かを考えているとハッとした表情をした。

「あ~! そうだ、マトーリだ! ピアル、間違いない! 何で忘れていたんだ? 紹介されたのはマトーリだ」

いきなり思い出した? そんな事があるの? ナルガスさんだけでなく、ジャッギさんとアーリーさんも思い出した様だ。

「名前がきっかけか?」

お父さんの言葉にナルガスさんたちが「おそらく」と答える。

「俺は? まだマトーリと奥さんがつながらない」

ピアルさんが困惑した表情をしてみんなを見る。そうだ、どうして彼だけ記憶が思い出せない?

「深く関わっていたからじゃないか? ピアルが何かの拍子で名前を言えば、ナルガスたちの記憶が戻る。だから、ピアルにだけ違う術を掛けてあるんだろう」

なるほどね。立ち止まっていた足がゆっくりシャーミの洞窟へ向かう。ピアルさんは衝撃を受けたようで、少し視線が下がっていた。

「あの、一年半前の事なんですけど、ギルマスがおかしく感じたと言いましたよね？」

「あぁ、言ったな。団長に相談して、団長が毒を盛られた。もっと慎重に動くべきだったよ」

アーリーさんが悔しそうに言う。ジャッギさんも頷いている。

「どうして気付いたんですか？　何かきっかけでもありましたか？」

「きっかけというか、王都の仕事から帰ってきて報告しに行ったらおかしかったんだ。そういえば、マトーリがいたな、ギルマスの隣に」

あっ、村にいなかったのか。だから術に掛かっていなかった。なるほど。

「いたな」

アーリーさんが少し嫌そうな表情をすると、ジャッギさんが苦笑した。

「どんな風におかしかったんだ？」

430話　警戒の理由

「王都の仕事はギルマスの指示だったんだ。ある人の護衛と、情報を聞き出す事。その報告だったんだが、隣にマトーリがいるし。その時は奥さんだと認識してたけど。で、重要な報告だから奥さんを外に出してほしいと言っても、ギルマスは耳を貸さないし。奥さんも、出て行こうとしない。二人の様子があきらかにおかしいと思って、ギルマスの執務室を出てすぐに団長の所へ行ったんだ」

依頼の報告を奥さんとはいえ、関係ない人に聞かせるわけにはいかないもんね。ナルガスさんたちがおかしいと感じるのは当たり前だ。でも、おかしいな。どうして、マトーリさんは離れなかったんだろう。報告を聞くだけなら一〇分から二〇分ぐらいだろう。それぐらいだったら離れても……もしかして離れられない理由があった？　でも、ナルガスさんたちが帰ってくる事がわかっていたら、対処ぐらいするよね。どうしておかしいと思われる行動を？

「王都の仕事は予定通りだったのか？」

お父さんの質問にジャッギさんが苦笑する。

「いや、あの任務は当初一年は掛かる予定だったんですが、ちょっと色々ありまして三ヶ月で終了しました」

一年掛かる予定が三ヶ月？　あっ、予定にない帰りだったから対処が出来なかったのか。

「なるほど、だからギルマスがおかしいと気付けたんだな」

マトーリさんにとっては最悪な、ギルマスさんにとってはどうなんだろう。それにしても、すごく気の長い作戦だよね。三年前にギルマスさんに近づいたマトーリさん。その頃には既に、作戦を始めていたって事だよね。こんなに時間を掛けた理由って何だろう？　村から利益を得る為？　村を乗っ取る為？　確かに成功しそうだけど、魔法陣を使った以上、いずれ崩壊する。それは使っている側も同じ。使い続ければ、いずれ自分が壊れる事になる。魔法陣の危険性を知らなかった？　さすがにそれはないか。魔法陣を色々使い分けているみたいだし、詳しい人がいる筈。危険だと知っていても、手を出した。危険を冒しても、マトーリさんには必要だった。不意に目の前に手が伸びてきたのがわかり、ギュッと目を閉じる。

「すごい眉間に皺。今からそれだと跡がつくぞ」

お父さんが、私の眉間をとんと叩く。とっさに眉間を手で隠すと、お父さんを見る。

「可愛いのにもったいない」

……いきなり言われると恥ずかしい。ちょっと視線を外して、眉間を揉む。まだ、大丈夫だと思う。

「洞窟から出てきているな」

ジャッギさんが、立ち止まると周辺を見渡す。ナルガスさんたちも少し緊張した面持ちで周りを確認している。

「あっ。シャーミ?」

視線の先の木の上に、洞窟で見かけたシャーミがいた。姿が確認出来たのは五匹。だが、昨日と何かが違う。

「気配は薄いが感じられるな」

「あぁ」

アーリーさんとピアルさんが、シャーミを見ながら少し安心した表情をした。確かに、初めて感じる気配がある。これがシャーミの気配なのかな?

「気配を読めるといいよな。俺はそれがまったくだからな」

「ドルイドさんは、気配が読めないんですか?」

お父さんのつぶやきにナルガスさんが驚いた表情をする。それに苦笑を浮かべて頷くお父さん。

「顔つきが違うな」

ジャッギさんが、シャーミをじっと見つめる。確かに、洞窟の中で威嚇された顔より、随分と穏やかな顔になっている。魔法陣の術が解けて、元に戻ったのかな？

「本来のシャーミは、こんな感じなのか？」

お父さんの質問にナルガスさんたちが首を横に振る。

「昔から村の人と仲が良くて、こんなに警戒される事はなかったんですが」

ナルガスさんが少し戸惑った様子で、そっとシャーミに向かって手を伸ばす。距離があるため実際に触れる事はないが、ナルガスさんが手を伸ばすとシャーミたちは口をグワッと開けて威嚇した。

「……何か、衝撃かも……」

威嚇されたナルガスさんが、少し項垂れる。村の人たちも姿を見れないと残念がっていた。それだけシャーミと村とはつながりがあるんだろうな。

「洞窟を調べに行くぞ。大丈夫か？」

ジャッギさんが声をナルガスさんに声を掛ける。

周りにいるシャーミを警戒しながら、洞窟を目指す。

「大丈夫だ。行こう」

「かなり外にいるみたいだな」

木々の間から見えるシャーミの姿。お父さんが言うとおり、相当数のシャーミが洞窟の外にいるようだ。

「洞窟の中が調べやすそうだ」

ピアルさんが少しうれしそうにシャーミを見る。以前の様な態度とは違うが、それでも姿を見られてうれしそうだ。本当にシャーミという動物が好きなんだな。

「それにしては警戒し過ぎじゃないか？」

ジャッギさんが首を傾げる。

「術を掛けたのが村の奴らだと気付いているとか？」

「わからないが、寂しいな」

ピアルさんの言葉にジャッギさんが残念そうに言う。もし気付いているとしたら、今までの様な関係を築けないかもしれないな。洞窟が見えたので一度立ち止まる。洞窟の前には数匹のシャーミの姿がある。

「少し様子を見てから、洞窟内を調べに行こう」

木の上にシャーミがいる為、姿を隠す意味がなく、そのまま洞窟の様子を見る。立ち止まった私にシエルがぐるっと体をこすり付ける。見ると目を細めて、小さく喉を鳴らしている。あっ！

「シャーミが警戒しているのは、シエルじゃないですか？」

どうして、そんな当たり前の事に気付かなかったんだろう。ずっと私たちと一緒に歩いていたんだから、シャーミたちにもシエルの姿が見えている。

「「「あっ」」」

ナルガスさんたちもシエルを見て、固まる。私同様に、気付いていなかったようだ。

「あまりにも普通に過ごしているから、上位魔物で恐れられている事を忘れていたな。シャーミは昨日、シエルに威嚇されているし。あれは怖がっているのか」

アーリーさんの言葉に、シャーミたちを見る。怖がっているとわかれば、確かに警戒してシエルを見ている事に気付く。ちょっと可哀そうな事になってしまったな。

「早く仕事を終わらせて、洞窟から離れたほうがいいだろう」

「そうだな。ナルガス、準備は？」

「大丈夫。ドルイドさんはどうしますか？　アイビーはここで待機してほしい。中に何があるかわからないから」

ナルガスさんの言葉に頷く。

「わかりました。気を付けてください」

「ジャッギ、頼むぞ」

私と一緒に待機するのはジャッギさんかな。私だけで大丈夫と言えないのがつらい。やっぱり村で待っていたほうが良かったかな？

「にゃうん？」

「シエルは一緒に行きますか？」

私がナルガスさんに訊くと首を横に振られた。

「シャーミの様子を見るかぎり、術は解けている様だしアイビーと待機していてほしいかな」

「にゃうん」

「俺はナルガスたちと一緒に行こうと思うが、いいか？」

お父さんの質問にナルガスさんが頷く。

「色々知っているドルイドさんがいてくれたほうが助かります」

ナルガスさんを先頭に洞窟に向かって歩き出す。洞窟前にいるシャーミが、警戒の為か立ち上がってこちらを見ているのがわかる。

「シエル、ここで大人しく待っていようね」

これ以上シャーミを警戒させるのは可哀そうだから、じっとしてよう。

「にゃうん」

「そういえば、ソルたちは？　今日は一緒じゃないのか？」

ジャッギさんが不思議そうに私を見る。

「バッグの中で寝ています。昨日がんばってくれたから、疲れたんだと思います」

「そうか。かなり無理させたからな」

「そんな事ないですよ。本当に楽しそうだったので」

「そう思ってくれていると、うれしいが。無理をさせたのは本当だからな」

昨日の二匹の様子を見るかぎり、無理をしたとは思っていないだろうな。かなり機嫌が良かったからね。

431話　限界

「帰って来たな。……様子がおかしいな」

洞窟内を調べに行っていたお父さんたちが、こちらに向かってくる姿が見えた。その姿にほっとするが、ジャッギさんが言う様に何処かみんなの様子がおかしい。不安な気持ちをぐっと抑えて、戻ってくるのを待つ。

「お帰りなさい」

帰ってきたお父さんたちに声を掛ける。

「ただいま。少し休憩しようか」

「あぁ、そうだな」

お父さんの言葉に、ナルガスさんが頷く。あれ？　言葉が……よく見ると、ナルガスさんの顔が強張っているのがわかった。ジャッギさんが、ナルガスさんたちに座る様に促す。

「悪いな」

「大丈夫か？　顔色が悪いぞ」

ジャッギさんがナルガスさんたちを心配そうに見る。アーリーさんが「大丈夫」と答えるが、いつもの様な声の張りがない。全員が座ったところで、マジックバッグから人数分のコップと温かいお茶を出す。朝、ギルマスさんに調理場を借りて作らせてもらった物だ。

「お茶、どうぞ」

これで少しは、落ちつくといいけれど。

「アイビー、ありがとう」

ピアルさんがお茶のコップを少し持ち上げて、お礼を言ってくれる。それに笑みを返すと、ピアルさんが安堵の表情を見せた。

「ほっとするな」

「あぁ」

ナルガスさんとアーリーさんの表情が、少し穏やかになる。それを見て、少しほっとした。

「ありがとう」

お父さんの隣に座ると、お礼を言われた。それに首を横に振って答える。出来る事で協力するのは当たり前の事。

「訊いていいか？」

ジャッギさんがナルガスさんたちを見る。

「ゴミの奥、洞窟の最奥だな。そこに正確にはわからなかったが一〇人以上の遺体があった」

遺体。

「その中の一人が、見た事のある指輪をしていたんだ。……副団長だと思う」

険しい表情でナルガスさんが洞窟内の事を話す。副団長さんは確か、行方不明になっていた人だよね。亡くなっていたのか……。

「それと、聖職者の服を着ている者が一人いた。おそらく教会の者だろう」

教会。昔の記憶が頭をかすめる。父と母の事は既に整理がついているが、教会でスキルが判明した時に向けられたあの人の視線。顔などはもう思い出せないのに、なぜか視線だけは今もはっきりと思い出せる。あの視線を受けた時、恐怖で全身が震えた。今思えば、どうしてあれほどの憎しみをぶつけられたのか……。

「アイビー？　大丈夫か？」

「えっ……大丈夫」

「本当に？　随分と暗い表情をしてたぞ」

昔を怖い記憶を思い出して、表情が暗くなっていたみたい。一回深呼吸して気持ちを落ち着ける。

大丈夫、今は昔とは違う。

「少し昔の事を思い出して。でも、大丈夫」

ここには、すべてを知ってても一緒にいてくれるお父さんがいる。シエルもいるし、バッグの中で寝ているけどソラたちみんなもいる。

「その聖職者が誰かわかるか？」

「いや、教会から行方不明の者がいるという連絡はきていない」

ジャッギさんとピアルさんが首を傾げる。

「おかしいな。術に掛かってはいないないんだよな？」

ナルガスさんも不思議そうな表情を見せたが、何がおかしいのかわからず首を傾げる。

「術に掛かっているなら連絡がないのはわかるが、教会の者たちは術に掛かっていない。普通、仲間が行方不明になったら探す為に自警団にでも連絡するだろう？」

あっ、そうだった。冒険者と自警団員以外に術に掛かっている人は、まだ見つかっていなかったんだよね。確かに、術に掛かっていなかったのに連絡しないのはおかしい。でも、教会の人たちってみんなが仲がいいものなの？

「教会で働く人たちは、仲がいい人たちばかりなんですか？」

「どういう事だ？」

私の質問に首を傾げるお父さん。

「いえ、仲が悪い人だったからいなくなっても放置したとか、何か問題があって逃げ出したと考えたとか……」

教会の人とはいえ人間。問題を抱えて逃げ出す事だってあると思う。

「それは、ないだろうな。教会の連中は異常なほど仲間意識が強い。不気味なほどにな」

お父さんの言葉に驚いて、その顔を見つめる。その視線に気付いたのか、肩を竦めるお父さん。

「まぁ、色々とあるからな」

教会と何かあったのかな？　そういえば、冒険者の人たちって教会の人と少し距離を置く人が多いよね。村や町の人たちは、すぐに教会を頼るのに。どうして何だろう？

「ドルイドさんはどう思いますか？」

ナルガスさんの声に、お父さんと私は彼に視線を向ける。

「悪い。聞いてなかった。何？」

私と話していたからだよね。悪い事をしてしまった。

「洞窟内で見つかった者たちをもう少し調べるべきかと思いまして」

「そうだな。村に戻って行方不明者を調べてからでもいいんじゃないか？　とりあえず身元確認だろう」

お父さんの答えに、ナルガスさんたちが頷く。

「わかりました。では、村に戻りましょうか」

ナルガスさんの返事が合図になったのか、後片付けを始める。

「コップは洗っておいたから」

ピアルさんが綺麗に洗ったコップを私の前に置いてくれる。

「ありがとうございます」

コップをマジックバッグにしまって、座っていた場所から立ち上がる。

シエルが動くと、近くの木の上でこちらの様子を窺っていたシャーミの警戒心が強くなったのを肌で感じる。

「相当シエルの事が怖いみたいだね。可愛いのにね」

「にゃうん」

喉元を撫でると「ぐるぐる」と鳴くシエル。本当に可愛いとついつい笑みがこぼれてしまう。

村に戻ると、門番さんの顔ぶれが全員変わっていた。普通に考えてありえない事なので、驚きながら門をくぐる。

「お疲れ様です。何かあったのですか？」

ナルガスさんが今の門番さんに事情を訊くと、訊かれた門番さんたちが少し戸惑った表情を見せた。

「何だ？」

「それが、今から一時間ぐらい前なんですが、門番をしていた一人がいきなり暴れだしまして」

暴れだした？　もしかして術の限界が来たのかな？　あれ？　術を掛けられたほうは、限界がきたら廃人みたいになるんだよね？　自我を失って暴れるのは術を掛けたほうじゃなかったっけ？

「それで？」

お父さんが門番さんに近づく。その雰囲気に、しり込みした門番さん。

「何とか抑え込みに成功して、ギルマスの指示で隔離されました。そのあと、一緒に仕事をしていた者たちが倒れてしまい、彼らは医務室のほうに運ばれてます」

「わかった。ありがとう」

お父さんやナルガスさんたちの雰囲気に少し震えていた門番さんたちは、お礼を言われた瞬間に安堵の表情を見せた。

「行こうか」

アーリーさんが、歩き出すとそのあとを追いかける様に移動する。何処へ向かっているのだろう？　団長さんの所ではないようで、道が違う。

「何処へ行くんだ？」

お父さんの言葉に、はっとした表情をしたアーリーさん。少しバツの悪そうな顔をすると、「すみません」と小さく謝罪した。意味がわからず首を傾げる。

「さすがにアイビーを、おかしくなった者に近づけたくないんだが」

「はい。えっと……」

アーリーさんたちは、門番さんたちの所へ行こうとしてたのか。

「気になるなら行っていいぞ。団長への報告は俺がしておく」

「ドルイドさん、すみません。アーリーとジャッギで、門番たちの所へ。俺たちが報告しておくから」

ナルガスさんが、アーリーさんとジャッギさんに指示を出す。二人は頷くと、お父さんに小さく頭を下げて足早に門番さんたちがいるであろう場所へ向かった。

「アーリーとジャッギは子供の頃に、門番の一人に助けられた事があるんです。だから心配なんだと思います」

団長さん宅へ向かいながら、ナルガスさんが事情を話してくれる。それで焦っていたのか。

「そうか。助かるといいが」

「……そうですね」

432話　心の疲弊

団長さん宅は門番さんが暴れた事があったからなのか、随分と人の出入りが激しく私たちは裏から家の中に入った。

「こう出入りが激しいと、誰が術に掛かっていて、誰が掛かっていないのかわからないな」

お父さんの言葉にナルガスさんが頷く。

「二階に上がりましょう。二階までは上がってきませんから」

二階は団長さんの許しがないと、上がれないらしい。団長さん宅に来た初日から、結構家の中を自由に歩き回ったけど駄目だったのかな？

「あとで団長さんに謝っておこう」

「ん？　どうかした？」

心で思っていた事が、無意識に口から出ていたらしく少し慌てて首を横に振る。ピアルさんが少し不思議そうに私の顔を見たが、ポンと頭を撫でて二階へ上がっていく。二階へ上がってよく利用している部屋に入ると、なぜかものすごくホッとした。

「団長に言ってくるよ。あと、お茶とか貰って来るから」

ピアルさんが部屋から出ていくと、ナルガスさんが大きな溜め息を吐いて椅子に座った。

「疲れているな」

ナルガスさんの正面の椅子にお父さん、隣に私が座る。

「すみません」

お父さんの言葉に少し情けない表情をするナルガスさん。

「リーダーだからと気を張り過ぎていると、失敗するぞ。もう少し気楽にって言っても難しいだろうけど、あまり気負い過ぎるなよ」

ナルガスさんの顔を見ると、目の下に隈があるのがわかる。

「わかってはいるんですが、ここまで大きな事件に関わった事がなくて正直何をしたらいいのかわからないんです。何とかしたいという気持ちはあるんですが、どうすればいいのか」

ナルガスさんたちは上位冒険者だから、ただ指示に従っていたらいい立場ではないもんね。

「言っておくが、こんな事件がそうゴロゴロ起こったらやばいぞ」

やばい事件……二回目。何だろう、泣きそう。もしかして前世の私って、ものすごく極悪人とか？　そういえば、人身売買の組織の時も前の私の知識が役に立ったよね。あんな知識がポンと浮かぶって事は……経験した事があるから？　……本当にすごい悪い人だったらどうしよう。

「アイビー、どうした？　疲れたか？」

お父さんの心配に、少し微妙な表情を返してしまう。

「今日はもうゆっくりしようか」

「大丈夫。どうしようもない事を色々と考えただけだから」

自分が思っている以上に、疲れているかもしれない。こういう時って、悪い事というか、馬鹿な事を真剣に考えてしまったりするんだよね。

「そうか？」

「うん。色々あり過ぎて」

たぶん心が本当の意味では、休息出来ていないんだろうな。ここ数日を思い出す。魔法陣の怖さを知って、村を襲っている色々な問題を知って、今日は門番さんたちが壊れたかもしれなくて……。気付かない様にしてきたけど…………疲れたな。

「そうだな」

ポンと頭に温かな手の感触。撫でてくれているのか、気持ちがいい。

「……あっ、ソラたちをバッグから出すのを忘れてた」

「ん？　俺も忘れたな。……俺も、少し余裕がないな」

「ふふっ、一緒だね」

バッグを開けると、ぴょんとみんなが飛び出してくる。いつもだったらすぐに自由に飛び回るのに、今は私とお父さんの周りにいる。心配を掛けてしまった様で、「大丈夫」と言いながらみんなの頭を撫でるとプルプルと返事を返してくれた。ソルがちらりと後ろを見て、そのままぴょんとナルガスさんの元に跳んで行く。腕の中に飛び込んできたソルに驚いた表情を見せた彼は、すぐにうれしそうにギュッと抱きしめた。みんなが少しずつ疲弊している事に気付く。早く解決出来ればいいのにな。

「お待たせ」

ピアルさんがお茶とお菓子を持って部屋に入ってくる。

「団長は今の用事が終わったら来るって」

「そうか。それまで休憩だな」

温かいお茶を飲んで、お菓子を食べる。甘さがじんわりと体に行き渡る。

「悪い。待たせたな」

団長さんと一緒にアーリーさんたちが部屋に入ってくる。その表情は暗く沈んでいた。

「まずは、洞窟調査だがありがとう。どうだった？」

「シャーミは警戒心が強くて近づく事は出来ませんでしたが、少しずつ元に戻りつつあるようだ」

「警戒？」

「アダンダラである、シエルに」

「あぁ、なるほど。アダンダラは魔物の世界で上位だ。シャーミにしたら出会いたくない魔物の一つだろう」

わかっているんだけど、違和感があるよね。お父さんの膝の上にいるシエルを見る。撫でられて気持ちがいいのか、目を細めてのんびりしている。団長さんがシエルを見て、少し複雑そうな表情をした。何となく、気持ちがわかる。

「それと、洞窟の奥で遺体を見つけました。その中に……副団長がしていた指輪と同じ指輪をしている者がいました。あと、聖職者の服を着た者も確認出来ました」

ナルガスさんの言葉に、団長さんが一瞬固まる。

「……そうか。ありがとう。こちらで起こった事はある程度は聞いているか？」

ほんの少しの間が空いたが、団長さんはいつも通りに話し出す。

「門番たちの話なら聞いたが、わかっている事はあるのか？」

「術の限界が来たという事だ」

団長さんの返答に、お父さんは目を細める。

「自我をなくして暴れたと聞いたが？」

「……はぁ。やはりわかるよな。まだ詳しくわかっていないが、暴れたほうは術を掛けた者の可能性がある。だが、これは内密に頼む。まだ確実ではないからな」

団長さんが部屋にいる全員を見る。

「わかった」

術を掛けた者、つまり敵の一人の可能性があるって事だよね？　ジナルさんたちが術に掛かっているかどうか調べた筈だけど、気付かなかった？　相当やり手の彼らを誤魔化すのは、かなり大変だと思うけど……。

「倒れた者たちは、術を掛けられたほうだろう。アーリーとジャッギは見てきたんだろう？」

団長さんが、顔色の悪い二人に声を掛ける。ジャッギさんが顔を上げると一回頷く。

「目が覚めてはいたが、自我が崩壊している可能性があるらしい。話す事は出来なかった」

何を見てきたのか、二人の表情が苦しそうに歪む。

「そうか。残念だ」

団長さんの言葉に二人は下を向く。先ほど聞いた、お世話になった人が被害者にいたのかな？

「ジナルたちが、この件について調べている。どうも気になる事があるらしい」

「そうか。それで術の解放は何時からやるんだ？　時間がないだろう」

そうだった。術から解放する方法があると団長さんは言っていた。限界が来た人がいる以上、早急に始める事になるのかな？

「……既に自警団員数人が参加してくれる事になっている」

団長さんの強張った声に驚いて、彼の顔をじっと凝視してしまう。術の解放に何かあるのだろうか？　確か、魔法陣を用いて術に掛かっていた人たちを助けるって……あれ？　魔法陣を用いて助ける？　魔法陣は発動させる人に負荷がかかって、今回の様に最終的には自我が崩壊するって……。

そうか、誰かが魔法陣の負荷を背負うのか。

「魔法陣が見つかれば、もう少し彼らの負担が減らせるんだが……」

魔法陣はまだ見つかっていない。何処にあるんだろう。色とりどりの光に窓。何か記憶に浮かぶんだけど、それが掴めない。

「そうだ、教会から行方不明者の連絡が届いていないか調べてくれないか？」

「教会？　あぁ、聖職者の服を着た遺体が見つかっていたな」

「本物かどうかは不明だが、調べておかないと駄目だろう」

お父さんと団長さんが話をしているのが、耳に届く。教会には触れたくないので、お任せ……

ん？　教会？　色とりどりの光に窓……何て言うんだっけ？　ステンドグラスだ。

「そうだ、ステンドグラスだ！　魔法陣はステンドグラスがある場所にある可能性があります！」

私の言葉に表情を強張らせる団長さん。お父さんも少し戸惑った表情を見せた。何か不味い事でも言ったのだろうか？

433話　怒ってます

「アイビー。魔法陣がある部屋に、なぜステンドグラスがあると思ったんだ？」

団長さんがじっと私を見つめる。それに戸惑いながらも、ギルマスさんから聞いた話をする。

「教会という言葉を聞いた時に、昔見たステンドグラスから入ってきた光を思い出したんです。それがギルマスさんが言っていた『色とりどりの光』の様だなと思って」

今の私では一度だけ、スキルを調べる時に見た事がある。でも、前世の私は何度かステンドグラスを見た事があるみたいで色々なステンドグラスを思い出した。

「そうか。確かにウリーガは言っていたな、魔法陣のある部屋に『色とりどりの光』があると。俺も何度か見た事がある。確かにウリーガの言うとおり『色とりどりの光』だな」

良かった。場所がこれで特定出来そうかな。

「ステンドグラスは、何処にあるんですか？」

特定が出来そうなわりには、困惑している雰囲気がする。ステンドグラスのある場所に問題でもあるのかな？

「アイビー。ステンドグラスは、教会にしかない物なんだ」

えっ、教会？　つまり、魔法陣による術を掛けている場所は教会という事？　術を掛けている人は、聖職者？

「どうするんだ？　教会には、証拠がないと手が出せないぞ」

お父さんの言葉に、団長さんが眉間に皺を寄せる。教会は独立した機関で、ギルドでも自警団でも無闇に手が出せない場所だと、冒険者の人たちが話していたな。

「はぁ～、どうするか」

コンコン。

「連れてきたぞ～って。どうしたんだ、この雰囲気は？」

部屋に入ってきたのはギルマスさん。部屋に入った瞬間、嫌そうな表情で部屋を見渡す。

「アイビー、問題はないか？」

私ですか？

「はい。大丈夫です。あっ、昨日話してくれた色とりどりの光がある場所がわかるかもしれませんよ」

「えっ？　本当か？」

「はい。教会のステンドグラスではないかと、今話をしていたんです」

ギルマスさんには言っていいよね。関係者だし。

「教会のステンドグラス？　………あっ、一番奥の懺悔室だ」

「「「はっ？」」」

団長さんたちとナルガスさんたちが、ギルマスさんを見る。ギルマスさんは、何度か頷くと団長を見る。

「思い出した。魔法陣がある場所だ。あれは、懺悔《ざんげ》室のステンドグラスだ」

また、思い出したの？　魔法陣の術は強い筈なのに、きっかけがあると思い出すって何かおかしくない？　何だかもやもやするな。

「アッパスは術の解除を準備してくれ。俺が教会に行って、魔法陣を確かめてくる」

「待て。まだ証拠がない」

団長さんが焦って椅子から立ち上がる。

「証拠って、俺が覚えているんだから問題ないだろう？」

「それはそうだが」

「それに、俺たちには待っている余裕はないだろう？」

ギルマスさんの言葉に団長さんが悔しそうな表情をする。門番さんが狂った事を言っているのかな？

「はぁ。わかった。ただし、何があるかわからないから気を付けろよ」

団長さんの言葉にギルマスさんがにやりと笑う。その笑みを見て、ぞくりと背筋が寒くなる。

「もちろん気を付けるさ。今まで好き勝手してくれたんだ、そのお礼をしないと駄目だからな。そう、お礼をきっちり払わないとな」

うわ～、怖い。すっごく怖い。笑っているのに、暗いというか何か背中にドロドロしたものが見える様な……気のせいなんだけど。そっと視線を逸らすが、ひしひしと感じる不穏な何か。ナルガスさんたちのほうを見ると、全員の顔色が悪くなっていた。さすがの上位冒険者でも、今のギルマスさんは怖いらしい。

「さて、ナルガスたちにも協力してもらおうか」

「ひっ」

ギルマスさんの言葉に、ピアルさんが小さく悲鳴を上げた。それにギルマスさんの笑顔が深くなる。

「行きます！　行かせてください」

ナルガスさんがんばれ。心で応援だけしておこう。さっきのしんみりした雰囲気より、こっちのほうがいい筈……きっと。

「行くぞ」

「「「はい！」」」

ギルマスさんのあとをついていくナルガスさんたちが、罪を犯して連行される犯罪者に見えるのは、きっと気のせいだよね。うん、気のせいだ。

「連行されているみたいだな」

団長さんの小さな声が、なぜか鮮明に聞こえた。

「ギルマスを行かせて大丈夫か？　犯人を殺しそうな雰囲気だったが。あれは、かなりやばいだろう」

お父さんの言葉に、団長が苦笑を浮かべる。

「大丈夫だろう」

やはり団長さんとギルマスさんの間には、ちゃんと信頼関係があるのかな。

「たぶん」

「「………」」

本当に大丈夫なのかな？　今、すごく心配になったんだけど。

「さてと、こちらも準備しないとな……」

団長さんが、椅子から立ち上がると小さく溜め息を吐く。術から解放する為の準備だよね。それはつまり、部下の自警団員もしくは冒険者の人に術を発動してもらう事になる。必要なんだろうけど、つらいな。そっと団長さんを見ると、苦々しい表情をしていた。視線をずらして、ソファの上でプルプル遊んでいるソラたちを見る。

「ポンッ、ポンッ」

ん？　みんなを見ていると、不意にソルが黒い魔石を二個吐き出した。

「ソル？　どうして魔石を生んだの？」

不思議に思いソルに近づく。ソルは私を見ると、魔石を私のほうへ押した。どうぞって言われている様なので、魔石を手に取り見る。

「うわっ、綺麗」

黒い魔石は、淡い白の光に包まれてとても神秘的に見える。魔石をよく見ると、銀色の模様が刻

まれているのがわかった。

「すごいな」

　隣に来たお父さんが、私の手元を覗き込む。

「そうでしょ？　すごく綺麗だよね」

　魔石を親指と人差し指で挟んで持つと、上に翳《かざ》した。前にソルが作った魔石も黒かったけど、今回の様に光ってはいなかったし模様もなかった。

「何が違うんだろう？」

　まぁ、今は目の前の魔石をマジックバッグに急いで隠そう。誰かに見られたら大変だからね。二階に上がって来る様子はないが、絶対に来ないとも言い切れない。マジックバッグを開けて、ソルから貰った魔石を入れ――。

　ピョン。

「ん？」

　入れようとしたが、ソルが魔石を持っている手にぶつかってきた。そして、少し怒った様子でプルプル震える。

「ぺふっ！　ぺふっ！」

　何だろう。もしかして魔石をマジックバッグに隠しては駄目だったとか？

「マジックバッグに隠しては駄目？」

「ぺふっ」

魔石を隠すのは駄目らしい。なら、この光っている魔石をどうすればいいのだろう？

「何かに使えと言っているんじゃないか？」

「ぺふ～！」

お父さんの言葉に、うれしそうに飛び跳ねるソル。なるほど、必要な魔石だから生んでくれたのか。でも、何に必要なんだろう。すっと視線を上げると、こちらを驚いた表情で見る団長さん。手の中の魔石と団長さんを交互に見る。もしかして。

「術の解放に使えるの？」

今、考えられるのはこれしかない。

「ぺふっ！」

「うわっ」

理解された事がうれしいのか、勢いをつけて腕の中に飛び込んでくるソル。団長さんは、戸惑った表情で私を見た。

「そっか。これは、術の解放に役立つ魔石なんだ」

「ぺふっ！」

ソルを抱きしめて、手の中の魔石を見る。綺麗な光を放つ黒い魔石。団長さんの傍によって、手の中にある魔石を差し出す。

「団長さん。どうぞ」

私の行動に、驚愕の表情を見せた団長さん。

「いや、さすがにこれは」

戸惑う団長さんに、「おそらく、この魔石を使えば被害が減る筈だ」と、お父さんが言う。その言葉を聞いて、じっと魔石を見つめる団長さん。しばらくして、二個の魔石に手を伸ばした。

「この村の事が落ち着いたら、この代金はしっかりと払う」

そんなつもりはなかったのだが、あまりに真剣な目をして言うのでつい頷いてしまった。事件が終わったら、無償提供だと言おう。

434話　甘えてます

「ところでこの魔石は、どの様に使うんだ？」

団長さんの質問に、無言のお父さんと私。使い方か……どう使うんだろう？

「悪い。魔石の使い方は不明だ。そもそも術を解く方法がわからないから、使い方の予測も出来ない」

「……そうだったな……」

団長さんが、少し考え込む様な表情を見せた。それをじっと見ていると、不意に視線が合う。何を考えていたのか気になったのでじっと見ていると、団長さんが苦笑を浮かべた。

「アイビーは、いい目をしているな。昔の自分を思い出すよ。」

いい目をしているとは、どういう意味だろう？　お父さんを見ると、少し自慢げな表情をしている。それに首を傾げると、ポンと頭を撫でられた。

「団長にも、そんな時代があったのか？」

「当たり前だろう」

二人の会話を聞くが、やはり意味がわからない。とりあえず二人が楽しそうなのでいいかな。

「本当はこれ以上巻き込みたくないんだが、既に手遅れの様な気がするし。それに、知っておいたほうがいいかもしれないからな。少し待っていてくれ」

団長さんが部屋から出て行く。

「さっきのは、どういう意味なの？」

やはり気になる。

「アイビーは人の目をまっすぐ見て、その人を知ろうとするだろう？」

そうかな？　……そうかもしれない。でも、それがどうしたんだろう？

「今の団長や俺は、知ろうとする前に疑ってしまったり。まぁ、色々考え過ぎて、まっすぐその人と向き合えないというか。経験や情報が邪魔をするんだよ。だからアイビーの、まずはその人の事を知っていこうとする姿勢が眩しく感じるんだ」

なるほど。でも、立場があるからしかたない部分も多いと思うけどな。私は、この両手で抱きしめられる人だけを守ればいい。団長さんやお父さんの様に守るものが多くない。だから、少し無謀な事も出来てしまえるのだと思う。それに、ちらりとお父さんを見る。お父さんが守ってくれると信じているから、安心している部分もある。

「私は、お父さんに甘えているんだと思う」

「えっ？　俺に甘えてる？　そうか？　そんな風には感じないけどな」

「ううん、すごく甘えてる」

首を横に振って否定して、もう一度甘えている事を伝える。それにお父さんがうれしそうな表情をした。

「ん？　何かあったのか？」

何かを取りに行っていた団長さんが、部屋に入ってくるなり不思議そうな表情で私とお父さんを見る。

「親子の関係を深めていたんだ」

お父さんの言葉に、団長さんがふっと笑みを見せた。

「いいな。俺の子供たちは自立してしまって、なかなか時間が取れないんだ。久々に会っても、昔の様に甘えてくれないしな」

団長さんは少し寂しそうに言いながら、机の上に数枚の紙を置く。見ると、魔法陣が描かれていた。

「この一番の魔法陣を床に、こっちの二番の魔法陣を天井にそれぞれ描くんだ」

紙には番号が振ってあり、その中の一番と二番を団長さんが指す。

「床と天井に描く魔法陣は絵柄が違うんだな」

「これは大昔の文字だそうだ」

文字？　紙に描かれている団長さんが指した文字を見る。今は使われていないのか、見てもまったく読めない。文字だけではなく、動物の絵も結構あるな。ヘビに、角がある二足歩行の……何だろう？　ん～、よくわからない動物が多いな。

「その動物に見える物も文字なんだ」

「えっ！　これもですか？」

どう見ても、動物の絵なのに。昔の人はすごい文字を使っていたんだな。

「術の解き方だが、術に掛かった者たちを床に描いた魔法陣の中心に立たせて、魔法陣を発動させる。この魔法陣には核の傷を癒す力があると言われている」

「言われている？　試した事がないのか？」

お父さんが、団長さんを少し疑わしそうに見る。それに慌てて首を横に振る団長さん。

「少人数ではしっかり検証されているし、その結果も出ている。だから、核の傷を癒す力がある事は実証されている。だが、今回はとにかく人数が多い。不測の事態もあり得ると思っている」

確かに人数が多いよね。冒険者たちに自警団員たち。そのほとんどが術に掛かっているのだから。

団長さんが持っている魔石に視線をやる。あれの使い方は、やはりソルに訊くのが一番だよね。

「ソル、魔石は魔法陣の中に置くの？」

「……」

違うのか。術に掛かっている人に持ってもらう？　何か違う様な気がするな。あとは、術を解く為に集まった人たちなんだけど。

「術を発動させる人が持つの？」

「ぺふっ」

「団長さん、使い方は術を発動させる人が持つ様です」

私とソルのやり取りを見ていた団長さんが頷く。

「わかった。ありがとう」

団長さんが魔石を見る。そして、お父さんと私を見た。

「すまない。巻き込んでしまって」

団長さんの言葉にお父さんと同時に首を横に振る。

「俺たちも術に掛かっていたから、何とかしようと動くのは当然だ」

「そうですよ」

私たちの言葉に、苦笑を浮かべる団長さん。

「だが、君たちはこの村にたまたま来た旅人だ。冒険者の場合なら、手を貸してもらう事は当然となるが、二人は冒険者ではなく、旅人だ」

確かに、私もお父さんも冒険者ギルドに登録していないので冒険者ではない。だから旅人という事になる。つまり村の問題に関わる必要はないし義務もない。

「自分たちの気持ちが楽なほうを選んだだけですよ」

私の言葉に団長さんが首を傾げる。

「関わらない様にする事は簡単でした。でも、気になってしかたなかったと思うんです」

術が解けた時に、この村から出て行く事は出来た。森には洗脳されたシャーミがいたけど、おそらくシエルが本気になれば蹴散らす事は出来た筈。でも、私とお父さんはこの村に残る事を選んだ。それはきっと、何もせずにいたら気になってしかたないから。もし噂でこの村の人たちが死んだと知ったら？　私はきっと後悔して苦しかったと思う。

「あとで悔やまない様に、勝手に動いているだけですよ」

「だが――」

渋い表情の団長さん。私は本当にいい人と出会える運命にあるよね。

「団長さんたちこそ、この問題が解決したら、もしくは王都から人がきたら大変ですよ。私たちの事を隠し通さないと駄目なんだから」

あんな契約を交わすんだもん。驚いた。

「それは大丈夫だ。既にこの村から誰にもバレずに出て行く方法は考えてある」

えっ？　もう考えてくれているの？　お父さんも、それには驚いた表情を見せた。

「早くないか？」

「助けがいつ村に来るかわからないからな。だから安心してほしい。さて、準備をしてくるよ。あと少しで魔法陣は完成するから」

「何処に魔法陣を用意しているんだ？」

「一階の少し小さい部屋がある。そこを利用している。……見るか？」

団長さんが少し戸惑ったあとに、訊いてくれる。

「いいのか？　本当は駄目なんじゃないのか？」

「ここまで関わっていて、今更隠すのは間違っている気がしてな」

と言っているけど、戸惑っている様子がわかる。

「あ～、アイビーどうする？　見せてもらおうか？」

今までしっかりと魔法陣を見たのは一回。サーペントさんを意のままに操ろうとした、魔法陣だ。

今回の洞窟で見た魔法陣は、見えた部分が本当に一部分だったから少し残念に思っていたんだよね。

「見ておこうかな」

興味がある。それにどうも私は、面倒ごとに巻き込まれやすいみたいだから。また、魔法陣の問題に関わってしまう事もあるかもしれない。すごく、遠慮したいけど！　今までの事を考えると、知識はなるべくあったほうがいいと思う。

「そうか。じゃ、行こうか」

団長さんが部屋を出るので、あとをついて出る。一階は少し前の喧騒を忘れたのか、とても静かになっていた。

番外編　ギルマスさんの怒り

―ギルドマスター　ウリーガ視点―

見えてきた教会に足を止める。少しずつだが、記憶が戻ってきている。

三年ぐらい前、誰かを追って教会に……。あっ、ツイール副団長のあとを追ったんだ。そうだ、俺はあの日彼女を追って教会に入ったんだ。

「でもどうして、あんなに焦ったんだ？」

そういえば、教会を調べようと思ったような。どうして、そんな事を思ったんだ？

「駄目だ。思い出せない」

「えっ？」

独り言に反応が返ってきた事に驚いて、声がしたほうへ視線を向けると、ナルガスが心配そうな表情で俺を見ている事に気付く。そういえば一緒に来ていたなと思い出し、周りが見えていなかった事に情けなさを感じた。

「大丈夫だ」

しっかりしないとな。

「……ギルマスのせいではないですよ」

俺は首を横に振る。ギルマスという立場に俺はいる。だから、すべての責任は俺にある。

「ギルマス」

「行こう」

止まっていた足を動かす。入り口には村の人たちが楽しそうに話をしている。

「ナルガス、村の人をすべて教会から出せ。奴らが何をするかわからない」

「わかりました。でも……」

「何だ？」

「不信感を持たれず移動してもらう為には、どうすればいいかと思いまして」

不信感を持たれずに？　それは無理だろう。

「気にする必要はない。すぐに追い出せ」

「えっ？　いいんですか？　教会での事はすぐに噂で広まります。村の人たちの不安を煽る事になりますが」

確かに、教会に個人ではなくギルマスとして入るんだ、すぐに噂が流れるだろう。だが、

「アッパスが、目を覚ましたという噂は既に広まっている。奴らにとって、アッパスの病気は治る筈がないんだ。だが治った。奴らはどうするか？　きっと事情を知ろうとする筈だ。奴らは何をすると思う？」

奴らはアッパスを殺そうとした。それが目を覚ましたと知って、焦っている筈だ。

「……術に掛かっている、冒険者か自警団員を使うのが手っ取り早いですよね？」

「そうだ。そして調べて、冒険者の中に術から解放された者がいるとわかったら、次は何をする？」

「あっ、何か仕掛けてくる可能性があると思っているんですか？」

ピアルの言葉に頷く。

「ないとは言えないだろう？　そしてその時に、魔法陣を使うかもしれない」

俺は魔法陣について、それほど詳しいわけではない。だから、まったく的外れの心配をしている

のかもしれない。でも、何か仕掛けてくる可能性は拭えない。そしてその時、魔法陣を利用しないと誰が言える？

「どう動くのか予測が出来ないから、すぐにでも身柄を押さえたい。これ以上魔法陣の被害者を増やしたくないんだよ」

「わかりました。すぐに教会から人を追い出します」

ナルガスの答えに、ホッとする。これで、何が起こっても村の人たちが被害に遭う事はない。

「こんにちは」

教会の扉の前にいた村の人が、笑みを見せて挨拶をしてくる。それに軽く頭を下げると、

「すぐにここから離れてください。問題が起きました」

「えっ？　ここは教会ですよ」

「そうですが、問題が発覚した以上は我々の指示に従ってもらいます」

信心深い信者なのかもしれない。だがそんな事、今はどうでもいい。村人は、不審そうな表情を見せたが俺の顔を見て息を呑み、すぐに周りにいた者たちに声を掛けて教会から離れて行った。どうやら、相当怖い表情をしている様だ。まぁ、取り繕《つくろ》うつもりはない。

「失礼します。すぐに教会から出てください」

ナルガスたちが俺の後ろから前へ行き教会の中に入ると、中の人たちへ声を掛ける。

「何事ですか！　ここは教会ですよ！」

白髪の聖職者が、ナルガスたちの行動を咎める。だが、俺が教会に入ると少し顔が強張った。そ

れを視界に収めながら、周りにいる村人に外に出るよう指示を出す。村人は戸惑いながらも、俺の様子を見て、すぐに立ち上がると教会から出て行った。

「ここは教会、冒険者ギルドの干渉は受けない場所だ！　すぐにここから去れ！　命令だ！」

白髪の聖職者が俺の前に来て、命令口調で指示を出す。術に掛かっている俺なら、それに従うんだろうな。だが、俺の術は解けているし、記憶も徐々に戻っている。だからこそわかる。今の言い方は、冒険者ギルドのギルドマスターに向ける言葉としてはおかしいと。

「何をしている？　命令をしているんだ。去れ！」

術が解けているとは、考えもしない。それだけ掛けた術に、自信があるという事なんだろう。そうなると、あのソルというスライムの力は相当なのかもしれないな。……ソルがいなければ、違うなアイビーたちがこの村に来てくれなければ、この村は終わっていたかもしれない。

「教会が、先にこの村に牙をむいたのだ。その代償は払ってもらう」

「えっ？」

白髪の聖職者の顔が驚きに変わる。

「記憶は戻っている。ここで俺が、何をされたのかもな」

「……何を馬鹿な。ありえない」

「相当自信があるんだな。それだけの術を掛けたという事か？　だが、思い出した。それが現実だ」

白髪の聖職者、そういえばこいつの名前は何だった？　三年？　いや、五年前に王都の教会から配属された司祭？　いや、司教だったか？　こいつに術を掛けられた事は覚えているが、こいつが誰だったのか今も思い出せない。まだ、記憶に穴があるんだろうな。

「全員、退去しました」

ナルガスが、俺にそう声を掛けると隣に立った。

「魔法陣は扱う事を禁止されている。それは知っているな?」

「……魔法陣など知らない」

「知らない?」

すっと視線を移し、一番奥の懺悔室を見る。この教会には懺悔室が三つある。二つは扉が開いているのに、一番奥の部屋だけ扉が閉まっている。俺の視線に気付いた、白髪の聖職者がさっと顔色を悪くする。記憶が戻ったと言ったのに、信じていないらしい。だが、その思いがグラグラと揺れているのがわかる。なぜ、俺が奥の懺悔室を見たのか、不安なんだろう。視線もかなり彷徨っている。

「あの部屋だろう? 俺の洗脳をしたのは」

奥の懺悔室に向かう。近づくと、白髪の聖職者とは違う青い髪の聖職者が扉の前に立ちふさがる。

「扉が閉まっている時は、中に人がいる時です。邪魔をする事は許されません」

目の前にいる聖職者の肩を掴むと、アーリーのほうへ放り投げる。

「うわっ」

たたらを踏んだ青い髪の聖職者はアーリーに支えられたが、そのままぐっと体を押さえつけられた。扉に手を掛ける。

ガチッ。

鍵のかかっている音がして扉は開かない。

「中の人が怯えます。すぐにここから出て行ってくれ。今日の無礼はすぐに抗議させてもらう」

アーリーに押さえられたほうではない白髪の聖職者が、俺の肩に手を置き睨みつける。まだ、何とかなると考えているのだろう。ムカついた。なので、足で扉を思いっきり蹴りつけた。

「やめっ！」

バキッと言う音に扉が崩壊する。そして、異様な光を発している、魔法陣が見えた。

「くそっ」

白髪の聖職者が体当たりをして、俺を前に押した。魔法陣に気を取られていた為、そのまま前のめりになり魔法陣の中に入ってしまう。

「やれっ！」

「はい」

青い髪の聖職者が魔法陣に手を翳すと、魔法陣の光がより明るくなる。

「ギルマス！　アーリー、奴をしっかり押さえろ！」

魔法陣から青い光の線が浮かび上がり、俺の体に纏わりつく。そうだ、あの日もこの青い光の線が魔法陣から浮かびあがって今の様に体に纏わりついたんだ。その事に、言いしれない恐怖を感じた俺は、魔法陣の中で暴れ回った。でも逃げられなくて、青い光が線がどんどん体の中に……。そうだあの日、マトーリと……あの人が俺を魔法陣の中に押したんだ。それにこの青い光の線は！

「ナルガス、離れろ！」

番外編　ギルマスさんの記憶

―ギルドマスター　ウリーガ視点―

なぜか、魔法陣の外にいるナルガスたちが心配になった。なぜだ？　不意に、倒れ込む女性の姿が浮かび上がる。あれは？　誰だった？　目の間には青い光の線。

「あっ！　逃げろ！　これに触ったら死ぬ！」

そうだ、この青い光の線は、魔法陣の外にいる者にも影響を及ぼすんだった。あの日、ツイール副団長のあとを追ったが見失って。そうだ、彼女を探している時に魔法陣を見つけたんだ。で、押されて魔法陣の中に。彼女は俺を助けようと手を伸ばしてきて。でも……、その手が俺に届く前に青い光の線が彼女を襲った。そして、死んだんだ。それがなぜ、数ヶ月後に行方不明扱いになったのかは思い出せないが、副団長であるツイールはここで死んだ。なぜ、忘れてしまっていたんだ！　なぜ、もっと警戒をしていなかったんだ？　これではあの時と同じだ！

「早く、離れろ！　逃げろ！」

俺の言葉にナルガスたちが、後ろに下がろうとするが遅かった。纏わりついていた青い光の線が勢いを増し、体に入ってこようとする。それと同時にナルガスたちに向かっていくのが見えた。

「やめろ！」

異物が体に入ろうとする気持ち悪さを思い出し、吐き気がしてくる。が、いつまでたっても以前に感じた気持ち悪さに襲われない。あれ？

「何だ？　どうなっている！」

白髪の聖職者の焦った声に、視線を向けると驚いた表情をして俺の足を見ている。えっ？　視線を追うと、俺のズボンのポケットに青い光の線が吸い込まれていっている。何が起こったんだ？

「あつっ！」

あまりの光景にただ茫然と見ていると、青い光の線が吸い込まれている右のポケットが熱を伝えてきた。慌てて、ポケットに手を入れると硬い感触。だが、先ほど感じた様に熱くはない。首を傾げながらポケットの中の硬い感触の物を取り出す。

「これって……」

いまだ魔法陣から生まれる青い光の線。だが、生まれたそばから俺の手の中にある硬い感触の黒い魔石に吸い込まれていく。

「ギルマス？　それって……」

ナルガスたちもこの魔石を知っていた様で、驚いた表情をしている。しばらくすると青い光の線は生まれなくなり、魔法陣も徐々に光が失われていく。

ドサッ。

何かが倒れる音に視線を向けると、青い髪の聖職者が真っ白な顔色で荒い息をしながら倒れていた。白髪の聖職者が、青い顔をして魔石を指す。

「何で？　何だそれは、なぜ魔法陣が？　何で」

かなり混乱しているのか、意味がわからない。

「ギルマス、大丈夫ですか？」

「あぁ、問題ない」

アーリーの心配そうな表情に、笑って答えると手の中の真っ黒な魔石を見る。これはソルが作った魔石だと聞いた。それをアイビーがアッパスに渡し、そしてアッパスから俺に渡ってきた。ソルの魔石。アイビーは、特に何も言わずにアッパスに渡したらしい。わけがわからず、でも何か感じる物があってポケットに入れていたが、今の今まで忘れていた。

「まさか、こんな力があるとはな」

俺の言葉に四人が無言で頷く。

「また、助けられたな」

本当に何度も命を助けてもらって、この恩は一生かかっても返しきれないだろうな。

魔法陣から光が完全に消えた。それを確かめてから、魔法陣の外に出る。聖職者を見ると、ぶるぶると真っ青になって震えている。

「残念だったな。グピナス司教」

思い出した。白髪の聖職者はこの教会の司教でグピナス。そして青い髪のサリフィーが司祭だ。亡くなったのはもう一人の司祭、確かミーチェ。そんな名前だった様な気がする。

「もう終わりだ」

グピナス司教が床に膝を付け、ぶつぶつ言っている。気になったので、耳を傾ける。

「なぜだ？　なぜ、失敗した？　この魔法陣は完璧な筈だ。……実験で……」

実験？　なんの事だ？

「失敗する筈がないのに……あっあの魔石、あれだ！　あれを！」

ぱっと顔を上げたグピナス司教と目が合うと、その視線が俺の手に向く。次の瞬間、グピナス司教の手がさっと俺の手の中の魔石に伸びる。慌てて一歩下がると、魔石を両手で握り込む。これを、渡すわけにはいかない。

「わたせ～！」

狂った様に、突進してくるグピナス司教の首にナルガスが腕を回し、意識を奪う。

「はぁ～、いきなり暴走しないでくれ！」

「だな」

緊張感が薄れたのかピアルとジャッギが溜め息を吐く。

「まだ気を緩めるなよ。こいつらの仲間がいる可能性がある」

懺悔室から出て教会を見渡す。ステンドグラスからの色とりどりの光が教会内を照らして、とても綺麗に見える。

「こいつらに仲間がいるんですか？」

ジャッギの質問に眉間に皺が寄る。思い出した記憶の中に、懐かしい顔があった。だが、あの人は敵なのだろう。俺を魔法陣の中に押したのだから。

「元ギルドマスターのチェマンタだ」

俺の言葉に、ナルガスたちが固まる。チェマンタと言えば、有名な冒険者の一人だ。功労者としては名前があがらなかったが、冒険者の中には憧れている者も多い。俺もその一人だ。彼のあとを継げる事が、誇らしかったんだが……。

「はぁ～。ジャッギ、魔法陣を書き写してくれ」

「わかりました」

「ナルガスとアーリーは教会を調べるから、一緒に来てくれ」

俺の言葉に頷く二人、ピアルには捕まえた二人の見張りを指示した。

「ここは、三階建てだったか？」

「確かその筈です。上から見ていきますか？」

「そうするか」

三人で三階に上がり、部屋を見て回る。三階は使われていないのか、どの部屋にも荷物がない。二階に下りると使われた形跡のある部屋が二つ。おそらくグピナス司教とサリフィー司祭の部屋なのだろう。潜んでいる者がいないと判断し、部屋の中にある荷物を調べる。手紙や魔法陣が描かれた書類が多数出てくる。

「これは……」

ナルガスが、一枚の紙を持って険しい表情を見せた。

「どうした？」

ナルガスから紙を受け取り確認する。そこには、使用した魔法陣の種類と結果が記載されていた。

「まるで実験みたいですね」

「誰かが奴らに指示を出していた様です」

アーリーから受け取った手紙には、確かにグピナス司教に対して使用する魔法陣が指示されていた。手紙には、名前の記載はなく誰が送ってきた物なのかわからない。

「送ってきた人物の手掛かりはないか？」

ナルガスたちが探している隣で、手紙とグピナス司教とサリフィー司祭が書いただろう紙を確認する。指示されたとおりに行われる魔法陣による実験。結果を見ると、亡くなった者たちが多数いる事がわかる。

「あの……」

アーリーが一枚の紙を俺に差し出す。それを見て息を呑んだ。その紙には、俺の事が記載されていた。どの様に、魔法陣を使用し洗脳が行われたのか、何処まで命令に従うのかなどが事細かく載っていた。

「俺たちは、実験材料として使われていたんですね」

ナルガスの言葉に、重い空気が流れる。

「そうだな。すべての書類を持ってアッパスの所に戻るぞ」

「はい」

何とか気持ちを切り替えて、近くにあった木の箱に手紙や散らばっている紙を集めて入れていく。すべて集め終わると、部屋を見渡す。

「マジックアイテムで隠されている物があるかもしれませんね。どうします？」

ナルガスの言葉に、それがあったと思い出す。マジックアイテムの場合、本人しか開ける事が出来ない物もある。グピナス司教たちを思い出すが、説得は無駄だろう。

「確か、隠したマジックアイテムを見つけられるマジックアイテムがあったよな？」

俺の言葉に頷くアーリー。

「でもあれは、見つける事は出来ますが、開ける事は出来ませんよ」

……やはり、グピナス司教たちを説得するしかないのか。はぁ～、がんばるか。

435話　魔法陣、発動

部屋に入ると、メリサさんが中腰の状態で、魔法陣の文字を一つ一つ丁寧に書いていた。天井を見ると、既に完成した魔法陣がある。

「あら？　どうかしましたか？　魔法陣なら、もう少しで書き終わりますけど……」

「ありがとう。様子を見に来たんだ」

「大丈夫ですよ。書き間違いなんてしませんから」

メリサさんが、左手に持っている紙をひらひらと見せる。そこには魔法陣で使われている文字が一つ一つ丁寧に書かれていた。

「随分と綺麗にかける様になったんだな」

「もう必死になって練習しましたよ。文字に見えない物もありましたからね」

メリサさんの視線が団長さんから部屋の中に移動するので追うと、そこには文字を練習した紙が無造作に積み上がっていた。

「ははは、かなりがんばってくれたんだな。ありがとう」

「そうですよ。この文字なんて……」

団長さんとメリサさんの話を聞きながら、魔法陣を眺める。サーペントさんを支配しようとした魔法陣とはまったく異なる文字が使われているのがわかる。文字だと聞いていても、絵にしか見えない文字もあるけれど……。

「よしっ！　最後の一文字を書けば……完成よぉ」

メリサさんが立ち上がって腰を叩く。かなり腰がしんどそうだ。

「さすがだな。間違っている箇所は何処にもない、完璧だ。ありがとう」

団長さんが感謝の言葉を言うと、メリサさんがホッとした表情を見せる。

「これが上手く動いてくれたら、術は解けるんですよね」

メリサさんが、片づけをしながら団長さんをちらりと見る。

「あぁ、これがあれば多くの者たちを助ける事が出来る筈だ。だが、これが正しく発動するかは使ってみない事にはわからない」

魔法陣は正しく書けているると言っていたのに、わからない？

「そうなんですか？　魔法陣の文字に失敗はありませんけど……」

「正しく書いていても、上手く動かない時があるんだ」

「へぇ、厄介なものですね。せっかく完璧に書き上げたのに」

メリサさんは魔法陣を見ながら小さく溜め息を吐く。

「まぁ、まれに動かないというだけでほとんどは正常に動くという結果が出ているから、たぶん大丈夫だろう」

「そうですか。では、動くと信じるしかないですね」

メリサさんが肩を竦めると、団長が頷いた。

「そうだな」

団長さんは、少し苦しそうな表情で魔法陣を見る。メリサさんがそんな団長さんを見て、目を伏せた。

「動かす者たちを、呼びますか？　待機していますが……」

メリサさんの問いに、少し考えるそぶりを見せた団長さん。

「そうだな。魔法陣を一回発動させよう。動いたら、順番に術を解いていこうか」

団長さんの言葉に、メリサさんが部屋を出ていく。

「ドルイド、アイビー。あと少ししたら人が来るから」

「わかった。行こうか、アイビー」

「うん」

部屋から出る直前、団長さんをそっと窺う。彼は無表情で、魔法陣をただ見つめていた。

「ふ～」

部屋から出ると、小さく溜め息を吐く。魔法陣を発動させるには、どうしても人の手が必要になる。その人たちが、どうなるのかわかっていても……。頭の上に、人の手の重みが乗る。それがゆっくりと動くと、余分な力が入っていたのか体から力が抜ける。どうやら気付かないうちに緊張していたらしい。

「二階に上がろう」

「うん。ソルの魔石が役に立ってくれるかな？」

二階へ行く階段を上りながら、前を歩くお父さんを見る。

「あぁ、きっと役に立つよ」

どんな力がある魔石なのか、一切わからない。でも、ソルがわざわざ作ってくれた魔石だから、きっと何かある。それを信じている。

「アイビー。この家にはこれから冒険者や自警団員たちが集まりだす。ギルマスの家に戻っていようか」

「そうだね。行こうか」

お父さんが団長さんに話しに行っている間に、ソラたちをバッグへ入れる準備をする。

「ごめんね。ギルマスさんの家に行ってゆっくりしようね」

私の言葉にプルプルと震えるソラたち。バッグの中を整えると、順番にバッグへと入ってもらう。

「お待たせ。行こうか」

お父さんと一緒に、団長さん宅の裏から出る。

「あっ、待って」

裏から出た所で、エッチェーさんに呼び止められた。振り返ると、カゴを持ったエッチェーさん。

「これ、食べて。大丈夫よ、アイビーに渡すものに薬なんて入れていないから」

ん？　私でない場合は、入れるのかな？

「それと、術は動いたみたいだわ。気を付けて帰ってね」

エッチェーさんは忙しいのか、言うだけ言うと家に戻っていく。

「魔法陣、動いたんだね」

「そうみたいだな。すぐに自警団員たちが集められるだろう」

「そっか」

動いてうれしいのに、うれしくない。複雑だな。それを決断する団長さんはやはりすごいな。

「団長に聞いた話をしておくな。アイビーも知っておいたほうがいいだろうと思うから」

「うん。お願い」

「魔法陣はなるべく動かし続ける事にしているそうだ。と言っても今日は様子見だから一〇〇人ぐらいを目標として様子を見るらしい」

まずは魔法陣の効果を見るって事かな？

「明日この一〇〇人に問題がなければ、冒険者たちや自警団員たちの術の解除が本格的に始まる。なるべく多くの者たちの術を解除する為、続けざまに魔法陣を発動する予定だそうだ」

一日でも早く術を解かないと、門番さんたちの様になってしまうもんね。

でも続けざまって、魔法陣を発動させる人たちは大丈夫なのかな？

「ただ、この魔法陣は数回、動かした事はあるが、続けざまに動かした事はないらしく問題が起こる可能性があるそうだ」

「問題？」

「あぁ、問題の予想はつかないと言っていた。……アイビーは魔法陣を発動させる側がどうなるのか聞いているよな？」

「うん。最終的には気が狂うって」

「そうだ。門番の一人がそうだったな」

「うん」

「今回、魔法陣を発動する為に集まった者たちが、何回ぐらい魔法陣を動かせるのかまったく予測がつかないらしい」

「そうなの？　全然？」

「あぁ、そうみたいなんだ。理想は気が狂う前に全員が術から解放される事だが、現実として難しいみたいだな」

まぁ、術に掛かっている人が多過ぎるもんね。しかも、まだ術に掛かっているか、掛かっていないかわからない人もいると聞いているし。

「だから、もしもの事を考えて家にジナルたちが待機するそうだ」

ジナルさんたちが？

「気が狂うと痛覚などが鈍くなるのか、動けなくなるまで襲い掛かってくる事があるそうだ。理性が失われているから動きも読みにくくて、対応が難しいらしい。さっき団長から聞いたんだが、心臓を止めても数分襲い掛かる事もあるそうだ」

それは怖い。

「今の団長にその対応は出来ないからと、エッチェーさんが、ジナルたちに待機をお願いしたみたいだな」

痩せ細っている団長さんを思い出す。力強い目をしているけど、見た目はまだ痩せ過ぎているし力もなさそう。

「ジナルさんたちに任せておけば、大丈夫だね」

「あぁ、問題ないだろう。……アイビーは大丈夫か？」

お父さんが心配そうに、覗き込んでくる。それに苦笑を返して、頷く。大丈夫かと言われれば、たぶん大丈夫。ただ、すごくやるせなさを感じるけれど……。魔法陣なんて、消えちゃえばいいのに。

436話　最悪で悲しい

「ただいま。うまそうな匂いだな」

夕飯に牛丼もどきを作って食べていると、疲れた表情のギルマスさんが帰って来た。ジャッギさんも一緒の様で、私の手の中の物を気にしている。

「食べますか？　すぐに作れますよ？」

「そうなのか？　……何だか不思議な食べ物だな？」

ギルマスさんが、傍によってきてじっとお皿の中の牛丼もどきを見る。近くに来たギルマスさんの表情を見て首を傾げる。疲れているだけではなく、何処か思いつめた様な表情をしている様な気がする。何かあったのかな？

「やっぱりうまそうな匂いだな。もらっていいか？　ジャッギはどうする？」

「俺の分も大丈夫かな？」

「大丈夫です。他の人たちも来ますか？」

ナルガスさんたちも来るなら、少し足りなくなるかもしれない。

「いや、俺だけだよ」

「わかりました。待っててください」

「食べ終わってからでいいぞ」

「はい」

残っていた牛丼もどきをちょっと急いで食べきると、ギルマスさんたちの分を作る為、調理場へ行く。作り置きするつもりで作ったので、鍋には牛丼もどきが大量にある。それを小鍋に移し温めている間に、調理場に置いてあるマジックボックスから温かいご飯を取り出す。

「手伝うよ」

ジャッギさんが調理場に顔を出す。

「でも、ほとんどやる事ないですよ？」

「ないの？」

「はい。あとはご飯にこの具を乗せれば完成だから」

「早いな。ところでこれは、何の肉を使ってるんだ？」

「色々です。今回は五、六種類のお肉が混ざってます。残ったお肉をすべて混ぜちゃうので」

お肉の種類が違ってもおいしく出来るこの料理は、とてもお気に入りだ。

「そうだ、六の実を入れますか？」

最近はようやく卵と言わずに六の実と言える様になったな。まぁ時々、卵と言ってしまうけど。

「どっちがおいしい？」

どっち？　ん～、好みがあるからな。

「俺は六の実を入れたほうが好きだな」

私たちの会話が聞こえていたのか、隣の部屋からお父さんの声が聞こえた。

「なら俺は、六の実入りで」

「アイビー、俺もそれで頼む」

ジャッギさんもギルマスさんも六の実入りになった。温まった具に、軽く溶いた六の実を入れて火を通す。それをご飯の上に乗せて完成。二人の前にお皿を置くと、うれしそうに手を付けてくれた。

「うまっ。この肉は何?」

「小さくなってしまったお肉をすべて入れたので、何のお肉なのかは不明です」

「そうなんだ。それにしてもうまい」

すごい勢いで食べるギルマスさんに、少し驚いてしまう。あっという間に完食したギルマスさんは、空っぽになったお皿を見つめている。

「まだありますよ」

「え～、いいかな?」

気まずそうにお皿を私に渡すギルマスさんの顔に、笑みが浮かぶ。

「はい」

お皿を受け取ると、うれしそうな表情のギルマスさん。良かった。少し気持ちが落ち着いたのか、表情に余裕が出てきた。

「どうぞ」

すぐにお代わりを準備すると、ギルマスさんの前に置く。ジャッギさんのお皿を見ると、彼も食べ終わっているようだ。

「いりますか？」

「いや、俺は大丈夫。すごくおいしかったよ」

ジャッギさんの満足そうな笑顔に、つられて笑顔になる。本心からおいしいと言ってくれる表情が好きだな～。二人が食べ終わったので、全員分のお皿を持って調理場に戻る。

「ゆっくりしてて良かったんですよ」

私の隣で、お皿やお鍋を拭くギルマスさんとジャッギさん。お茶でも飲んでいてくださいと言ったが、お礼と言って一緒に後片付けをしてくれた。本当は二人だけで片付けようとしてくれたのだけど、それは私が落ち着かないので一緒に片付ける事になった。

「それはアイビーにも言える言葉だろう」

ギルマスさんが少し呆れた表情で言う。そうかな？　でも、ギルマスさんたちのほうが忙しいのに私が休憩するというのはおかしくないかな？

「お茶とお菓子の準備出来たぞ。そっちは終わりそうか？」

お父さんが調理場を覗きに来る。

「終わったよ」

「じゃ、ゆっくりしようか」

食事をした部屋に戻ると、お父さんの隣に座る。

「ギルマス、何かあったんだろう？」

ギルマスさんとジャッギさんが座ってお茶を飲んでいると、お父さんがギルマスさんを見る。それに、苦笑を浮かべたギルマスさん。帰ってきた時の様な思いつめた感じはないけれど、悲しそうな表情になった。

「やっぱりばれていたか」

「まぁ、あんな表情をしていればな」

ギルマスさんがゆっくりとお茶を飲む。

「教会に行ったら、色々と思い出したんだ。それで、俺を魔法陣の中に押し込んだ者たちの事も思い出した」

何だろう？　憎んでいる様な、戸惑っている様な、何とも言い難い表情をするギルマスさん。

「俺に冒険者としての心構えや技術の指導をしてくれた元ギルマスのチェマンタが俺を魔法陣の中に押したんだ。マトーリと一緒に」

元ギルマスさん？

「奴がこの村を裏切っていた」

「……そうか」

ギルマスさんがふっと悲しそうに笑う。その表情を見ると、心に何か重い物が詰まった様な気がした。

「あと、この村で行われていたのは……おそらく魔法陣の実験だ」

実験？　お父さんが首を傾げてギルマスさんを見る。彼はすっと視線をお父さんに向けると、険しい表情をした。

「教会の司教の部屋に、どの魔法陣を使うのか指示する手紙があった。そして指示された魔法陣を試した結果、どうなったのかを書いている紙も見つかった」

そんな！

「手紙を受け取っていた司教と、魔法陣を動かしていた司祭は捕まえた。チェマンタは見つかっていないし、最近はこの村で姿を見ていない。もしかしたら既にこの村にはいない可能性がある」

ギルマスさんが手をギュッと握られた事に気付く。

「明日の午後ですが、村全体で捜索が行われます。捜しているのは元ギルマスのチェマンタ、テイマーのマトーリ、中位冒険者　アガチェ、ミトリア、ササエラです」

ジャッギさんは、ギルマスさんを気にしながら明日の予定を教えてくれた。村全体で捜索？　そういえば、その中位冒険者たちは何なんだろう？

「その中位冒険者たちは、どうして捜すんだ？」

「手紙に名前が載っていた事と手紙の内容から協力者だと判断したんだ。だから捜す事になった。それと、ササエラについては指示を出していた者から送り込まれた冒険者の可能性が高い」

「そうか」

送り込まれた冒険者？　何の為に？

「あの、何の為に送り込まれたんでしょうか？」

私の質問にギルマスさんが首を傾げる。

「経過を見る為だと思うが」

経過？

「何の経過を見る為ですか？」

「……どれだけの期間、利用出来るかどうかだろう」

利用出来る？　それは、狂うまでの時間を調べていたって事？　最悪！

「指示を出した者はわかっているのか？」

お父さんの質問に、ギルマスさんとジャッギさんが首を横にふる。

「手紙には相手の事がわかる事は一切載っていなかった。明日もう一度、教会を調べる事になっているので、何かわかればいいが」

「司教と司祭は？」

「今、毒を仕込んでいないか調べています。あと術を掛けられていないかも同時に調べています」

毒？　術？　毒は確か捕まった時に、情報を漏らさない為に仕込んでいる人がいると聞いた事があるけど、司教や司祭が毒を？　それに術って何だろう？

「術って何ですか？」

「団長が前に扱った魔法陣の事件なんですが、ある言葉を聞くと、術が発動して死ぬ事があったそうです」

怖いな。

「術が掛かっていないか調べ、掛かっていれば時間が掛かっても解除したいと言っていました。訊きたい事が色々あるそうなので」

それはそうだろう。それにしても、魔法陣に興味がある人は人の命を何とも思っていないんだね。実験に使ったり簡単に切り捨てたり、それがすごく悲しい。

437話　ソルの魔石

「術を解く方法はあるのか？」

「団長の話では、あるそうですが……まだ確実だとは言えないそうです」

ジャッギさんが、肩を竦める。

「あっ、そうだ！　アッパスからアイビーに伝言があるんだった」

「伝言ですか？」

「あぁ、『ありがとう、助かった』と」

ありがとう、助かったって何の事だろう。思い当たるとしたら、魔石の事かな？　何かいい結果になったのかな？

「何でも、魔石を使って魔法陣を発動させると乱れが少ないそうだ」

やっぱり魔石の事だった。ん？　乱れ？　えっと、乱れって何だろう？　魔法陣の説明は色々してもらったけど、その中にあったかな？

「乱れとは何だ？」

お父さんがギルマスさんに質問した事で、まだ知らない事だったと気付く。良かった。というか、ここ数日で色々な情報を詰め込み過ぎて、少し混乱しているな。いつもだったら、すぐにわかりそうな事なのに……疲れているのかな？　ちゃんと休憩しているのにな。

「魔法陣の術を発動させると、核が傷つけられると聞いただろう？」

「あぁ、聞いている」

父さんの返事に私も頷く。それは、しっかりと覚えている。

「核に傷が付く時、魔力に乱れが起こるそうだ」

へ～、傷つけられた時の振動みたいな感じなのかな？

「その乱れが多い場合が多く傷付いた時で、逆に少ない時は、傷が少なくて済んだ時だとわかるらしい」

なるほど。ソルの魔石を使って魔法陣を発動させたら乱れが少なかった、つまり傷が少なくて済んだって事だよね。つまり、術を解く為にがんばっている人たちの気が狂うのを止められるかもしれないって事？

「それは望み過ぎかな？　でも……」

止められたらいいな。そういえば、魔石を使って魔法陣を発動させるのってどうやっているんだろう？　……次に団長さんに会った時に訊いてみよう。

「それにしてもソルの魔石はすごいな」

お父さんの言葉に、にこりとほほ笑む。確かに、さすがソルだと思う。実は、何の役立つのか調べずに渡してしまったから、すごく心配だったんだよね。それが、魔法陣を発動させる時に役立つなんて……。部屋の隅で積みあがっているタオルに乗っている四匹を見る。みんな、遊び疲れて眠ってしまっている。その姿は見ているだけで癒される。私の視線に気付いたのか、ギルマスさんが部屋の隅を見る。

「みんな、可愛いな」

「うん！」

あっ、返事がお父さんへ向けるものと一緒になってしまった。気を付けないと。

「ぺふっ」

視線に気付いたのか、ソルが目を覚まして周りを見る。そして欠伸を一つして、また眠りについた。さすがにギルマスさん宅に戻ってきてから、すべての部屋を使った追いかけっこで遊んでいただけはある。相当疲れているようだ。

「そうだ。俺もお礼を言いたかったんだ」

ギルマスさんは、そう言うとポケットから真っ黒な何かを取り出す。そして、それを私に差し出した。見ると、それは以前に団長さんに渡したソルの作った魔石だった。あの時は、フレムみたいに魔石を作ったから少し驚いたな。

「あれ？　どうしてギルマスさんが持っているんですか？」

ギルマスさんには、まだ渡してないよね？

「すまない、アッパスから借りていたんだ」

団長さんからか。

「アッパスから、これがソルの作り出した魔石だと聞いている。実は今日、魔法陣の中に押されて、術を掛けられそうになったんだ」

「えっ！　大丈夫だったんですか？」

何でそんな大変な事を笑顔で言うの？

「見てのとおり問題ないよ。さすがに焦って混乱したんだけど、アイビーのくれた魔石に助けられたんだ」

魔石に助けられた？　ギルマスさんから魔石を受け取る。前も思ったけど、本当に真っ黒でちょっと怖い印象を受ける魔石だよね。

「魔法陣に入って、術が発動すると青い光の線が出てきて体に入ってこようとしたんだけど、魔石が吸い取ってくれたんだよ」

吸い取った？　もう一度魔石を見る。

「そんな力があったんですね」

「知らなかったのか？」

「まったく知りませんでした。ね、お父さん」

「あぁ、初めて見る魔石だったしな」

お父さんと私の、のんびりした会話にギルマスさんが苦笑を浮かべる。ジャッギさんは何処か呆れた雰囲気を見せる。

「普通はもう少し驚いたりしないか？　ドルイドさんもアイビーも、どうしてそう普通なんですか？」

ジャッギさんの言葉に首を傾げてしまう。

「驚いてますよ。ちゃんと」

「……ソルの作った魔石だからな、何でもあり得ると思っている」

私の言葉にギルマスさんが笑いだし、お父さんの言葉に、ジャッギさんが「はぁ～」と困惑した返事をした。

「そんなに色々あるんですか」

ジャッギさんが眠っているソラたちを見る。

「まぁ、色々あったな。最初は俺も驚いたが、まぁ、慣れた」

確かにお父さんは色々と慣れたよね。最初の頃は、シエルやソラやフレムが何かするたびに、心配していたっけ。そんな昔の事じゃないのに、懐かしいな。

「何だろうな」

ギルマスが笑いを止めて、私たちを順番に見ていく。少し困惑しながら見つめ返すと、破顔された。

「元ギルマスのチェマンタの裏切りを知って、イライラして帰ってきたんだよ」

帰ってきた時のギルマスさんを思い出して、首を傾げる。あの時のギルマスさんはイラついているというより、何かに追い詰められている様な気がしたけど。

「まぁ、イラついていただけじゃなく説明出来ないわだかまりがあって。自分の言動に不安があったから、事情を知っているジャッギに一緒に来てもらったんだ」

そうだったんだ。

「で、帰ってきて玄関を開けたら驚いた」

驚いた？

「あまりにも、いつもと家の雰囲気が違って。何というか、いつもは冷たい印象なのに今日は温かかった。それにうまそうな匂いまでしてきて。あの時まで自分の腹が減っている事にも気付いてなかったのにな。部屋に入ったら、笑顔で出迎えてくれるし、うまい物を食べさせてくれるし。そうしたら、さっきまであったわだかまりがなくなってた。おかしいよな」

「そうですか？　おいしい物を食べたら気持ちが落ち着くじゃないですか」

ギルマスさんが私の言葉に、小さく笑う。

「それを初めて知ったよ」

「それはもったいないです」

「あははは っ」

ギルマスさんが笑うと、ジャッギさんまで笑い出した。

「本当は今日わかった事について話をするかどうか迷ったんだ。これ以上二人をこの件に巻き込むのも悪いと思ったしな。アッパスも迷っていたし」

もう十分に、巻き込まれている様な気がするけどな。それにギルマスさんや団長さんが話さなかったら、こちらから聞いたと思う。

「でも、なぜか二人には話を聞いてもらいたいと思ったんだ。俺の我儘だ。悪い」

「ギルマスが話さなかったら、俺から聞いていた。中途半端は気持ち悪いからな」

お父さんの言葉に苦笑を浮かべるギルマスさん。

「魔法陣について詳しくなればなるほど、危険が増える。それに、魅入られる可能性もある」

元ギルマスのチェマンタさんは、魔法陣に魅せられた人なんだろうか？　私は魔法陣を、知れば知るほど恐ろしく感じるけどな。確かに魔力がないから魅力を感じる所はある。でも、代償が大き過ぎる。だからなのか、魅力を感じるより恐ろしく不気味に感じる。

番外編　団長さんの苦悩

―自警団団長　アッパス視点―


「どうだ？」

部屋に入ると、魔法陣が一瞬パッと光りすぐに消えた。次の瞬間、魔法陣の中にいた者がハッとした表情をして周りを見回す。メリサが魔法陣の中にいた者を呼び、体調を確認しながら現状を説明。落ち着くまで隣の部屋で休憩してもらいながら、これからの予定を副団長補佐のジジナが説明。質疑応答もジジナがここで行っている。既に何度も見た光景。術に掛かっていた自警団員も冒険者も最初は唖然とし、少し時間が掛かる者もいるが何とか現状を把握していく。他にも同じ状況の仲間がいる事が救いになっているのが、見ていてわかる。自分だけじゃないというのが、心強いんだろう。

「すごいですね。全然、疲れないんです」

今、魔法陣を発動させているミスランが、手袋をはめた手を見る。その手袋は、掌の部分がいびつに歪んでいる。そこには、ソラが作った魔石が隠されている。アイビーにもらった時は、どんな力を持つのか不明だったが、まさかこんなすごい力を秘めているとは考えもしなかった。この魔石が敵の手に渡った時の事を考えると、ぞっとする。

「ミスラン、けっして誰にも……」

魔石を使って魔法陣を発動させていると、見られても気付かれても知られてもいけない。

「わかってる。これはかなりやばい物だ」

ミスランの目が鋭くなる。ミスランは、普段は人好きのする表情をしているが侮ってはいけない存在だ。彼が敵でない事に何度ホッとした事か。今回も、味方で良かった。

「まぁ、今の俺たちには必要な物だけどな」

ミスランたちの術はソルに解放してもらった。なぜなら、彼らは魔法陣についてある程度知っていたから。そして協力者になってくれると信じていたから。彼等には、何が起こっているのか、これから何をするのかを隠す事なくすべて話した。彼らは、俺の話を聞きながら俺が何を求めているのかを理解し、そして覚悟をしてくれた。申しわけないと何度も言いそうになった。だが、その言葉を言う権利を俺は持っていない。どんなに謝ったところで、彼らの覚悟と犠牲がなければこの問題を解決出来ないのだから。こういう時、自分の無力さを感じる。何をしても、助けられないのだと。

「まだまだいけるから、次を早く連れて来いよ」

普段の笑みに戻って次を寄越せと言うミスランに苦笑を浮かべる。ソラの魔石が俺の気持ちを軽くしてくれる。もしかしたら、彼らを失わずに済むかもしれないと。

「休憩はしっかりと取ってくれ。倒れられたら困るからな」

強気でそしてけっして下を向かない。この地位に就いた時に、憎まれ恨まれる覚悟をした。誰かを死に追いやってもこの村を守る。その為には、すべてを受け止めようと。だが、覚悟は出来ても現実に受け止める事は難しかった。何度も何度も逃げ出したいと思い、実行に移そうとした事もある。それでも踏みとどまれたのは、仲間がいたからだ。だが俺は、その仲間を犠牲にする事を選んだ。

「大丈夫だって。何かあれば俺が対処するから」

部屋の隅から声が掛かる。ミスランより先に魔法陣を発動させていたウガルパ。

「体調はどうだ？　何か変化は？」

矢継ぎ早に質問すると、苦笑しながら「問題ない」と言われる。その答えにほっと肩から力が抜ける。ウガルパはそんな俺を見て声を上げて笑った。

「ははは。本当に心配性だな。大丈夫だって。あの魔石のお陰でまったく負荷を感じないんだ。前の時に感じた不快感もまったくないし、不思議だよな」

ウガルパとミスランは、以前関わった魔法陣による事件の時に知り合った冒険者だ。彼等は、魔法陣の危険性をしっかりと理解している。その上で、協力してくれた。得難い仲間だと思う。

「マパはどうだった？」

ウガルパやミスランと同じ冒険者チームの仲間の姿を思い出す。

「よく寝ていたよ。あれは当分起きないだろうな」

俺の答えに再度笑ったウガルパ。扉を叩く音が聞こえると、すっとその笑みを消した。

「どうぞ」

ウガルパの声に部屋の扉が開き、四〇代ぐらいの自警団員が若い自警団員を一人連れてきた。

「遅くなりました」

「お～、待ってたよ。君は悪いけど、その真ん中に立ってくれる？」

ミスランの言葉に少し戸惑う若い自警団員。俺が止めないので、戸惑いながら魔法陣の中に足を踏み入れた。

「ミスラン。何か違和感を覚えたらすぐに中断してくれ、そしてすぐに連絡を」

何度もした注意を、もう一度してから部屋を出る。その後ろを四〇代の自警団員がついてくる。

「逃げようとした者はいたか？」

「いえ、今の所はいません」

「わかった。次を連れて来てくれ。いや、待て。お前は既に三時間になってるな。次の団員に代わって休憩に入ってくれ」

「あの。まだ大丈夫ですが」

「これから慌ただしくなる。休憩出来る時にしておいてくれ」

俺の言葉に少し首を傾げる団員。だが、納得はしてないが俺に言われた以上代わるしかないので頷いた。

「ゆっくり休めよ。明日は休憩がない可能性がある」

俺の言葉に頷くと、すぐに代わりの団員に声を掛けにいった。その姿を確認したあと二階に上がる。マパが寝ている部屋に入る。

「ふ～」

「随分と疲れているな。大丈夫か？」

寝ていると思っていたマパから声が掛かり、少し肩が震えた。当分起きないと思ったのに。

「大丈夫だ。マパは酒が抜けたか？」

魔法陣の準備が整って仲間に声を掛けたらマパはかなり酔っていた。悪いと謝ってくれたが、昔から酒好きでそれが元で色々あったな。

「酒は少し残っているが、問題ないぞ。ウガルパとミスランが順番に魔法陣を発動させてるのか？」

マパは水差しからコップに水を入れてぐっと飲み干す。

「あぁ、そうだ。マパ、酒はほどほどにしておけよ。もう年なんだから」

マパが一番年上だからな。俺の言葉に嫌そうな表情のマパ。

「俺はまだそんな年じゃない」

「何を言っているんだか。既に六〇歳は超えてるだろうが」

俺の言葉に、小さく溜め息を吐くと服を整える。

「さて、二人の所に行って俺も手を貸すか」

マパはそう言うと、すぐに部屋を出て行こうとする。

「アッパス。お前の選んだ道は正しいと、俺は思っている」

マパの言葉にぐっと息が詰まる。彼らは俺の現状をしっかりと理解して、手を貸してくれる。

「頼む」

「任せとけ！」

何とか言葉を絞り出すと、マパは笑って一階に下りていった。ソラの魔石が、助けてくれている。でも、それは何時までだ？　まだまだ術に掛かった者たちは多い。すべての者たちの術が解けるまで魔石の力はもつか？

コンコン。

「ん？　誰だ？」

「どうも」

扉から顔を出したジナルは俺の顔を見て、少し苦笑を浮かべた。どうも、感情が上手く隠せていないようだ。

「何かあった場合の為に、一階に待機しておくから」

「わかった。ありがとう」

「いいえ。団長、少し寝ろよ」

ジナルはそれだけ言うと、すぐに扉を閉めて一階に降りていったのが音でわかった。

「はぁ～」

わかっているのだが、どうも寝つきが悪い。敵の術に嵌った事、仲間を犠牲に選んだ事が頭から離れない。

「俺も年かな」

そういえば、次に団長にと思っていた者が今回の事件で亡くなっていたな。

「はぁ～、どうするかな」

番外編　団長さんとギルマスさん

―自警団団長　アッパス視点―

「入るぞ。……あ、アッパス、何をしてるんだ？」

扉に視線を向けると、ウリーガが俺を見て困惑しているのがわかった。まぁ、そうなるよな。それに、さすがに俺も恥ずかしい。まさか鏡の前で、皺を伸ばしている所を見られるとは……。年だな、と思って鏡を見たら、まぁそれなりに皺のある顔が映っている。寝込んでいた数年でやせ衰えた為に、皺がかなり深い。で、ちょっとした出来心でその皺を伸ばしてみたんだが……まさか見られるとは。そっと手を下ろし、ウリーガを見ない様に近くの椅子に座る。

「あ〜、座ったらどうだ」

「そうだな。頭……いや、何でもない」

「別に、頭がおかしくなったわけではないぞ！」

「…………そうか」

何だ、今の間は。しかし、俺がもしウリーガのそんな場面を見たら……そうだな、そこを心配するな。たとえ本人が否定したとしても。やるんじゃなかった。

「教会に行ってきた」

話しを反らしてくれたようだ、ありがたい。

「どうだった？」

「色々と思い出した。事件の始まりだが、グピナス司教がこの村に来てからだと思う」

グピナス司教？　誰だったかな？

「覚えてないのか？　ギルドにも自警団詰め所にも挨拶に来た記憶があるが」

「グピナス司教……あぁ、ちょっと陰気くさい奴だったな」

そうだ。パッと見た時に、何か嫌な感じを受けたんだった。

「そうか？　俺はそんな風に感じなかったけどな」

ウリーガの言葉に首を傾げる。もしかして違う人物を思い出しているのだろうか？

「あとでグピナス司教を確かめておく」

「奴は奴隷の輪を手首にかけて自警団詰め所の牢屋にいる。仲間のサリフィー司祭はギルドのほうの牢屋だ」

奴隷の輪？

「まだ奴らの罪が確定したわけではないだろう。なぜ奴隷の輪をかけたんだ？」

罪が確定したあとなら奴隷の輪をかけても問題ないが、まだ彼らは捕まっただけだ。それで奴隷の輪をされたとなると、後々問題になる事がある。それを知っている筈なのに、なぜだ？

「言葉に反応して、術が発動する可能性があるんだろう？」

「あぁ、確かにそうだが。それはすぐに調べられるから奴隷の輪は外しても問題ないぞ」

以前扱った魔法陣を使った犯罪で、俺の言葉が元で魔法陣の術が発動してしまい犯人が死んだ事がある。でも今はその術に掛かっているかどうかは、すぐに調べられる様になっている。もし、術に掛かっていたとしても、聞かせなければ問題ない。この術は、問題の言葉を見せても術は発動しないのだ。その為、昔より危険な術ではなくなっている。まぁ、その術を解く方法に不安要素が多くあるので、大丈夫とは言えないのだが。

「腹と背中」

「ん？」

ウリーガの言葉に、首を傾げる。

「グピナス司教とサリフィー司祭の背中と腹に魔法陣が彫られていた」

「はっ？」

背中と腹に魔法陣が彫られていた？　えっ、彫られて？

「本当か？」

「あぁ、牢屋に入れてから服を着替えさせようとした時に気付いた。何が起こるかわからないから奴隷の輪を使った。あれなら本人は何も出来なくなる」

確かに本人は何も出来ないだろう。奴隷の輪ですべての行動を制限すればいいのだから。だが、本人以外なら術が発動出来るんじゃないか？

「あっ！　だから二人は別々の牢屋なのか？」

「あぁ、一緒にしておくと何をしでかすかわからなかったからな。サリフィー司祭にも奴隷の輪はかけてある」

話を聞くかぎりは奴隷の輪は妥当だろうな。あとで問題になったとしても、説明は出来る。まぁ、今の話を聞くかぎり裏で処理されそうだが。

「それと、俺を魔法陣の中に押し込んだ者は元ギルドマスターのチェマンタだ」

「はっ？」

今何か、おかしな名前を聞いた気がする。

「元ギルドマスターのチェマンタが今回の事に関わっている」

ウリーガが俺を見て、悲しそうな笑みを見せた。

「間違いないんだな？」

「あぁ、間違いない」

チェマンタは、この村の元ギルマスだ。あれほどこの村を愛していたあいつが、この村の奴らに術を掛けたっていうのか？　だが、ウリーガを見るかぎり嘘をついていない事はわかる。というか、一番衝撃を受けたのはウリーガだろう。チェマンタはウリーガにとって師匠だ。

「そうか。チェマンタか」

何がどうなっているんだ？　俺が団長になる少し前にギルマスになったチェマンタ。一緒に酒を酌み交わし、この村の問題を一緒に考えてきた。あんなに必死になって、この村を支えてきた筈なのに。

「それと……」

まだ何かあるのか？

「この村はどうやら実験に使われていたようだ」

ウリーガはそう言うと、マジックバッグから大量の紙を出してきた。その中の一枚を抜き取り、中身を確認する。発動させた魔法陣や、その後の結果が書かれている。数枚、読んでいくと「死亡」という文字があった。もしかして、洞窟に隠されていたあの死体の事だろうか？　ふと、大量の紙の中に種類の違う紙を見つけた。それを抜き取り読むと、誰かがグピナス司教に指示を出す手紙だった。

先ほど見た実験結果が書かれた紙とこの手紙。

「確かに実験みたいだな。しかもそれを指示した者がいる」

「簡単にしか確かめていないが、筆跡が一人分の様だから指示を出していたのは一人だろう」

ウリーガが紙の中から手紙を抜き出した。そして顔を歪めた。それを横目に、数枚の紙に目を通す。どれも、魔法陣を発動した時の被害について詳しく書かれていた。

「なぁ、どうして発動した時に被害が出るんだ？　発動し続けた時に、被害が出るんじゃないのか？」

そういえば、ウリーガには魔法陣についてあまり詳しく説明していなかったな。巻き込まない為に。

「発動し続ければ、気が狂うのは確かだ。発動時に被害が出る原因は、書く文字を間違えたからだ。魔法陣に書く文字が一文字でも違うと力が暴走する。だから魔法陣に書く文字は、正確でなければならない」

言葉の組み合わせで魔法陣というモノが何通りも作れそうに感じるが、実際はそうではない。一つの魔法陣を作り上げる為には、まず言葉を選ばないといけない。だが、この言葉選びがとても大変で、組み合わせ次第では力が暴れて被害が出る。それだけではなく、言葉の組み合わせ次第では思ってもみなかった結果をもたらす事がある。つまり、魔法陣一つ完成させるのに相当な時間と被害を出すのだ。

「あっ……チェマンタは、魔法陣に魅せられたんだな」

実験の結果や魔法陣の改善点をまとめた紙の上の部分の余白に、よく知る人物の筆跡があった。一〇数年、一緒に仕事をして何度も見てきた癖のある文字だから見間違える筈がない。これは、チェマンタの文字だ。

「アッパス、魔法陣に魅せられる者は多いのか？」

ウリーガが、紙に描かれている魔法陣を指で辿る。

「多くはないが、少なくもない。研究者の中にも魅せられて、暴走して処分された者たちが少なからずいた」

「そうか」

魅せられた者たちは、最初は小さくばれにくい魔法陣から試していく、上手くいくたびに大胆になり、最終的に危険な魔法陣に手を出してしまう。

「そのチェマンタだが、居場所はわかっているのか？」

「明日からこの村を捜索するつもりだ。もしかすると既にこの村にはいないかもしれない」

その可能性が大きいな。この村の行く末を考えるなら、出て行って新しい場所で実験したほうが良さそうだ。まだ、正気を保っていればだが。

「この手紙を送ってきた人物に心当たりはないか？」

ウリーガの言葉に、一通の手紙を見る。癖がなく美しい文字。特徴がなく、手本となる様な文字だ。残念だが、見覚えはない。

「わからない。……教会関係者かもしれないな」

俺の言葉にウリーガは頷く。司教と司祭が関わっていた以上、おそらく教会全体が怪しい。あそこは異常と感じるほど、仲間意識が強い。王都に近づけばそれほど感じないが、王都から離れた村ではまだまだ教会の力は強く無駄な教えで村の人たちを操り、一人を生贄にして求心力を強めている。

「どうするんだ？」

「教会連中が出てきた以上、王家にも報告だな。ウリーガは知っているのか？」

「教会と王家の関係か？　詳しくは知らないが、険悪な関係だとは聞いた事がある」

「そうか」

「実際のところは、どうなんだ？」

ウリーガの言葉に、肩を竦める

「王家というより王と教会だな。彼等の関係は、どちらかが消えるまで続くだろう」

俺の言葉に神妙に頷くウリーガ。

「もしかして、魔法陣で攻撃しあっているとか？」

少しふざけた様子で言うウリーガに頷く。

「そうだ」

「えっ？　本当に？」

思いがけない返答だったのだろう。かなり困惑した表情をするウリーガに、苦笑する。

「あぁ、そうだ」

番外編　団長さんとギルマスさん2

―自警団団長　アッパス視点―

「それは、俺が聞いてもいい話か？」

ウリーガが少し警戒しながら俺を見る。聞いていいかと言われると……どうだろうな。既に今回の事件で、魔法陣と教会の問題にどっぷり巻き込まれている。

「手遅れじゃないか？」

俺の言葉に「あ～」と言いながら頭を抱えるウリーガ。こいつは俺の事をある程度予測したうえで、関わらない様に上手く回避していたからな。何というか。

「ご愁傷様？」

「非常にムカつくな」

一応というか、俺のほうが年上なんだが。まぁ、立場は対等か。

「王家と教会の因縁はかなり昔からだ。俺が知っているだけでも数百年前からだ。詳しく調べてもその原因はよくわからなかったが、王家は教会から力を削ごうとしている。教会は王家からすべてを奪おうとしている。覇権争いなのかと思っていた時期もあるんだが、根はもっと深そうだ」

「さらっと巻き込みやがるし。はぁ、覇権争いじゃないなら何なんだ？　それに魔法陣がどう関係してくる？」

おっ、覚悟を決めたか？　ウリーガを見ると、苦々しい顔をしていて笑ってしまった。

「その顔、ムカつくな」

しかたないだろう。話が出来る仲間が出来てうれしいのだから。

「何代前かは知らないが、教会の奴らが王の弟を魔法陣で洗脳して王を殺そうとしたんだ。ただ、その情報はかなりあやふやな所が多くて、実際に起こった事件なのか俺では調べきれなかった。途中で上から止められたしな。ただ止めたという事は、ある程度は真実なんだろうと思っている」

あれは危なかったよな～。余計な事を調べたら本気で消されかねないと震えたからな。

「教会が魔法陣を復活させたのか？」

ウリーガの質問に首を横に振る。

「それについてはまったくわからない。ただ、この村で行っていた実験を考えると、そうかもしれないな。ただ、王家も深く魔法陣に関わっていると思う」

「そうなのか？」

「あぁ。昔、王城の地下に魔法陣を見つけたんだ。それもかなり古い物だった。魔法陣の全貌を見るのが難しいほど大きくて、そして今思い出してもかなり複雑な文字が使われていた。もう少し調べる事が出来たら、その魔法陣について何かわかったかもしれないが、見つかりそうになって逃げたからな～」

「逃げた？」

「そう、ぎりぎりだった」

あと一〇秒、判断が遅かったら見つかって処分されていた筈だ。

「そのあと、何気なくその場所に行こうとしたんだが、警護が強化されていて危ない感じがしたから諦めたんだ。ただ、あんな魔法陣が王城の地下にあるんだ。王家と魔法陣にも何かあるだろう」

もう一度見たかったよな。古い印象は受けたが、綺麗だったし。

「……アッパス。お前、よく今まで生きてこられたな」

「あははは っ。運が良かったよ。昔は若かったから、調べたい要求が我慢出来なかったんだ」

俺が笑って言うと、ものすごい大きな溜め息を吐かれた。

「それで、これからどうするんだ？」

「魔法陣だけならまだしも、教会が関わってきた以上は王が指示を出す事になる」

「そうか。面倒くさいな」

そのとおり、王が指示を出すと色々面倒くさい。今の王は、頭が切れる。だから、何を話すのかウリーガとよく話をしておかないと駄目だろうな。

「彼らの事はしっかり隠せそうか？」

「それは大丈夫だ。呪いの契約書は、破れば話した者も聞いた者もそして指示を出した者にも罰が下る。愚かな王でないかぎりは、わざわざ呪いを受ける事はしない」

あの呪いの契約書は、かなり恐ろしい物だからな。

「ジナルたちは、なぜあの契約書を使ったんだろうな」

それは俺も疑問に思っている。それなりの枚数を持っていた事も不思議だが、迷いなく呪いの契約書を使用した事も気になる。この村に来たのは、息子が上位冒険者になったからその祝いだと聞いたが、それは本当なんだろうか？　何だか釈然《しゃくぜん》としないんだよな。

「ジナルたちの事か？」

お茶を飲みながら訊くウリーガに、一回頷く。

「調べた時、何も出なかったんだよな？」

「怪しい所はなかった」

俺の質問にウリーガは前と同じ答えを返す。

「そうだよな」

「アッパス。俺の答えを簡単に信じたのはどうしてだ？　俺が調べたとしても、いつもはもう少し疑うだろう？」

「…………あ～」

「何だ？　はっきり言え」

「アイビーが、『ジナルさんたちは大丈夫』というからかな。ははは、何となく信じてしまった」

あんなまっすぐに目を見て言われるとな～。俺の返答に、なるほどという様な表情をするウリーガ。

「アイビーは何者なんだろうな。彼女の言葉には何処か力を感じる」

「まぁ、ただの可愛い女の子じゃないだろうな。見た目以上の冷静さに加え判断力もある。年相応に見える事もあるが、何か違和感を覚える。ただ、敵だとは思わないんだよな」

不思議な感覚だ。違和感は強い。いつもの俺だったら、まず疑っていただろう。たとえ、命を救われた存在だとしてもだ。なのに、その気持ちがまったく浮かんでこない。

「一つわかっている事は、王家にも教会の奴らにもアイビーという存在を気付かせない。それだけは絶対だ」

アイビーは、彼女が持っている力のすごさに気付いていない。かなり貴重なスライムを従え、上位魔物で伝説のアダンダラさえ従えているのにだ。状況判断が出来、そして警戒する事が出来るにもかかわらず「すごい力を持っている自分」には、なぜか気付かない。それが不思議でならないが、言い聞かせても本当の意味では理解しないだろう。ドルイドの様子を見るかぎり、今までも色々注意を受けている様だし。彼女も言葉では理解を示している、ただ、本当の意味で理解していないだけで。これぱっかりは本人が気付かないかぎり駄目だ。

「あんな簡単に自分の手の内を見せるのは異常だよな」

ウリーガの言葉に苦笑が浮かぶ。確かに、ソラたちの事やシエルの事。あっさり話してしまうから、俺たちのほうが困ってしまった。

「まぁ、話しても無駄になるかもしれないが、今度会った時は注意してみるか」

「理解は示してくれそうだよな」

そうなんだよな。こちらの話に理解は示してくれるだろうけど、たぶんそれだけだろうな。

「あれ？　何の話をしていたっけ？」

「ん？　……あっそうだジナルが信じられるかって話だったんだ」

　確かそんな話だったな。

「ジナルとは一度、きちんと話をしたほうがいいんじゃないか？」

　ウリーガの言うとおりだろうな。彼らの本当の目的を知っておく必要がある。本当にジナルの息子の為なのかどうか。

「アッパス。ドルイドとアイビーには何処まで話したらいい？　たぶん家にいると思うんだが」

「そうだな」

　俺の正直な気持ちは、これ以上巻き込みたくない。だが、それは間違いだ。どの村や町にも教会がある。あそこに無闇に近づかない様に注意するにしても、説明が必要だろう。ならばすべてを話す……事は無理だな。俺にもわからない事が多過ぎる。

「ウリーガは、自分がわかった事だけを話してくれ。俺は王家側の者と話をして、情報を聞き出しておく」

「大丈夫か？」

「何とかする。ドルイドたちには、この村を出る前にわかった事をすべて話そうと思う」

　さて、どうやって情報を聞き出そうかな？　一緒に魔法陣を調べていた者たちにも、それとなく訊いてみるか。他は、裏仕事を生業にする者たちにも――。

「危ない事はするなよ」

「えっと、少しぐらいは大丈夫だ。その辺りの調整は出来るから」

昔はやり過ぎて危ない事もあったが、それは場数を踏んだおかげで相手の様子を見ながら引き際を見極められる様になった。ここは、それを使ってもいい所だろう。

「アッパス、楽しそうだな。団長に着いた頃の様な表情になってるぞ」

「そうか？」

「あぁ、あくどい事を考えている時の表情だ」

別にあくどくはないだろう。ちょっと、昔の事をほのめかして突くだけだ。若い頃にやった事って、年を取ってから見返すと痛いよな。ふふっ。

「こわっ」

番外編　ギルマスさんと魔法陣の発動

―ギルドマスター　ウリーガ視点―


「はぁ～、疲れた」

ベッドに俯せに倒れる。ようやく今日が終わった。いや、日付は既に変わっているが……今日は色々とあったな。ドルイドとアイビーには、これからの予定と今日発覚した事は話した。たぶん、すべて話した筈だ……話したよな？　あれ？　司教と司祭の事は話したかな？

「……大丈夫だろ」

明日は、朝から……何だっけ？　そうだ、アッパスの所に行って、術を解いた者たちの調子を聞いて、村を捜索する者たちを選んで……やる事が多いな。そういえば、明日から冒険者のほうの術も解くと言っていたな。

「あいつらは、大丈夫なのか？」

魔法陣を短時間に、何度も発動させている者たちを思い出す。アッパスとはかなり親しい、おそらく色々と知っている仲間たち。彼らの負担を考えると、止めるべきなんだろう。だが、時間がない。早く術を解かないと、門番の様になってしまう。ソルの作った魔石が、かなり助けになっているみたいだが、いつまでもつか……。明日、アイビーにソルの魔石をお願いしてみようか。いや、駄目だ。これまでだって、彼女たちにかなり助けられている。これ以上、頼るのはやめたほうがいい。

「はぁ～、無力だな」

村を守る為に奮闘してきた。何度も失敗を繰り返し、後悔してきた事も山ほどある。でも、ここまで自分を無力だと感じた事はない。守る筈が、俺のせいでこの村を危機に陥れた。誰も何も言わないが、俺が術に掛かってしまったせいだ。今回の事が終わったら、身の振り方を考える必要があるだろう。

「誰をこの地位に据えるのかが問題だよな」

候補となっていた者たちはいた。だが、記憶が戻ったあと、少し探してみたが何処にもいない。思い出したここ最近の記憶の中にも、姿はなかった。洞窟に数体の遺体があったと聞いている。もしかしたら、彼らではないかと思っている。そしてなぜ彼らが狙われたのか。それは俺が目を付けたから。そんな考えが頭をよぎる。

「あながち間違いでは、ない様な気がするんだよな」

とりあえず、明日も一日中忙しい。寝られる時に寝ておかないと。目を閉じると、スーッと意識が遠くなるのがわかった。相当疲れているようだ。

ゴンゴン。

ゴンゴン、ゴンゴン。

「ギルマス！　ギルマス！」

あ〜、何だ？　何の音だ？

「どうしたんですか？　……わかりました。起こしてくるので待っていてください」

う〜眠い。

「アイビー！　玄関を開ける時は気を付けないと！」

「ごめん。ギルマスさんに用事があるみたい。起こしてくるね」

この声はアイビーとドルイドか？　「起こしてくる」のは、俺の事か？　そういえば、知った声が聞こえたな。誰だったか。

「ギルマスさん、起きてください。何か冒険者ギルドで問題が起きたみたいです」

問題？　……起きないと。目を開けると、うっすら窓から入る光。四時ぐらいだろうか？　起き上がって、頭を振ると少しフラっと頭が揺れた。あ～、疲れてるな。

「ギルマスさん？　起きた？　……どうしよう」

「大丈夫だ。起きたから、すぐに下に行くから」

「はい。冒険者ギルドの職員イイリャさんが来てます」

イイリャ？　……あぁ、確か……ん？

「牢屋を管轄しているイイリャか？」

彼が来るとしたら、サリフィーに何かあったのか？　慌てて、服を着替えると一階に降りる。玄関に一番近い部屋にイイリャの姿があり、その前にはアイビーとドルイド。

「はい、どうぞ。顔を拭くとすっきりしますよ」

アイビーから温かいタオルが渡される。それで顔を拭くと、さっぱりして気持ちがいい。

「ありがとう。で、何があったんだ？」

「はい。サリフィー司祭が夜中に魔法陣を発動させたようです。牢屋の近くにいた者たちが、倒れました」

魔法陣を発動？　だが、奴には奴隷の輪がしてある。サリフィー自身が何かする事は不可能だと思うが。

「誰かが牢屋に入ったのか？」

「いえ。確認してきましたが、誰も牢屋には入っていません。最大限に警戒するよう言われていたので、出入りを厳しくしてました。だから、誰も近づいていないのは確かです」

「そうか」

厄介だな。つまり誰の手も借りずに、魔法陣が発動する事になる。言葉に反応する様な魔法陣もあった。くそっ。

「倒れた奴らは何人だ？　それと容態は？」

「牢屋の近くを警護していた四人の冒険者と二人の冒険者ギルド職員です。六人全員意識がありません。言われていた様に、団長宅へ連絡を入れました」

「そうか。助かった」

イイリャは仕事が出来るので安心だな。

「ドルイド、何が起こるかわからないから明日というか既に今日だな、出かけるのはやめてくれ」

教会に手を出したからなのか、それとも司祭たちを捕まえた事で奴らの仲間が何かしたのか。わからない以上、何が起こるか予測がつかない。とりあえず、アイビーの安全は確保したい。

「わかった。今日は一日、家でじっとしている」

「気を付けてくださいね」

ドルイドが頷くと、アイビーが心配そうに俺を見る。それに笑みを見せて頭をポンと撫でる。これ以上、奴らの好きにはさせない。

「冒険者ギルドに戻る。アッパスからも返事が返ってきているだろうしな」

「はい」

イイリャと共に家を出ると、後ろで扉に鍵がかかる音がする。それを確認してから冒険者ギルドへ向かって走り出す。とりあえず、魔法陣が発動された以上は近づくのは危険だ。

「俺は平気かもしれないな？」

家を出る時にとっさに持ってきたソルの魔石がポケットに入っている。教会で俺を守ってくれたものだ。昨日、アイビーに返そうとしたが「まだ必要かもしれないので」と言って断られた。

「俺が牢屋に様子を見てくる。誰も近づけるな」

「大丈夫ですか？　発動している魔法陣に近づいたら」

ポケットの上からもう一度、魔石を確認する。

「大丈夫だ」

「……わかりました。気を付けてください」

「イイリャ。冒険者ギルド内を見回って、怪しい動きをしている者がいないか確認してくれ」

「裏切り者ですか？」

「あぁ」

疑いたくはないがな。それにしても、どうやって魔法陣を発動させたんだ？　また、知られていない発動方法があるのだろうか？　冒険者ギルドに近づくと、扉の前で集まっている冒険者たちの姿が見えた。その人数は一三人。俺が信用出来る者として、術を早めに解いてもらった者たちだ。

「中の様子はどうだ？」

俺の言葉に、一番近くにいた冒険者が肩を竦める。

「魔法陣が発動したと言っても、特に反応せず通常通り仕事をしています」

「気持ち悪いな」

「少し前まで俺たちもあっちだったんだろ？」

「うわ～」

術を解いた冒険者たちには、魔法陣で意思が抑え込まれていた事を説明してあったが、実際にどういう反応するのかを目にして、少し恐怖を感じた様だ。

「大丈夫か？」

俺の言葉に、頷く冒険者たち。

「二名は、自警団詰め所の牢屋にいるグピナス司教を見てきてくれ」

何の連絡もないから大丈夫だと思うが、確認はしておいたほうがいいだろう。

「ギルマス！」

呼ばれたほうへ視線を向けると、ピアルとジャッギがこちらに駆けつけてくる。

「どうした？」

「団長から、倒れた者たちを団長宅へ至急移動する様にと」

それは助かる。だが、大丈夫なのか？

「術を発動させている彼らは、大丈夫なのか？」

「彼らから、大丈夫だから急げと言われました」

「わかった。残りの一一人は、倒れた六人を団長宅へ移動するのを最優先にしてくれ」

俺の言葉に冒険者たちが冒険者ギルドにある牢屋のほうへ向かった。倒れた六人は牢屋から少し離れた部屋に寝かされているらしい。

「イイリャ、頼む」

「わかりました」

裏切り者などいてほしくないが……いるだろうな。

イイリャが冒険者ギルドの中に入っているのを見送る。

「裏切り者ですか？」

「あぁ、こういう時は見つかりやすいからな」

ジャッギの言葉に力なく答える。この手の捜索はいつも気が進まない。しばらくすると、意識のない者たちを抱えた冒険者たちが、冒険者ギルドから出てきた。

「ギルマスは一緒に来ますか？」

「いや。サリフィーの様子を見てくる」

「俺も一緒に行きます」

俺の言葉に、ピアルが手を上げる。

「えっ！　ちょっと待ってくれ二人とも。サリフィーに近づくのは、危険です」

ジャッキが俺の腕を掴む。視線を向けると、不安に揺れている瞳があった。上位冒険者になってまだ日は浅い。それなのに、こんな大きな事件に巻き込まれてしまった。しかも、ギルマスの俺が洗脳されて敵にいい様に使われていたんだ。不安になってもしかたない。

「大丈夫だ」

俺の言葉に、腕を掴んでいる手に力が入る。

「ジャッギは彼らと一緒に団長宅へ行ってくれ。俺は、ピアルと一緒にサリフィー司祭の様子を確認する」

ジャッギが俺とピアルを交互に見る。

「でも……」

「大丈夫。お守りを持っているから」

ピアルの言葉に首を傾げる。「お守り」とは、何だろう？

「わかった。気を付けてください。俺は団長の家に行きます」

ジャッギが周りを警戒しながら、団長宅へ向かうのを見送る。彼の後ろ姿が見えなくなると、ピアルが俺に視線を向けた。

「行きしょうか」

「あぁ」

ピアルを窺うと彼からも緊張が伝わってくる。

「ここで待っていてもいいぞ」

「いえ、一緒に行きます」

強い意思を感じる。だが、魔法陣が発動している以上、近づくのは危険だ。

「途中まででいい」

番外編　ギルマスさんの決意

―ギルドマスター　ウリーガ視点―


ピアルの様子を見ると、どんどん緊張が高まっているのがわかる。無理はさせないほうがいいだろう。

「ここで待っていてもいいぞ」

「大丈夫です。俺には、お守りがあるので」

そういえば、お守りがあると言っていたな。何の事だ？　もしかしてアッパスに何か貰ってきたのか？

「アッパスに何か渡されたのか？」

魔法陣の力を制御出来る物でも、持ってきたのか？　それだったら、かなり助かるんだが。

「いえ、違います。アイビーさんからソルの魔石を貰いました」

「そうか……ん？　ソルの魔石？」

「はい。団長からアイビーに何かあると大変だから『警護に行け』と言われたんです。で、ギルマスの家に行ったんですが、ドルイドさんとアイビーさんに大丈夫だと言われてしまった様な……言われたんです。はい。それで家を出ようとすると、アイビーさんが『ソルが魔石を作ってくれたのでどうぞ』と。どうやら俺がギルマスさんの家に着く少し前に、ソルが作ったみたいで……あれ？」

こいつ大丈夫か？　今、おかしな所が多々あったよな？　まぁ、だいたいの話はわかったが。少し後ろを歩くピアルをそっと窺う。さっきより顔色が悪いな。

「あの……ソルの魔石って、すごいレアな魔石ですよね？」

「あぁ、今まで聞いた事がない力を持っているからな」

「そうですよね。それを俺は、五個も持っているんですけど……どうしよう。五個も持ってる」

もしかして緊張しているのは、魔法陣が発動している事ではなく魔石を持ってるからか？　まぁ、確かにすごい魔石だからな。それが五個……。んっ？　今、何個と言った？

「五個！」

「はい。ギルマスが持っていてくれませんか？　ジャッギにも半分は渡したんですが」

という事は全部で一〇個の魔石を渡されたのか？

「渡していいですか？」

必死な声に視線を向けると、カバンをぐっと押さえている姿。おそらくそこにソルが作った魔石が入っているんだろう。

「ぷっ、くくくっ」

「何で、笑うんですか！」

「俺はてっきり魔法陣の発動で緊張してるのかと思ったから」

ピアルはカバンを見て溜め息を吐いた。

「確かに最初は魔法陣に緊張したんですが、アイビーさんから預かった魔石の話をしていると、その魔石の事を話している団長を思い出して。そうしたら、俺が持っている魔石がすごい物だと実感したというか、あの、この魔石っていくらぐらいになりますか？　何かあったら弁償ですかね？」

「値段か？　あ～、金板を何枚積んだら手に入るかな？　魔法陣の力を吸収する魔石なんて、聞いた事ないからな」

「あの」

「ん？」

「貰った魔石ですが一〇個中二個は光ってました。ジャッギに渡そうとすると、ものすごく拒否されて、このバッグに入っているんです。お願いだから受け取ってください」

……えっ。それって魔法陣を発動させている時に役立っている魔石と同じ物か？

「そのまま、ピアルが持っててくれ」

「嫌ですよ！」

必死のピアルの表情に苦笑を浮かべる。確かにいつもなら、俺が持っていたほうが安全かもしれない。だが今は、ピアルが持っていたほうが安全だ。俺は、魔法陣の術に掛かっている間の記憶を徐々に思い出している事を隠していない。そろそろ敵や裏切り者にも届いているだろう。そうなれば、自分たちの身を守る為に動き出す筈だ。すべての記憶が戻る前に。もちろんやられるつもりはないが、もしもという事がある。そんな俺が魔石を預かれるわけがない。ポケットに入っている魔石についても、襲われた時はどうしようかと考え中なのに。

「今は、持っていてくれ」

「う～……はい」

ピアルたちは、薄々俺のしようとしている事に気付いている。だからだろう、今もどことなく不安そうに俺を見た。悪いなと思うが、奴らをおびき寄せるにはエサをちらつかせるのが一番だ。

「大丈夫か？　無理ならここで待っていてもいいぞ」

俺の言葉にピアルは首を横に振る。顔色は先ほどより随分と落ち着いた。

「大丈夫です」

地下の廊下に続く階段前で一度、立ち止まる。

「見張りはどうしたんですか？」

「もしもの事を考えて、牢屋の中とここの見張りはしなくていいと言っておいた」

魔法陣が発動したらと通常より離れて警備にあたらせていたが、まさか本当にこうなるとは。

「行こう」

ゆっくりと階段を降りていく。地下にたどり着いた瞬間、牢屋の一つから淡い光が見えた。

「魔法陣は動いているようですね」

ピアルの言葉に頷く。あの光はおそらく魔法陣を発動した時に生まれる光だろう。一定間隔で光が牢屋から漏れる。

「あつっ」

後ろから聞こえた声に、慌てて振り返るとピアルがバッグから何かを取り出していた。バッグから出した手には魔石。その魔石は、淡い白の光に包まれている。

「あれ？　熱くない？」

「大丈夫か？」

「はい、熱いと感じたから出したけど、熱くない……どうなっているんだ？」

ピアルは魔石を持って首を傾げている。熱くなったのに、熱くないか。その現象を俺は知ってるな。

「俺が持っている光らないほうの黒い魔石も同じ反応をした事がある。そのまま持っていても大丈夫だろう」

「わかりました」

牢屋に二人で近づく、また牢屋から光が溢れるとその一部分がふわりとこちらに飛んでくる。背中に、ひんやりとした汗が伝う。

「あっ」

少し後ろから聞こえた声に振り向くと、魔石が飛んできた光を吸収していた。やはり同じ反応だ。

「うわっ」

魔石の様子を見ていると、ピアルの手の中から魔石が落ちる。

「どうした？」

「くるくると回りだして……」

これは違う反応だな。落ちた魔石が、ころころとまるで意思がある様に光が溢れる牢屋に近づく。

そして、牢屋から溢れる光を吸収しだした。こちらまで光が飛んでこない事に気付いたので、そっと牢屋の中を窺う。

「あれが、サリフィー司祭ですか？」

ピアルの言葉に少し戸惑いながら頷く。どう見ても正気ではない表情で、牢屋の中をうろうろと歩きまわっている。

「何だか、憑りつかれた様な気持ち悪さがありますね」

ピアルの言うとおり、うつろな目をして牢屋の中を歩き回るサリフィーは気持ち悪いというより不気味だ。サリフィーの様子を見ていると、何かが思い出される。あれは、何処でだった？　何度も、何度も見た筈だ。思い出せないな。

「あっ、あれはサリフィー司祭だったのか」

「どうした？」

ピアルを見ると、ジッとサリフィーを見たあと頷いた。

「夜中に仕事が終わって帰ってきた時に、広場の中を歩き回るサリフィー司祭を見た事があります。あの時、なぜか異様な雰囲気だったので、すぐに広場から離れたんですが」

「広場……歩き回る？」

ピアルの言葉を繰り返すと、頭の中に何処かの場所がふっと思い出された。あれは、何処だった？　とても馴染みのある場所、あっ……広場だ。そうだ、でもどうして広場を思い出したんだ？確か、……広場で何かがあった、とか？　それとも、何かを見てた？　牢屋の中に視線を向けると、うつろな表情でこちらをじっと見るサリフィー司祭。……駄目だ、思い出せそうで思い出せない。

「悪い、役に立てないようだ」

諦めて首を横に振る。ドサッという何かが倒れる音に牢屋の中を見ると、サリフィー司祭が倒れていた。

「どうしますか？」

傍によって状態を確かめたいが、魔法陣はまだ発動しているのか光を発している。

「近づくのは危険だ」

「そうですよね」

コロコロコロコロ。

牢屋の前で止まっていた魔石がくるくるとサリフィー司祭に近づく。本当に魔石に意思がある様に見えるな。何が起こるのか様子を見ていると、光が生まれた瞬間に魔石の中に吸収されていく。

「もう少し傍に寄っても大丈夫そうですね」

「そうだな」

牢屋の鍵を開けようと鍵を取りに行くと、上からイイリャの声が聞こえた。

「問題ありませんか？」

「大丈夫だ」

「グピナス司教のほうは問題ありませんでした。少し話しをしたんですが、気持ち悪かったです」

「降りてきても大丈夫だぞ」

「あっ、はい」

イイリャが地下に降りてくると、こわごわ周りを見渡す。牢屋の一つに微かなが光っているのを見ると、体がびくつかせた。

「そこまで怖がらなくても……」

「もう、嫌ですよ。自分が自分じゃなくなるなんて！」

まぁ、そうだろうな。昔の記憶を思い出すが、まるで他人の様な気がして気持ちが悪くなる。俺なのに、俺ではない。判断も仕事に対する意欲も、まるで違う。

「ふ～、俺も二度とごめんだ」

番外編　ギルマスさんと裏切り者

―ギルドマスター　ウリーガ視点―


「あ～、待て」

忘れていた。牢屋の中を見られたら、ソルの魔石が見つかってしまう。疲れているのか？　しっかりしないと。

「まだ何があるかわからないから、階段は降りるな。話は、そこからしてくれたらいい」

俺の言葉にイイリャがホッとした表情をして、下まで降りていた階段を少し登る。その行動に少し笑ってしまう。

「そういえば、グピナス司教が気持ち悪いってどういう事だ？　何かあったのか？」

階段の上方に移動したイイリャが見える様に、階段の傍まで移動する。後ろを振り返ると、牢屋からはまだ光が溢れている。何かあっても、対処出来る様にしておかないとな。ソルの魔石があるから大丈夫だとは思うが。

「それが、こちらで魔法陣が発動したと言ったら、すぐに自分は助けられると笑いだして。あとは何ていうか……最悪でした」

「最悪？」

「はい。『奴隷の輪を外さんか、私を誰だと思っている』とか、『外したら少しは面倒見てやる』とか。もう言いたい放題なんですよ。それを無視したら牢屋の中で大暴れ。ベッドは壊すしこちらにベッドの破片を投げてくるし、大変でした」

イイリャから聞かされるグピナス司教の様子に唖然とする。まさか、そこまでひどいとは。というか、教会に籍を置く者の態度ではないな。もう、大人しくしておく必要がないと思ったのか、それとも魔法陣による影響か？

「話している内容は、とにかくおかしいです。あと、表情なんですが……何というか……。笑ってはいるんですが、その笑みがとにかく気持ち悪くて。前にあった時は、そんな風に思わなかったんですが」

表情も変わったという事か。

「もしかしたら、魔法陣を使い過ぎて狂ったのかもしれないな」

狂っていたとしても、グピナス司教の言った「助けられる」が気になる。サリフィー司祭の体に刻まれている魔法陣が発動したら、グピナス司教を助けだす者が現れるって事だよな。

「グピナス司教の警備を増やしてくれ」

「あっ、大丈夫です。『助けられる』という言葉と本人の態度が気になったので、警備を二倍にしておきました」

イイリャは本当に有能だな。だが、ギルマスには向かないんだよな。弱くないくせに、戦闘が苦手だからな～。残念だ。

「さすがだが」

俺の言葉にうれしそうにするイイリャ。とりあえず、グピナス司教のほうは大丈夫か。まぁ、裏切り者が紛れ込んでいる可能性を考えると、万全とは言えないが。

「裏切り者のほうだが、どうだった？」

「ギルマスの言うとおり、態度のおかしい者を数名見つけました。冒険者ギルドの職員が三名、冒険者が四名です。ただ、司教が捕まった為困惑しているのか、裏切り者なのか微妙にわからない者もいました」

教会の教えを信じている者にとっては司教が捕まった事は信じられないだろうな。その者たちは暴走しないといいが。

「その微妙な者たちは？」

「二名のギルド職員です。牢屋に近づこうとしたので、注意をしておきました」

二名か。思ったよりも少ないな。

「わかった。短時間によく調べてくれた、ありがとう」

「いえ、こういう人を観察する仕事は好きなので」

知っている。「犯罪者を一日中観察出来る」と牢屋番の隊長に志願した奴なんて初めてだからな。いい人材なんだけどな。本当に残念だ。

「ギルマス」

後ろからピアルの声がしたので振り向くと、階段からドタバタと音がした。音を確認すると、イイリャが一番上まで避難していた。まぁ、いいけどな。

「どうした？」

「魔法陣から光が消えました」

終わったのか？　サリフィーがいる牢屋まで行き、中を見る。確かに、魔法陣から発生していた光は何処にもなく、元の薄暗い牢屋に戻っていた。サリフィーは地面に倒れ、体がびくびくと痙攣《けいれん》をしている様に見える。

「確認します」

ピアスが牢屋に入ろうとするのを止める。

「俺が――」

「駄目です。ギルマスに何かあったら、被害が大きくなるんですから」

ピアルはそれだけ言うと、牢屋にさっさと入ってしまう。そして、横に倒れていたサリフィーを仰向きにすると、脈を確かめた。顔色や、目の状態を確認すると牢屋の外に出てきた。

「どうだった？」

「気を失っている感じです。目には充血もなく、特に問題はないかと思うんですが、顔色がかなり悪いです」

「そうか」

魔法陣が発動した衝撃で倒れたのか。限界になって倒れたのか、今の段階ではわからないな。目が覚めたら話も聞ける筈だが……狂っていなかったらの話だが。

「イイリャ。アッパスの家に行って、とりあえず魔法陣が落ち着いた事を伝えてくれ」

「わかりました」

イイリャが階段から離れて行く音が聞こえる。

「とりあえずベッドに寝させておきます」

ピアルが牢屋に戻ると、地面に横たわっているサリフィーをベッドに移動させる。あっ、しまった。裏切り者の人数は確認したが、誰なのかを聞いてない。はぁ、こんなミスをするとは。

「見張りを新たに立てますか？」

ピアルが牢屋から出ると、扉に鍵をかける。

「そうだな、見張りというか警備は必要だろう。サリフィーを連れ去る者が現れるかもしれないしな」

とりあえず、地下から出る事になり上に続く階段へ向かう。

「ここか？　ギルマス、いるか？」

「誰だ？」

何処かで聞いた事があるが、馴染みのない声が聞こえた。

「悪い。ガリットだ」

あぁ、ジナルさんたち『風』のメンバーの一人だな。

「何かあったのか？」

さっきの声が、少し焦っていた様に聞こえたが。階段に手をかけて上を向く。ガリットが、階段の上で手を挙げた。階段を上がっていくと、ガリットの足元で何かが倒れているのがわかる。それを不思議に思いながら近づくと、人だという事がわかった。顔がこちらを向いているので確認したら、冒険者ギルドの職員と冒険者風の男性が二人。倒れている者たちを見て首を傾げると、すっと小瓶が差し出される。不思議に思い、それを受け取る。

「これは？」

「こいつらが所持していた、一瞬体を痺れさせる薬だな。主に自分より強い魔物に襲われた時に使うものだ」

馬鹿にされているのだろうか？　それぐらいは、色を見たら予測がつく。魔物用の痺れ薬は綺麗な水色をしているのだから。

「睨むなって。こいつらが、そこから出てきた奴にかけようとしてたんだよ。真正面からギルマスを襲っても勝ち目はないと判断したんだろう」

ん？　そこって牢屋に続く階段の扉の事？　そこから出てくる奴って、俺たちが狙いか？

「まぁ、裏切り者って奴だな」

「はぁ～」

来るとは思ったが、想像より早いな。

「助かった」

「いや、団長から危ないかもしれないので様子を見に行ってくれと頼まれたんだ。こっちはまだ術を解いていない者が多いんだろう？」

ガリットの言葉に頷く。まだというか、ほとんどの者たちが術に嵌っている状態だ。

「自警団のほうはそろそろ終わりそうなんだ」

「えっ？　早くないか？」

「魔法陣をもう一つ準備して、術を解く人数を二倍にしたから」

だが、それだと術を解く為に魔法陣を発動させている者たちにかなり負担が行く筈だ。

「ん？　あぁ、心配ない。魔法陣をもう一つ作らせたのは、術を解いている奴らの希望だ」

その言葉に、後ろにいたピアルが驚いた声を出した。それはそうだろう。もう既にかなり魔法陣を発動させている。その上で数を増やせと言っているのだから。

「彼らの様子は？」

「ピンピンしてる。使い方は簡単で何度でも使えるとみんな大喜びだ」

ん？　ガリットのおかしな説明に首を傾げるが、少し離れた場所に人の気配を感じた。仲間なのか、裏切り者か。まぁ、隠れてこちらの様子を窺っているのだから裏切り者なんだろうな。ピアルも隠れている存在に気付いたのか、俺の後ろからそっと離れる

「そうか。それは良かった。そういえば、もう朝か？」

少し声を大きくする。

「あぁ、………飯でも行こうか？」

何を言うか迷ったな。ピアルをそっと見ると、気配を消して人が隠れている場所へ向かった。

「そうだな。ぷっ、その前にサリフィーの警備を依頼しないとな」

少し困った表情のガリットに笑いそうになると、睨まれた。

「飯を食ったあとでもいいだろ。もう、問題は何もないんだから！」

ガリット、そんな苛立ちまぎれに言わないでくれ。隠れている者に気付かれる。

「あぁ、裏切り者もすべて捕まえたし」

ゴン。

「うわっ」

音が聞こえたほうを見ると、一人の男性がピアルによって廊下に押さえつけられていた。その顔を見て、自分の表情が歪んだのがわかった。

「まさかお前が裏切り者だとはな」

「親しいのか？」

「……幼馴染だ」

番外編　ギルマスさんと裏切り者2

―ギルドマスター　ウリーガ視点―

「幼馴染？」

ガリットの驚いた声に頷く。ピアルに抑え込まれているのは、間違いなく幼馴染のティグだ。昔は一緒に鍛錬に励み、一緒に魔物を討伐した仲間だ。少し性格に問題はあるが、まさか裏切っていたなんて。

「誤解だ。俺は心配になってここにいただけだ」

「見苦しいな。心配だったら隠れる必要はないだろうが」

ガリットの言葉に、彼を睨みつけるティグ。いつから、こいつは裏切っていたんだろうか？

……それを知った所で、意味はないが……。

「ティグ、残念だ」

俺の言葉に、睨んでくるティグ。その表情を見ると悲しみに襲われるが、ギルマスとしての仕事がある。小さく深呼吸し気持ちを切り替える。グピナス司教とサリフィーからは、話が聞き出せない可能性がある。ならば、ティグを上手く誘導して情報を聞き出すのが得策だろう。こいつは気が短い、そこを上手く突けばすぐにぼろを出す筈だ。

「お前が裏切り者だとは……。そうか、先輩たちはお前が裏切る事をわかっていたのかもしれないな。だから同期の中で一番上位冒険者になるのが遅かったんだ。最後まで反対した者もいたもんな」

「煩い！　奴らに何がわかる！」

「そういえば、前のギルマスのチェマンタにも不安がられていたよな」

「煩い！　ははっ、お前は知らないだろうがチェマンタはこちら側だ！　残念だったな。どうだ？信じていた者に裏切られる気持ちは」

最悪だよ。だがこれでチェマンタが確実に裏切り者だと確定した。思い出した記憶は信じていたが、何処かで否定したい思いもあった。だがもう迷う事はない。あとは……チェマンタの居場所を知っているだろうか？

「チェマンタが裏切っている事は知っているぞ？　別に何か思う事はない。あいつは敵だ」

「何？」

「知っていたと言っているんだ」

「それは嘘だ。奴がこの町から出て行く時、まだお前は知らないからいい様に利用しろと言っていた。はっ、見栄を張っても無駄だ」

この町にはチェマンタはいないのか。それにしても、前にもまして口が軽くなっていないか？

上手に誘導なんて、出来てないぞ？　もしかして嘘か？　すっと目を細めティグを観察する。嘘をついている様子はないが、少し揺さぶってみるか？

「相変わらず口が軽いな。だから誰もお前を必要としなかったんだろうな。可哀そうに」

「なっ」

ティグの表情が醜く歪むと暴れだす。ピアルが焦って力を籠めるが、撥ねのけられてしまう。

「がっ、何？」

ピアルの手が離れた瞬間、にやりと笑ったティグ。だがすぐにガリットによって、もう一度廊下に体を押さえつけられた。その手際の良さを見て、ガリットに視線を向けると肩を竦められた。やはり、ガリットを含め『風』の奴らは何か隠しているな。

「くそっ」

「悔しいか？　まぁ、その姿はかなりお似合いだが」

「はっ、いい気になるなよ。お前がどうこうした所で既に手遅れだ。この村の冒険者も自警団員もアーピーの一言で暴走する。どうやって自我を取り戻したのか知らないが、すべて手遅れなんだよ！　ははははっ」

アーピー。この村の商人だったな。確か、他の村や町にも店を構えていた筈だ。そうか、奴か。

「よくしゃべるな、お前。まさかこんなに簡単に重要人物の名前をしゃべるとは驚きだ」

この口の軽さのせいで、作戦が無駄になった事があったよな。

「くっ、いい気になるなよ。俺がアーピーの元に戻らなければ、自警団員や冒険者たちが暴れ回る手筈になっている。いいのか？　村に被害が出るぞ。ははははっ」

ティグが不気味に笑いだす。

「今の冒険者だったら、自警団員で抑え込めるだろう」

「馬鹿か。話を聞いていたか？　自警団員も俺たちの命令で動くんだよ！　今のうちに俺に対する態度を改めたほうがいいぞ。少しなら手加減って奴をしてやるよ。俺は優しいからな」

そういえば、ティグは昔から人の上に立ちたがっていたな。俺がギルマスになった時も、悔しそうだった。でも、そのおしゃべりな性格と人を馬鹿にする性格があったから候補にも上がっていなかったがな。何度も注意したけど、やはり直らなかったんだな。

「ティグ、不思議に思わないのか？　俺が自我を取り戻した事を」

「お前は最初のほうに術を掛けた、その為だろう？」

「そうか」

「それより離せ！　いいのか？　俺にこんな事をして、村の奴らが死ぬぞ。それとも何か解決策でもあるっていうのか？　くくっ」

嫌らしく笑うティグに、嫌悪感を覚える。年を取って丸くなるって嘘だな。昔よりひどい。

「確かに自警団員と冒険者たちが暴れ回れば、被害はでかいだろうな」

だが、今の話を聞いた瞬間にピアルは俺に一つ頷いてからいなくなった。おそらくアッパスに、報告に行ったんだろう。自警団を動かすすべての権力を持っている、自警団長の指示を仰ぐ為に。

「だったらこいつに命令して手を離させろ！」

「なぜだ？　お前は犯罪者なのに、どうして手を離せと命令しなければならない？」

「はっ？」

ティグが俺を唖然と見上げる。何とも間抜けだな。

「先ほどの質問に答えるよ。『何か解決策はあるのか？』だったな……答えはある、だ」

まぁ、実際に冒険者が暴れだしたら自警団員が抑え込むまでに少し被害が出るだろう。だからと言って、ティグの要望を聞く事はない。それは絶対だ。

「ありえない」

「それと、俺が自我を取り戻した事を不思議に思わないか聞いただろう？　お前は術のせいにしたが、それは違う。俺はある方法で自我を取り戻した。そして同じ方法で自警団員たちが術から解放されている。だから、さっきのお前の作戦はけっして成功しない」

別の方法で自我を取り戻したが、同じ方法と言っておいたほうがいいだろう。あとでこの件は必ず調査が入る。こいつにも必ず話を聞きに来るだろう。それなら、口の軽さを利用させてもらう。どうせここで聞いた事を、交渉材料として話すだろうからな。

「まさか、そんな筈はない。……もしかして魔法陣か？　お前たちも魔法陣を使っているのか？」

ティグの焦った表情に、ニコリと笑みを返す。そんな俺を見たんだろう、ガリットが嫌そうな表情をして俺を見る。そんなあくどい表情をしただろうか？　……したかもしれない。

「ガリット、悪いんだが」

俺の言葉が衝撃だったのか、小声でぶつぶつ何か言っているティグを見ながらガリットにお願いをする。

「何だ？」

「あ〜、そいつの服をめくって腹と背中を見せてくれ」

「はっ？」

変態を見る目で俺を見るな！

「言っておくが趣味ではない！　サリフィーの様に魔法陣が彫られていると厄介だから、確認したいだけだ」

「あぁ、なるほど」

ガリットが押さえつけながらシャツを上にめくりあげる。本当に手際がいいな。ティグの腹と背中には魔法陣はなかった。その事にほっとする。

「少しそのまま、待っててくれ」

地下の牢屋に戻り奴隷の輪を掴む。冒険者ギルドの牢屋にも、自警団の牢屋にも魔法陣を体に刻んだ者が入っている。どういう状態になると発動するかは不明だが、ティグは必ず何かする。それを防ぐ為にも、制限するしかないよな。あ〜、あとで問題になるかな？　サリフィーたちは魔法陣があったからと言いわけ出来るが、ティグはなかったからな。まぁ、しかたないか。

「悪い待たせた」

押さえ込まれているティグの腕に奴隷の輪を嵌める。

「首じゃないのか？」

「まだ判決が出てないからな。普通は駄目だから」

ガリットが俺の言葉に、納得した表情をする。そっと彼を窺うが、奴隷の輪を使う事を疑問に思っていないようだ。……普通は、何か思うよな？

「まぁ、俺たちは色々経験が豊富だから、それもありだろう」

俺の視線に気付いたのか、苦笑を浮かべるガリット。経験豊富か。

「裏か？」

表には出す事が出来ない問題を、解決する冒険者がいる事は知っている。エッチェーが、そんな仕事をしていたからな。

「まぁ、それもありかな？」

やはり、ただの冒険者ではなかったか。しかし、「それもあり」って何だ？

438話　ジナルさんからの報告

コンコン。

「誰か来たみたい。は〜い、今開けます」

ギルマスさん宅の玄関を叩く音に、朝食を食べるのを止めて席を立つと、手首をぐっと握られる。

視線を向けると、にこりと笑うお父さん。……あっ、やっちゃった。

「アイビー」

「はい」

笑顔のお父さんから圧を感じる。

「誰が来たのか確認する前に、声を出さない」

「はい」

「誰なのかを確実に確認する」

「はい」

「知らない人の場合は、玄関を開けずに対応する。知っている者でも親しくなければ玄関は開けない」

「はい」

「本当に理解しているか？」

「もちろん、わかってはいるんだけど……」

つい……何というか、条件反射と言いますか……。すぐに対応しないと相手に悪いと思ってしまうというか……危機感が足りないせいかな？

コンコン。

「あっ……えっと？」

どうしよう？　お父さんを見ると、ポンと頭をなでられた。

「俺が、見てくるから」

「ありがとう」

お父さんが食事をしている部屋から出ていくが、誰が来たのか気になる。もしかしたら、またガリットさんかもしれないし。そういえば、魔石は役に立ったかな？

「よしっ！　後ろからこっそり見るぐらいならいいよね」

窓から外を見る。どうも明け方から、村が騒然としている気がする。問題が動いたんだろうけど、それがいい方向なのか、悪い方向なのかがここからではわからない。

「みんな、大丈夫かな？　無理をしてないといいけど」

ジナルさんたちの様子を思い出す。隠しているが、疲れが溜まってきているのがわかる。早く、解決してほしい。廊下に出て玄関に向かうと、お父さんの声が聞こえた。

「ジナルだったのか。お疲れ様」

ジナルさん？

「悪いなこんな時間に、色々報告があってな。あと、団長が『俺よりアイビーとソルたちを守る方が重要だ』と判断して、俺にここの警護を依頼してきた」

私とソルたち？　何だか物々しいな。

「とりあえず、何か食わしてくれ。昨日の夜に少し食べただけで、何も食ってないんだ」

「それはアイビーに言ってくれ。食材の管理はアイビーだから、下手に使うと予定を狂わせる事になる」

「そうなのか？」

「あぁ。俺だけで作ると、量を考えずに作ってしまって後悔する事になるんだ。だから俺は手伝いだけなんだ」

お父さんの言葉に、つい笑みが浮かぶ。確かに、大量に作られた料理を四日続けて食べた事があるよね。しかも味を変えようと思っても、濃い味付けの為味を変えるのも難しくて、完食した時はお父さんと本気で喜んだっけ。あの時のお父さんの喜び様を思い出して、つい声を出して笑ってしまった。その笑い声が聞こえたのか、お父さんとジナルさんが私のほうへ視線を向ける。

「おはよう！」

私に気付いたジナルさんが、手を振って挨拶してくる。

「おはようございます」

「朝早くから悪いな。あ～、聞いた？」

「はい、ある程度ガッツリした料理がいいですか？　それとも軽くですか？」

「動き回ったから腹が減っているんだ、ガッツリと肉を頼む」

肉か。確かタレに漬けてあるお肉があるな、あれに芋粉を付けて揚げ焼きにしようかな。あとはご飯と野菜スープぐらいで大丈夫だろう。

「わかりました」

「悪いな、こんな朝早くから」

ジナルさんを見ると、やはり顔色が悪い。でも、何処か昨日と違う事に気付く。昨日は、張り詰めたピーンとした空気を纏っていたけど、今は少しだけ穏やかになっている気がする。もしかして、いい方向へ進みだしたのかも。

「料理をするのは大好きなんです。だから問題ないですよ」

調理場へ行くと、マジックボックスからタレに漬けたお肉と、芋粉を準備する。小鍋に細かく切った野菜と骨から採った出汁を入れてスープを作ると、お肉に芋粉を付けて揚げ焼きにしていく。マジックボックスから炊いたご飯を出して、木のお椀に入れる。揚げ焼きのお肉と、味を調えたスープを準備して完成。出来上がった料理をジナルさんとお父さんがいる部屋に持っていくと、机にへばりつくジナルさんがいた。

「かなり疲れているみたいですけど、大丈夫ですか？」

「あ～、悪い。おっ！　いい匂い」

ジナルさんの前に料理を並べる。

「いただきます」

そう言い終わると、怒涛の勢いで食べすすめる。それを少し唖然と見つめてから、慌ててお茶を用意した。

「あ～、食った～」

一〇分もしないうちに空っぽになったお皿を見る。もしかして足りなかったかな？

「まだ、いりますか？」

「ん？　いや、もうお腹一杯だからいいよ。おいしかった、ありがとう。生き返った」

大げさだけど、おいしかったという言葉はいい言葉だよね。顔がにやけてしまう。食べ終わった

食器を纏めていると、

「あっ、片付けるよ。アイビーは座ってて」

　別に疲れていないので問題ないが、さっさとお皿を持って行ってしまうジナルさん。たぶんあとを追いかけても、手伝わせてくれないだろうな。報告があると言っていたし、新しいお茶の用意をしておこう。

「お父さんは、お菓子を食べる？」

「そうだな、あんまり甘くない物を頼む」

　食後のソラに飛びつかれ、遊び相手になっていたお父さんが小さく溜め息を吐くと椅子に座る。途中からシエルとソルも参加していた為、かなり激しい遊びになっていた。

「お疲れ様」

「あの三匹は、容赦がないな」

「そうかな？」

「俺にはな」

　ジト目で見られたので視線を反らして笑っておく。確かにみんな、私とお父さんに対する態度が少し違う。私には手加減してくれるけど、お父さんには本気で体当たりをする。ソラだけならお父さんも余裕だけど、さすがにシエルやソルも参加しだすと大変そうだ。

「おっ、用意がいいな～」

　手を拭きながらジナルさんが部屋に戻ってくると、机を挟み向かいに座る。

「お茶どうぞ」

「ありがとう。さて、何から話そうかな……夜中に呼び出された原因からでいいか。サリフィー司祭の体に魔法陣が刻まれていたんだが、それが夜中に発動した為ギルマスが呼び出されたんだ。魔法陣による被害はアイビーがくれた魔石のお陰でないんだが、それを知らない裏切り者が暴走してくれた」

「暴走ですか？」

「あぁ、サリフィー司祭の体に刻まれていた術は洗脳みたいなんだ。まだ、解析されていない為予想なんだけどな。だが、裏切り者が先走ってくれたお陰で、そいつを捕まえる事が出来た。ギルマスの幼馴染らしいが、とにかく口が軽い。ちょっと誘導したら、情報をペラペラと話し出したとガリットが言っていたよ」

ギルマスさんの幼馴染？　彼は大丈夫かな？

「奴がある人物の情報を話してくれたおかげで、そこから事件に手を貸した者たちを炙り出す事が出来た。明け方から自警団員が、事件に関わった者たちの確保に動いている。俺がここに来る前に、ほぼ確保出来たと言っていたから、あと少しでこの村で起こった事件については解決だろう」

何だろう？　ちょっと不思議な言い方をしたよね？　何だか、まだ何かある様な。

「この事件は、この村だけの問題ではなかったという事か？」

お父さんの言葉にジナルさんが頷く。

「この村で使われていた魔法陣は誰かの指示を受けていた。その人物について調査が行われるだろうが、教会が関わっている可能性が高いと俺たちも団長たちも考えている」

「厄介だな。簡単に調べられる場所じゃないだろう」

「あぁ、証拠があっても取り調べも簡単じゃないな」

ジナルさんが苦々しい表情になる。まるで憎んでいる様な？

「その話を俺たちが聞いてもいいのか？」

お父さんの言葉にジナルさんが、じっと私を見る。その視線が、ちょっと怖い気がするのは気のせいかな？

「巻き込まれやすいみたいだからな」

はい、そうですね。残念ながら、気付いたら巻き込まれています。

「知らないほうが怖いだろ？　知っていれば回避も出来る筈だ」

439話　教会

「回避か……出来るか？」

お父さんの言った言葉に、私も悩んでしまう。知らない間に巻き込まれているのは回避のしようがないもんね。

「まぁ、がんばれ」

ジナルさんが苦笑するのを見て、お父さんが肩を竦めた。

「それで、ジナルはどうしてここに来たんだ？」

「だからアイビーたちの護衛だよ」

「事件に関わった者たちは、ほぼ確保したと言っていたのに？」

お父さんの言葉に、ジナルさんが一瞬だけ動きを止めた。

「俺、それだけ言った？」

「あぁ、そう聞いた」

お父さんの言葉に、ジナルさんが項垂れる。

「悪い。ちょっと疲れているみたいだ。ほぼ確保したけど、一人重要な人物が逃げているんだ。自警団員なんだが、もしかしたらドルイドの事を知られた可能性があって。だから俺がここに護衛としてきたんだよ」

まだ短い時間しか関わりはないけれど、重要な事を忘れる様な人ではない事は知っている。それだけ疲れているという事だろうか？

「大丈夫ですか？」

なぜか私をじっと見るジナルさん。何だろうと首を傾げると、肩をぐっとジナルさんに掴まれた。

「アイビー、何かおもしろいスキルを持ってたりする？」

おもしろいスキル？　意味がわからず、お父さんを見る。お父さんも、首を横に振っている。

「いえ、持ってませんけど。どうしてですか？」

「俺は確かに疲れているが、今の状態で気を緩める様な事はしない。なのに、度忘れした。考えてみると、アイビーの前だと何処か気が緩むというか、落ち着くというか。いや、けっして自分の失敗をアイビーのせいだと言っているわけでは……何を言ってるんだ、俺は。悪い」

ジナルさんは、肩から手を離して首を傾げる。それは、本当に悩んでいる様で私も困惑してしまう。

「私のスキルはテイマーだけですよ」

「そうだよな、悪い。自分で思っているより疲れているのかもしれないな？　本当に悪い。そういえば、自分のスキルはどうやって知ったんだ？」

教会以外で知る方法はないと思うけどな。

「教会で調べてもらいました」

「教会？　もしかしてアイビーが星なしだと教会は知ってるのか？」

「えっと、はい。私の生まれたラトミ村の教会の人なら知っていると思います」

そういえば、ラトミ村はどうなっているんだろう？　村の人たちが捕まったあと村がどんな状態なのか聞いた事がないな。

「アイビー、教会の奴らをけっして信じるな。ドルイドもだ」

ジナルさんの表情が険しくなり、少し怖い。

「俺は、信じていないから問題ない」

「えっ？　そうなの？」

そういえば、お父さんは教会に行こうとは一度も言わなかったな。冒険者の中には、旅の安全を祈る人もいるのに。

「冒険者になりたての頃に色々あってな。それからは一切の関係を断っている」

「だが、ある程度までは関係があったんだな？」

「あぁ。確かに関係は少しあったな。問題があるのか？」

「ある。ギルドの隠し玉と言われていたドルイドの情報だ。調べられていた可能性がある。今回の事件に関わっていると知られたら、接触をしてくる事だって考えられる」

「まさか……」

「その『まさか』があるんだ。接触してきても絶対に無視しろよ。俺たち『風』は調査員の仕事もしているが、裏の仕事もして――」

「待て！　それは極秘だろう」

「そうだが、別に二人になら構わないと思っている。情報を漏らす事はないと信じているしな」

ジナルさんの真剣な表情にお父さんと私は、頷く。

「裏の仕事で知った様々な情報の中に、教会関連や関係者のモノも多くあった。正直、教会を放置している王家に不信感を持つぐらいの情報もあった。だから言い切れる、教会には関わるな。あそこに属している連中は人を人とも思ってない。自分たちの利益の為なら簡単に人を殺す連中なんだ」

自分自身を拒絶された場所だから苦手だったんだけど、想像以上に危ない所みたい。それにしても「簡単に人を殺す連中」だなんて。

「わかった」

お父さんが私を見たので、頷く。

「ジナル」

「ん？」

「教会がアイビーを狙うとしたら星なしが原因だと思うのか？」

「あぁ。言い方は悪いが、奴らは珍しい者たちを集めているんだ。星なしなんて、相当珍しいだろう。今まで、よく無事だったな」

えっ？　そんなに危なかったかな？　教会で蔑んだ目で見られてから近寄らない様にしてたけど、探された様な事はなかったと思う。

「集められた者たちは、どうなった？」

お父さんの質問に首を横に振るジナルさん。

「その先は不明だ」

まぁ、きっと悪い事が待ち受けているんだろうな。ん？　珍しい……それはスキルも？

「ジナルさん。珍しいスキルを持っていても、目を付けられる可能性がありますか？」

お父さんのスキルもかなり珍しいというか、知られたら絶対に利用されてしまいそう。

「あるだろうな。教会が一番気にしているのはスキルなんじゃないかと、裏の仕事をしている連中で盛り上がった事がある。まぁ、真意はわからないが」

お父さんを見ると、眉間に皺を寄せて何か考えている。もしかして、思い当たる事でもあるのだろうか？

「そうだ、前のギルマスは見つかったのか？」

ん？　前のギルマス？　あっ、事件の事か。急に話を変えたから、わからなかった。

「いきなり話が変わったな。まぁいいが。奴は既にこの村にはいなかった。あとテイマーのマトーリは捕まえた」

テイマーは捕まったんだ。ギルマスさんの話では、元ギルマスさんと一緒にいた様な感じだったけど、どうして逃げなかったんだろう？

「マトーリは既に狂った状態らしい」

あっ、逃げられなかったのか。

「そうか。そういえば手紙に載っていた中位冒険者の三人はどうなんだ？」

「奴らも全員、捕まえる事が出来ているから大丈夫だ。この三人が狂ったマトーリの見張り役というか世話係だったみたいだ。世話係が付いた事で、狂っても生きていたらしい」

見張り役？　世話係？　魔法陣で狂ってしまった人は元に戻らないと言っていた。最後は体が弱って死ぬと。世話係を付けたという事は、マトーリさんを死なせたくなかった？　何か重要な仕事でもしてたのかな？　だったら魔法陣を発動させたりしないか。

「……もしかして、そのテイマーは……」

お父さんが、言葉を濁しながらジナルさんを見る。ジナルさんはその質問に神妙な面持ちで頷いた。どういう事？　テイマーのマトーリさんに何か重要な事でもあるの？　彼女は魔法陣の術で狂ってしまって……。あっ、この村は確か魔法陣の実験に使われていたって……マトーリさんは実験の為に生かされてたとか？

「ふ～」

外れてほしいけど、当たっている気がする。

「大丈夫か？」

お父さんが、心配そうに私を見る。

「大丈夫。ちょっと色々考えちゃって」

「そうか」

お父さんの手が労わる様に、ゆっくりと私の頭を撫でる。それに、少しだけ気分が落ち着く。

「ありがとう」

教会の実態とか、私が狙われる可能性とか……色々と衝撃があるな。それに事件は解決した様な、してない様な感じだし。でも、この村の事件は解決なんだよね。ただ、何か胸につっかえるものが残ったけど。

「すっきりしないね」

「そうだな」

私の言葉に同意するお父さん。

「それと、冒険者の一人がドルイドの事を探っていた事がわかった」

ジナルさんの言葉に、息を呑む。どういう事？　どうしてお父さんを調べたの？

「おそらく団長の家から出て来るのが気になったんだろう」

それだけ？　本当に？

「あの、ジナルさん。お父さんを調べていた冒険者はどうしたんですか？」

「すまない、逃げられた」

つまり野放し状態。

「逃げた自警団員の名前や見た目はわかりますか？」

見た目がどんな人なのか知っておかないと、近くにいても気付けない。

「名前はチョルシ。年は三一歳で、奥さんと娘さんがいる」

奥さんと娘さんがいるの？　そんな人が、どうして逃げなくてはならない事をしたんだろう。

「見た目は、赤茶色のショートの髪に目は薄緑色だ」

赤茶の髪に薄緑の目。

「右手の親指の付け根部分にほくろが二つあるらしい。俺も実際にチョルシに会った事はないからな」

ほくろが二つ。

「ありがとうございます」

「いや、あまり役に立ちそうにないな。あとで団長たちと合流するから、詳しく聞くといいぞ。まあ、その前に確保されるのが一番だけどな」

「そうですね」

「あと報告しておく事は……、とりあえずこれぐらいかな。団長とギルマスが、落ち着いたら顔を出すと言っていた。おそらく、今日の夜か、もしかしたら明日になるかもしれないが」

団長さんもギルマスさんも忙しそうだな。こちらから、二人に会いに行ってもいいけど。

「団長さんたちのもとへは、私たちのほうから行きましょうか？　私もお父さんも時間に余裕があるし」

「いや、それはやめておこう。村人の中に、教会とつながっている奴がいるかもしれないから」

「既に手遅れの様な気もするが」

それは言える。頻繁に団長さん宅に出入りしたあとだからね。

「あ～、そうかもしれないが。今、団長の家に行ったら事件を詳しく知っていると公表する様なものだろう。関係者以外立ち入り禁止なんだから。それに村の捜索前なら、何とかなる」

なるかな？　団長さんたちに期待しておこう。

440話　シエルが小さく？

「ジナルさん、少し休んでください」

しっかり休んでと言っても、聞いてくれないだろう。でも、顔に疲れが出てるから少しは休んでほしい。

「いや、大丈夫だよ。というか、警護に来て休んでたら駄目だろう」

いやいや、さっきも様子が少しおかしかったから。ジナルさんも、疲れているかもと言っていたよね？

「お父さんもいるから大丈夫ですよ、ね？」

「あぁ、少し休んだほうがいいんじゃないか？　本調子ではないんだろ？」

「……そうなんだが」

それでも迷いを見せるジナルさん。どういえば、休んでくれるかな？

「あっ、何かあったらシエルがいるから大丈夫です」

シエルは強いから、これで少しは安心出来るかな。

「あ～、シエルか」

「にゃうん？」

名前を呼ばれたからか、シエルが目を覚ます。

「ごめん、起こしちゃったね」

「そうだな。そうしよう」

ジナルさんは立ち上がると、シエルの傍に寄る。

「シエル。この家の中だったら元の姿に戻っていいから、アイビーたちを守ってくれ」

「えっ！」

「はっ？」

「にゃうん！」

いや、待って。シエル、やる気にならないで！　というか、本来の姿に戻っていいの？

「かっこいいな」

さっそく元の姿に戻ったシエルに、ジナルさんがうれしそうに笑みを見せ満足そうにしている。

「部屋が狭く感じるな」

お父さんは少し呆れた表情でジナルさんを見たが、止める気はないのか部屋の感想を口にした。

えっ、いいの？　駄目だよね？　確かシエルの魔力が強過ぎるから、気付かれるとか……あれ？

最近シエルは、魔力を外に出さない様になったよね？　という事はいいのか？

「にゃ～……にゃ！」

お父さんを見ながら首を傾げ、ちょっと迷う様に鳴いたシエル。しばらくすると、小さく鳴いているうちに体が少し小さくなった。

「すごい」

「おぉ～」

元の大きさの三分の二ほどの大きさになったシエルを見て、お父さんと私はすぐにシエルの傍に寄る。大きさが違うと、見た目の印象も変わるのか何とも可愛らしい。いや、元の大きさの時も可愛いけどね。

「大きさまで変えられるのか？」

「初めて知りました」

「えっ？」

ジナルさんの言葉に返事をすると、驚いた様な声が聞こえた。

「シエル、姿を変えずに大きさだけを変えられたんだね。すごい！」

「にゃうん」

頭を撫でると、尻尾がパタパタと揺れる。可愛い。いつもより小さい体が、やはりすごく可愛い。

「見た目は同じなのに、可愛過ぎる」

「初めて見たのに、驚いてない二人に驚くな。大きさが変わった事は気にならないのか？」

ジナルさんが、少し呆れた表情で私たちを見る。

「特には。シエルはシエルなので」

「……そういうものか？　普通は、驚くだろう」

「アダンダラがスライムになるんだ。大きさぐらいで驚く事でもないだろう」

お父さんの言葉に、ジナルさんが首を傾げる。

「そういう事ではない様な？」

ジナルさんは、腑に落ちない様な表情をしながらもシエルを撫でる。

「あっ！　アダンダラの毛って柔らかいんだな」

「そうなんです。気持ちいいでしょ？」

シエルを撫でているジナルさんの表情に、笑みが浮かぶ。

「ジナルさん、これで安心して休めますね。隣の部屋にベッドがあるのでどうぞ」

私の言葉に、ちょっと困った表情のジナルさん。

「あ〜、もう少し……」

「駄目ですよ。ジナルさんが休める様に、シエルががんばって小さくなってくれたんですから」

がんばったかどうかはわからないけど。

「しかたないな。まぁ、何かあったら俺もすぐに起きてくるから」

シエルを見て小さく息を吐くと、立ち上がる。

「はい。おやすみなさい。三時間以上は寝てくださいね」

「えっ！」

何も言わなかったら一時間ぐらいで起きてきそうだから、先にしっかりと言っておく。

「寝てくださいね」

ジナルさんは諦めたのか、肩を竦めると隣の部屋に行った。扉の閉まる音がするので、おそらくちゃんと休むだろう。

「シエル、ありがとう」

「にゃうん」

しばらくシエルを撫でると、元の場所に座ってお父さんとお茶を飲む。シエルは私とお父さんの近くに来て寝そべった。

「お父さん、さっき話を無理やり変えたよね？」

お父さんの気持ちだけ、ちゃんと聞いておこう。

「あぁ、ジナルたちを信じていないわけじゃないが、俺のスキルは人を変える可能性が高いからな」

お父さんの返答に、やはりと頷く。星が増やせると知られれば、いい人だって変わってしまうかもしれないもんね。

「悪い。アイビーはジナルを信じているのに」

お父さんが申しわけなさそうな表情をする。

「謝る事はないよ。悪い事なんてしていないんだから」

お父さんのスキルは、人を変える力がある。星の数を増やしたいと願う人は、とても多いから。だから、お父さんの判断は間違っていない。

「それと、教会の連中は確かに俺の事を調べていた」

「そうにゃの？」

お父さんの言葉に心臓がドキリと跳ねると、噛んだ。お父さんを見ると、少し驚いたあとに笑われた。

「もう」

「悪い。あのスキルの力が不明だった時、何度も教会に足を運んだ記憶がある。確か、呼ばれたから行っていたと思う」

教会にとって、必要かどうか調べていたって事かな？

「兄たちの星が消えて、俺のスキルが星を奪うと知ったあたりから接触が減った記憶がある」

「自分たちの星が、奪われるのを恐れたからかな？」

「そうだろうな」

気になるスキルでも星を奪われるのは嫌だって事か。ある意味、助かったという事だよね。

「こうなると、兄の星を奪っていて良かったかもしれない。もし増えていたら、自由を奪われていたかもしれない」

間違いなくそうなるだろうな。お兄さんたちには悪いけど、良かった。

「ぷぷ？」

ソラの声に視線を向けると、シエルを見て不思議そうに周りを見ている。元の姿になっているシエルを見て、ここが何処か確認したんだろう。

「ソラ、ここはギルマスさんの家だよ」

私の言葉に、体を斜めにするソラ。

「ぷ～？」

「ジナルさんが、家の中だったら元の姿になっていいよって言ってくれたんだ」

ソラがうれしそうにぴょんぴょんと跳ねる。

「あまり勢いをつけないでね。ソラ」

「ぷっぷぷ～」

楽しそうに勢いよくシエルに近づくソラ。起き上がったシエルは、勢いのまま近づくソラの頭に前足をぐっと乗せた。

「ぷっ」

「にゃっ」

何とも微笑ましい二匹に、顔が緩む。ソラはじっとシエルと見て、なぜかシエルの目の前で一回飛び跳ねた。

「……ぷっ？」

飛び跳ねたあと、目を少し見開いてシエルを凝視するソラ。何をしているのかわからず様子を見ているのだが、どうもソラが驚いている様だ。

「シエルが小さくなっている事に気付いたのか？」

お父さんの言葉に、ソラがぱっとお父さんを見る。

「そうみたいだね。そのままの大きさだと部屋が狭くなるから、シエルが小さくなってくれたんだよ」

「ぷっぷぷ～」

納得したのか、寝そべったシエルのお腹のあたりに飛び込んでいく。

「さっき飛び跳ねた時に、シエルの大きさを図ったんだろうな」

お父さんの言葉に「うん」と頷くけど、ソラは頭が良過ぎる気がする。

「そういえば、シエル。大きさの変化は元々出来たの？」

「……」

無言で無反応。という事は、前は出来なかったのか。

「最近出来る様になったの？」

「にゃうん」

そうなんだ、すごいな。

「今日、初めて挑戦してたりして」

お父さんの表情に苦笑が浮かぶ。さすがにそれはないだろう。

「にゃうん」

ん？　何に対して鳴いたんだろう？　もしかして初めて挑戦と言った所？

「シエル、体の大きさを変化させたのは、今日が初めてだったのか？」

「にゃうん」

そうなんだ。すごいな。

「よく成功させたな」

お父さんがシエルの頭を撫でると尻尾がゆらゆらと揺れ、とても機嫌が良さそう。

「団長とギルマスがきたら、話を聞いて」

「うん」

「問題がなければ、出発する準備を急ごうか」

「そうだね」

守ってくれるという契約をしているけど、迷惑をかけたくないしね。団長さんが王都から呼んだ人たちが、いつ来るかわからないし。なるべく、早くこの村を出発しよう。

441話　石に刻まれた魔法陣

ドンドン、ドンドン。

「ジナル！　ドルイド！　悪いが開けてくれ！」

不意に聞こえた玄関を叩く音と声に、体が飛び上がる。

「何だ？　あれはギルマスの声か？」

お父さんが、立ち上がって私を守る様に立つ。

「どうした？　何があったんだ？」

ジナルさんが、隣の部屋から飛び出してくると私たちを確認する。

「大丈夫か？」

「あぁ、あの声はギルマスだよな？」

ドンドン、ドンドン。

「ジナル！　ドルイド！」

再度聞こえた声は、間違いなくギルマスさんの声。ジナルさんが頷くと、玄関に向かった。そのあとをお父さんが続く。

「ここにいてくれ」

「一緒に行く」

少し迷ったが、何が起きているのか知っておきたい。

「わかった。でも、少し離れていろ」

「うん」

少し緊張しながら、お父さんのあとを追う。玄関が見える場所に立つと、シエルが横に来てくれた。そっと頭を撫でるとゴロゴロと鳴くシエル。その様子に、緊張していた体から力が抜ける。

「ギルマス、驚かせるな！」

玄関を開けたジナルさんが、外にいるだろうギルマスさんを怒鳴りつける。

「悪い。時間がなかったから。アイビーに頼みがあるんだ」

私？

「何だ？」

ギルマスさんに答えたのはお父さん。少し不機嫌そうな声が聞こえる。

「とりあえず、入れ」

「俺の家なんだが……」

ジナルさんが玄関から外の様子を確認してから、ギルマスさんを中に入れる。それを見て感心してしまう。知っている人だとしても、あれぐらいは警戒しないと駄目なのか。お父さんにも心配をかけてしまうし、もう少し気を引き締めよう。

「えっ……シエル？　ん？」

ギルマスさんが家に入った瞬間、私の隣を見て動きを止めた。

「……シエルです。ねっ」

「にゃうん」

「いや、まぁ、そうだな。シエルだな」

何を納得したのか、ギルマスさんは頷くと玄関を上がった。

「お邪魔します」

ギルマスさんの家なのにと不思議に思って彼を見ると、なぜか少し緊張した面持ち。

「時間の掛かる話か？」

「あぁ、あまり時間を掛けたくないが、掛かるかもしれない」

ギルマスさんの言い方に、ジナルさんとお父さんが険しい表情をする。三人が食事をする部屋に入っていくのを見送ると、お茶を用意する為に調理場へ行き、手早く準備する。後ろを見ると、シエルがじっと私を見ている。

「守ってくれて、ありがとう」

「にゃうん」

シエルがいてくれると、何だかホッとする。

「ふ～、疲れているなぁ」

何だろう、日に日に疲れが抜けない様な、疲れやすくなっている様な気がするな。精神的な疲れかなと思ったんだけど、違うのかな？　いつからだっけ？　この事件に関わってからだよね？　という事は、魔法陣の事とか、自分が思っている以上に負担なのかな？

「にゃうん？」

「ふふっ、大丈夫。さて、準備も出来たし行こうか。ギルマスさんは、私に話があるみたいだったしね」

「にゃうん」

お茶を持って、三人がいる部屋に向かう。部屋に入ると、何とも言えない雰囲気が漂っていた。それに苦笑が浮かぶ。

「ぺふっ」

ソルの声に視線を向けると、ソルたち三匹が起きてこちらの様子を窺っているのが見えた。

「お茶を、どうぞ」

雰囲気を変えたくて、明るく声を掛けるとそれぞれの前にお茶を置く。配り終わると、お父さんの隣に座る。

「で、アイビーに頼みたい事とは？」

お父さんを見ると、機嫌が悪そうな表情をしている。それに首を傾げながらギルマスさんを見る。

ギルマスさんはお父さんたちの態度に苦笑を浮かべると、少し表情を改めて話し出す。

「奴らの拠点が教会の他に、もう一つ発見されたんだ。そこで見つけた書類の中に、ある魔法陣の情報があった。村を囲う様に一二個の石に魔法陣を刻んである物なんだ。俺の命令で冒険者数人が森の中を捜索。すぐに発見したという報告を受けた。団長と話し合った結果、魔法陣を壊す事にした」

「壊しても問題ないと判断したのか？」

ジナルさんが、机に肘をつけ何かを考える様にギルマスさんに訊く。

「問題ないというより、壊したほうがいいと判断した感じだな。見つかった書類の中に、魔法陣の説明が少しだけあった。それによると、この魔法陣は特定の人物たちの行動や思考を制限する為のモノらしいんだ」

特定の人物？

「特定の人物とは？」

お父さんの質問に、ギルマスさんが首を横に振る。

「特定と言っても、人が指定されていたわけではない。えっと、『異の国のスキル、異の国の記憶』を持つ者と書かれてあった」

んっ？　お父さんもジナルさんも首を傾げる。

「異の国って何だ？」

「それに関してはわかっていない。ただ、そう書かれてあった」

異の国？　スキルに記憶って……ん？　何かすごく気になるな……スキル？　記憶？

「壊したんだったら問題解決だろ？　アイビーに頼み事はない筈だが？」

「壊そうとしたが、壊れなかった」

ギルマスさんの言葉に、お父さんが首を傾げる。ジナルさんも不思議そうな表情をしている。

「物理的に壊そうとしたんだ。魔法陣が刻まれているのは、石だったしな。だが、何をしても壊れないんだ。で、団長に頼んで術を解いている自警団員を借りて、もう一度挑戦したんだが、それでもだめだった」

物理的にも魔法でも駄目？

「結界が張ってあるのか？」

「それが、結界の反応はないんだ。それでソルかソラだったら何とか出来ないかと思って。悪い、アイビー」

ギルマスさんが、私に向かって頭を下げる。

「ぺふっ」

「頭を上げてください」と言おうとすると、ソルがピョンと机の上に乗ってくる。そして、私の目の前に来ると体を斜めにする。

「ソル、協力してくれるの？」

「ぺふっ」

ソルの鳴き声に、ギルマスさんがぱっと顔を上げる。お父さんとジナルさんは、そんなギルマスさんを睨みつける。

「お父さん、ジナルさん」

窘《たしな》めるとギルマスさんが苦笑した。

「しかたないよ。巻き込むなって言いたいんだろうからな」

「わかっているじゃないか」

ジナルさんの言葉に、ギルマスさんは肩を竦めた。

「ぺふっ、ぺふっ」

ソルの様子を見ると、ぴょんぴょんと机の上で飛び跳ねている。その様子は、急いでいるというか急かしているというか……。

「アイビーが協力するとして、他の奴らに見られない様にはするんだろうな？」

ジナルさんの言葉に、当然と頷くギルマスさん。

「その準備は、アーリーとジャッギがしている。だから大丈夫だ」

「ぺふっ、ぺふっ」

少し焦った様に鳴くソルに、お父さんたちが首を傾げる。

「行きませんか？　ソルはすぐに行きたいみたいです」

「ぺふっ」

ソルが正解という様に、うれしそうに鳴く。なぜそんなに急ぐのか不思議に思いソルを見つめる。

「そうだな、行こうか」

お父さんもソルの様子に何かを感じたのか、すっと立ち上がると支度を始めた。

「シエル、森へ行くまでスライムの姿になってくれる？」

ソルの様子には疑問があるが、魔法陣がある場所に行けば何かわかるだろう。

「にゃうん」

すっと姿を変えるシエル。ソルやソラたちが入っているバッグへ入れると、玄関へ向かう。玄関にはギルマスさんが、待っていた。

「ごめんな」

「いえ、大丈夫です。そういえば、冒険者の人たちも動ける様になったんですね」

さっき、魔法陣を探しに行くのに冒険者の人たちに命令したと言っていた。それって、術が解けて動ける様になった冒険者がいるって事だよね？

「あぁ、アイビーが団長に渡してくれた魔石のお陰で、予定よりかなり早く術を解いていってるんだ。術を解いている者たちから話を聞いたが、体への負担はほんの僅かしか感じないと言っていた。ありがとうな」

「いえ」

それでもほんの僅かは感じるのか。大丈夫なのかな？

「どうした？」

「いえ。……負担を僅かには感じているって事ですよね？　大丈夫なんですか？」

「ん？　大丈夫だろう。調子を聞いたら、問題ないと言われたし、何だかすごく元気だったし」

すごく元気？　だったら、大丈夫なのかな？

442話　ソル、怒り

村を出ると、フィーシェさんが待っていてくれた。フィーシェさんの案内で森の中を進む。

「あれっ？　森が変わったのか？」

「気付いたか？」

お父さんの言葉に、フィーシェさんが答える。ジナルさんも、不思議そうに周りの森を見渡す。

「森から受ける印象というか、雰囲気が変わった感じだな」

ジナルさんの言葉に、全員が頷く。見た所、変わった所はない。にも拘らず、違うと思うほど森から受ける印象が異なっていた。

「俺たちも森に出て気付いたんだ。ただ、嫌な感じはしないし、様子を見ようという話で纏まった」

フィーシェさんの言葉通り、変わったが特に不快感は覚えない。ただ、変わったと思うだけ。それも不思議な事なので、森を見ながら首を傾げる。周りに気を取られていると、肩から下げているバッグがごそごそと動いている事に気付く。

「あの、シエルたちを出しても大丈夫ですか？　他の冒険者の人たちや自警団員の人たちは、何処にいますか？」

「彼らは既に村に帰したから、出しても大丈夫だよ」

フィーシェさんの言葉に、立ち止まってバッグを開ける。飛び出してきたのはシエル。すぐに元の姿になると、周りを見渡した。

「かっこいいな。本で見たのより体ががっしりしてるか？」

アダンダラになったシエルを見て、フィーシェさんがうれしそうに笑う。次にソルがバッグから出てきて、最後にソラとフレムが同時にバッグから出てきた。

「元気だな。では、行こうか……おいっ、フィーシェ！」

シエルを見てニコニコしていたフィーシェさんを、ジナルさんが後ろから叩く。

「あ～、悪い。こっちだ」

しばらく歩くと、見えてきた私の背ぐらいある石。その石の近くに、倒れた木に座るガリットさんの姿が見えた。

「色々試したんだな」

お父さんの言葉にフィーシェさんが苦笑する。

「どれも役に立たなかったけどな」

視線の先のガリットさんの周りには、色々な道具が転がっていた。石を割る為に準備したマジックアイテムの数は、ぱっと見ただけでも一〇個以上。すべてが壊れているのが見てわかった。石は、相当硬いようだ。

「待たせたな」

「大丈夫だ。さっきから変化はない」

フィーシェさんがガリットさんに手を挙げる。ガリットさんは、座っていた倒れた木から立ち上がった。

「変化ってなんだ？」

ギルマスが石に近づく。すると、石がふわりと浮き、刻まれている魔法陣の文字が次々と強く光りだす。

「ギルマス、離れろ！」

ガリットさんの声に、ギルマスさんがすっと後ろに一歩下がる。

「ぺふっ！　ぺふっ！　ぺふっ！」

ソルの少し低くなった鳴き声に驚いて視線を向ける。視線の先には、石をぎろりと睨みつけるソル。その姿に驚いていると、勢い良く石に向かって行ってしまう。

「えっ！　ソル、危ない！」

私の声にお父さんが慌ててソルを止めようとするが、ソルは勢いを止める事なく石に向かって大きく飛び跳ねた。次の瞬間、ソルの体が大きくなり、がばっと口を開け、その勢いのまま石を呑み込んでしまった。

ピシリッ。

ソルが石を呑み込んだ瞬間、大きな音がした。

「「「「えっ？」」」」

石をよく見るために近づくと、大きなヒビが入っている事に気付いた。

「割れた」

ガリットさんの言葉に、フィーシェさんも唖然としながら頷いている。

「ぺふっ！」

ソルは石を吐き出すと、上に飛び乗り何度も飛び跳ねる。その度に石にヒビが入っていく。

ピシリッ、ピシリッ。

ヒビが石の上から下まで入ると、強く光っていた文字の光が徐々に失われだす。

「すごく簡単に壊している様に見えるが……」

ジナルさんの言葉に、フィーシェさんとガリットさんが首を横に振る。

「いや、本当に何を使っても壊れなかったんだって」

「まぁ、あれを見たらすごく簡単そう……あっ、金槌？　え、どうやって持っているんだ？」

「あぁ、ソルには、触手があるから」

「「「えっ！」」」

お父さんの何気ない言葉に、ジナルさんたちが驚きの声を上げる。それを気にせず、石の傍に置いてあった金槌を振り回し、どんどん石を砕くソル。

ガン、ガン、ガン。

「ソル、暴走」

お父さんの言葉に、ジナルさんが笑いだす。

「あの金槌では割れなかったよな？」

ガリットさんがフィーシェさんに確かめる様に訊く。

「あぁ、まったく割れなかったんだが……割れてるな」

「あれはマジックアイテムか？」

お父さんの質問に、苦笑を浮かべたジナルさんが答える。

「あれは、レアなマジックアイテムだよ。これまでも結構役立ってくれた。かなり硬い物や魔法が掛かっている物も壊す事が出来たからな。本当に、あの金槌でも割れなかったのか？」

ジナルさんの言葉にフィーシェさんが頷く。

「俺ではまったく」

「それより、ソルはあの石が何か知っているのか？」

ギルマスさんの言葉に首を傾げる。確かに、知っていないとあれほど壊そうとは思わないよね。

「ぺふっ」

金槌を放り投げ、やり切った様なソル。砕いた石は徐々にその淡い光を失い、完全に真っ黒な石に変わった。あれ？　何だろう？　ずっと感じていた、疲れを感じなくなった様な……。それを不思議に思いながらお父さんを見ると、視線が合った。

「アイビー、体は大丈夫か？」

お父さんの質問に首を傾げる。

「うん。大丈夫。何か、体がすっと軽くなって疲れが消えた感じがしたけど……元気になったのかな？」

「そうか。アイビーもか」

私も？　お父さんが、真っ黒に変わり果てた石を見る。そういえば、あの石は何の役目があってここにあるって言っていたかな？　何だろう、いきなり気になりだした。えっと確か、異の国の記憶と異の国のスキルを持つ人の動きを制限する為だったかな。あれそれって、私とお父さんに当てはまるよね？

「どうした？　何かあったのか？」

ギルマスさんがお父さんと私の雰囲気がおかしい事に気付き、心配そうにする。他の三人も私たちを見た。

「ギルマスさん、石が黒くなった時に何か感じましたか？」

私の質問に少し考えたが「いいや」と首を横に振る。ジナルさんたちを見るが、全員が首を横に振った。という事は、さっきの感覚は私とお父さんだけという事か。

「ぺふっ」

ソルがピョンと心配そうに私の傍に寄ってくる。もしかしたら知っていたのかな？　私とお父さんが、あの石に刻まれた魔法陣に影響を受けている事を。でも、知っていたらソルは絶対に伝えてくれた筈。

「ありがとう、ソル。もう大丈夫」

ソルが壊してくれなかったら、どうなっていたんだろう？　何だか怖いな。ぶるっとした体をお父さんが、ポンポンと撫でてくれる。

「ドルイド、俺たちに話せる事か？」

ジナルさんが、お父さんをじっと見る。

「少し、時間が必要だ」

「そうか、わかった」

ジナルさんは頷くと、ギルマスさんたちと話し出す。どうやら、ここ以外の石がどうなっているのか確認しに行くようだ。しばらくすると、四本の木の枝を持ったジナルさんが戻って来た。何をするんだろう？

「当たりを引いたら、ここでアイビーたちの護衛な」

ジナルさんの言葉に、ガリットさんたちが頷く。もしかして誰が石を見に行くかを、この枝で決めるの？

「一本だけ短くして、隠す様に握ってくれ」

あっ、それが当たりなんだ。

「わかった」

お父さんは、ジナルさんが離れるのを確認してから、四本ある木の枝の一本だけを短くして見えない様に握る。

「いいぞ」

ジナルさんたちがそれぞれ木の枝を選ぶと、せーのでお父さんが手を開く。

「やった。じゃ、よろしくな」

ジナルさんが短い枝を引いたようで、他の三人に手を振る。私も手を振って見送る。

「シエルと遊びたかったのに！」

フィーシェさんの言葉に、苦笑が浮かぶ。

「ふふっ、行ってらっしゃい」

「しっかり石を確認して来いよ～」

ガリットさんたちは、溜め息を吐くと来た方向とは逆の森へ向かって歩きだした。

「落ち着いたら、村に戻っておいてくれ。団長の家は……駄目だな。俺の家で集合な」

ギルマスさんが、家の鍵をお父さんに渡すとすぐに歩き出した。

「気を付けてくださいね」

443話　違う世界

「あ～、俺のほうがいいか？」

ジナルさんが、お父さんと私を交互に見る。そのちょっと困った表情に苦笑が浮かぶ。ジナルさんたち『風』は、調査員であり裏仕事まで任されるすごい人たち。そのすごい人たちの一人を困らせているなんて、ちょっとおもしろいな。

「アイビー？」

ジナルさんが私をじっと見る。

「ソラ！　ジナルさんは問題なし？」

私の言葉にジナルさんが首を傾げる。ソラは、割れた黒い石の上で遊んでいたが、すぐに「ぷっぷぷ～」と答えてくれた。ソラのお墨付きも貰ったし、大丈夫。

「異国の記憶と異国のスキルが、私とお父さんに当てはまるんです」

「あ～、ギルマスが言ってた……なるほど、そうか」

あれ？　思っていたより、普通の反応だ。

「ん？　…………アイビー！　ドルイド！」

「はい！」

「何だ？」

いきなり、ぐわっと私の肩を掴んだジナルさん。その目がちょっと怖い。

「体は？　体調は？　魔法陣の影響は？　すぐに団長の所に行って、エッチェーに体を見てもらおう」

驚いた。それより体も体調も同じ意味ではないかな？　私が、唖然とジナルさんを見つめていると、慌てだすジナルさん。

「アイビー、体調が悪いのか？　ドルイドは、何を笑っているんだ？」

お父さんを見ると、背中を向けているが笑っているのがわかった。声を抑えているからなのか、おかしな音も聞こえる。

「おい、ドルイド？」

まぁとりあえず、ジナルさんを落ち着かせようかな。

「ジナルさん、落ち着いてください。私もお父さんも大丈夫です」

「そうか？　だが、得体のしれない魔法陣だ。何かあってからでは困るからな」

ジナルさんが、私の全身を見て小さく頷くと、お父さんを見た。何だかずっと掴み所のないジナルさんだったけど、今の彼はとても身近に感じる。

「本当に大丈夫です。それに何かあったら、ソルたちが知らせてくれます」

その言葉に、はっとした表情のジナルさん。慌ててソラたちを探して、ホッとした様子を見せた。

「悪い……ところで、異の国って何だ？」

ジナルさんの言葉に、笑いがようやく収まったお父さんが私を見た。それに頷く。隠すと魔法陣の説明が出来なくなる。

「異の国とは、ここと違う世界という意味だろうな」

お父さんの言葉に、首を傾げるジナルさん。

「ここと違う世界？　ここと違う……幼い時に読んだ物語にそんな話があったな。違う世界から迷い込んだ男の子が、この世界を冒険する話だったな」

そんな物語があるんだ。少し、気になるな。

「異の国つまり、違う世界の記憶と違う世界のスキルって事か？」

ジナルさんが、不思議そうに私とお父さんを見る。

「そうだ」

お父さんが頷くと、真剣な表情で考え出すジナルさん。

「違う世界の記憶を持っているって事か？　それにスキル？　違う世界のスキル？　……なっ！　すごい事じゃないか！」

理解した途端、慌てだしたジナルさん。

「外で話していい内容じゃない。すぐにギルマスの家に行こう。その前に、アイビーとドルイドはエッチェーに体を見てもらおう」

やはり私たちの体が心配なのか、エッチェーさんに見てもらうのは決定の様だ。それにしても、なぜエッチェーさんなのかと首を捻る。元暗殺者だよね？　人の体を知らないと、駄目な仕事なのかな？

「それでいいか？」

ジナルさんがお父さんに確認を取る。それに苦笑して、了承するお父さん。心配をかけるのは不本意なので、納得してくれるなら協力するのは別に構わない。

「ちょっと待っててくれ」

ジナルさんが散らばっているマジックアイテムを拾い集めていく。それを手伝いながら、砕けて黒くなった石を拾う。

「どうした？　何か感じるか？」

お父さんも石の欠片を拾い、見つめる。

「何も感じないけど、こんなに真っ黒の石を見た事ないから」

手に持っている石を見る。黒い鉱石などは見た事があり、別に黒い石が珍しいわけではない。でも、手に持っている黒い石は見つめているとぞわっとした気持ち悪さを感じる様な……。

「何だろうな。見ていると深い闇を覗いている様な気になってくる」

お父さんの言葉に、頷く。おかしいと思うが、その言葉がすごく合っている気がした。

「待たせたな、行こうか。あっ、それは団長に見せたいから、拾っていこう」

黒い石を捨てようとすると、ジナルさんが止める。確かに団長さんに見てもらったほうがいいかとジナルさんに渡す。彼は、手に持った黒い石をじっと見る。

「不気味だな」

ジナルさんは、石を小さな袋に入れると腰から提げた。

「よし、忘れ物はないな。帰ろう」

スライムになったシエルが、いつもの様にソラと競争をしている。今日は、飛び跳ねた先でぶつかって競うゲームらしい。

「……お父さん、あれはどうなったら勝ちなの？」

「ずっと見ているが、よくわからない。反動の大きいほうか？　ぶつかった時の痛みか？」

遊んでいる二匹を見ているが、勝ち負けがよくわからない。首を傾げていると、フレムが二匹の元へ行き参加しだした。三匹が飛び跳ねた先でぶつかると、フラムが一瞬体を少し大きくした。そのせいなのか、ソルとシエルがフレムより少し遠くへ弾き飛ばされる。

「フレムが参加するのは珍しいな」

お父さんの言葉に頷く。いつもはちょっと遠巻きに見ている事が多いのに。なぜか今日は、すごくやる気の様だ。ソルを確認すると、私の傍に寄って来るので抱きあげる。

「ぺふっ」

「魔法陣を止めてくれて、ありがとう。助かったよ」

しっかりとお礼を言うのを忘れていたので、しっかりと目を見てお礼を言う。ソルがちょっと恥ずかしそうにプルプルと震える。可愛い反応に、ついついギュッと抱きしめてしまう。

「ぺふぃ～」

ん？　いま、いつもと違う鳴き方だった様な気がする。まぁ、いいか。

「てりゅ～」

満足げに鳴くフレムの声に視線を向ける。見ると、シエルとソルが悔しそうにしているのがわかった。

「どうも、遠くへ弾き飛ばされると負けみたいだな」

何ともわかりにくいゲームだなと笑ってしまう。

「みんな、そろそろバッグへ戻ってくれる？」

私の言葉に、遊んでいたソラたちが私の元へ集まる。順番にバッグへ入れると、ジナルさんが感心した様子を見せる。

「やっぱり、すごいよな」

三人になって歩き出すと、ジナルさんが私を守る様にお父さんと反対側に立って歩き出す。

「何がですか？」

「テイムした魔物たちとの関係が、見た事ないほどいいからさ」

「心を通わせようと思ったら、いい関係が築ける様になると思いますよ」

「アイビーたちを見ていて、そう思う様になった。話だけ聞いても、なかなかな」

ジナルさんが肩を竦める。確かに聞くより、見た方が理解しやすいよね。

「お疲れ様です」

初めて見る門番さんたちに挨拶をしながら村へ入る。それに少し寂しい気持ちが湧き上がる。話をしっかり聞いたわけではないが、元いた門番さんたちは全員助からなかった様だ。

「村の人たち、混乱してますね」

「どうやら説明があったようだな」

私たちが森へ行っている間に、この村に起こっていた事が説明された様で、村人たちがいつもと違った。

「あっ！　いた～」

大通りを歩いていると、メルメの肉の漬け焼きを食べて一緒にがんばったコウルさんとリジーさんがこちらに駆け寄ってくる。

「良かった。広場に行っても姿が見えないし、団長からはすごい話を聞いて二人に何かあったんじゃないかって」

コウルさんの話を聞くと、心配で捜してくれていたのがわかった。

「大丈夫です。今、この村で知り合った人の家にお世話になっているんです」

「そうなの？　それにしても聞いた？　怖いわよね」

リジーさんが自分の腕をさすりながら言う。その表情は少し強張っている。

「団長とギルマスが元に戻ったんだ。もう大丈夫だよ、きっと」

そういうコウルさんも怖いのか、少し声に緊張感があった。

「村の様子はどうですか？　混乱とか起きてないですか？」

混乱は、人をおかしな状況に走らせる。今この村は、小さな混乱でも対応に困るだろう。

「それは大丈夫。団長さんが関わった者たちは既に捕まえたって言ってくれたから」

そうか、だったら大丈夫かな。

「そっか。良かった」

「そうだ。屋台、繁盛してるのよ。食べに来て！　おまけをつけるから」

「悪い。今日はこれから用事があるんだ。落ち着いたら行くよ」

お父さんの言葉に、残念そうな表情のコウルさんとリジーさん。少し落ち着いたら屋台のほうに行く事を約束してから、別れる。

「心配掛けちゃったね」

「そうだな。明日ぐらいに、食べに行くか」

「うん」

いつまでこの村にいられるかわからないから、なるべく約束はすぐに実行していこう。

444話　ソルの真実

団長さんの家からエッチェーさんを連れてくる事になったので、ジナルさんとはギルマスさんの家の前でいったん別れる事になった。

「大丈夫ですか？　エッチェーさんが来たら目立ちそうですけど」

彼女が団長さんの家で働いている事は有名だから、そんな人がギルマスさんの家に来たらきっと目立つ。

「大丈夫。彼女とわからなければいいだけだから。任せてくれ」

ジナルさんの言葉に首を傾げる。「わからなければいい」とはどういう意味だろう？

行ってしまったジナルさんを見送ってから、ギルマスさんの家の鍵を開ける。

「じゃ、またあとで」

「アイビー、少し話しを纏めよう。どうも、俺たちは知らない間に術に掛かっていた様だしな」

「うん」

ソルに術を解いてもらったから大丈夫だと思っていたんだけど、そうではなかったという事だよね。ただ、術を解いたあとにまた術に掛かる心配をした時「大丈夫」だとソルは判断していた。あれは、どういう事だったのか色々考えてみたが、情報が少な過ぎてわからなかった。ギルマスさんの家に入ると、すぐにソルたちをバッグから出す。

「ソル、色々聞いて大丈夫？」

「ぺふっ」

「ありがとう」

食事をする部屋に入ると、小さく溜め息を吐く。

「お茶を用意してくるから」

お父さんの言葉に、慌ててあとを追う。

「疲れているだろう？　座っていていいぞ」

「疲れているというより、頭が混乱しているかな」

私の言葉に、お父さんが頷く。お茶の用意と、少し甘めのお菓子の用意をして食事をする部屋に戻る。シエルが小さいが元の姿に戻っていた。まぁ、一回許されたのだから問題ないだろう。

「ぺふっ」

座ってお茶を飲んでいると、机の上にソルが乗って来る。そして、私とお父さんを見上げる。

「今日は、ありがとう。ソルがあの石を壊してくれたから術から解放されたよ」

しっかりと目を見てお礼を言う。本当にソルがいなかったら、どうなっていたか……考えると怖い。

「ぺふっ」

「ソル、色々訊きたい事があるんだけどいいか？『はい』の場合は返事をしてほしい。『いいえ』の場合は、無視してくれ」

「ぺふっ」

「ありがとう」

とりあえず、何を訊けばいいのかな？

「えっと、ソルはあの魔法陣がどんな影響を及ぼすのか知ってたのかな？」

まぁ、知らなければあんなに壊す事はないよね。

「……」

「「えっ？」」

ソルの無言の返答に、お父さんと驚いてしまう。知らない？　知らないのに、あんなに怖い雰囲気で壊したたっていう事？

「えっと、知らないって事だよね？」

確認する意味で問いかける。

「ぺふっ」

そうか、知らなかったのか。では、何であんな怖い雰囲気であの石をあんなに攻撃したんだろう？　さっきは「どんな影響」と、訊いたんだよね。

「どんな影響を及ぼすのかは知らないけど、私とお父さんに悪い影響を与えると思ったとか？」

「ぺふっ」

なるほど、だからあんな風に豹変したんだね。いつから知っていたんだろう？　というか、知っていたら絶対に知らせてくれる筈だから……。

「あの魔法陣が俺たちに影響を及ぼすと知ったのは、あの場所で魔法陣を見た時か？」

「ぺふっ」

魔法陣を見るまで知らなかったのか。そうだ、ずっと気になっていた事を訊いてみようかな。

「ねぇ、ソル。私とお父さんから離れようとしてるよね？」

時々、窓から外をじっと見つめているソル。あの雰囲気を見て、別れが近いのではと考えていたんだけど……。ソルを見ると、不思議そうに私を見つめている。えっと、私の勘違い？　それだと、その事を真剣に悩んでいた事とか、ソルの決めた事だから応援しようと一生懸命思い込もうとしていた私が恥ずかしいんだけど……。

「…………」

返事はなしか、私の勘違いだったんだね。だってね、後ろから見たら哀愁みたいなのを感じた様な……あれも気のせいだったのか。

「でも、だったらどうしてあんなに真剣に外を見ていたの？　魔力を感じたとか？」

「ぺふっ」

ん？　魔力を感じたから外を見てたの？

「ソルは……どう訊けばいいんだ？　あ～、遠い場所にある魔力を感じられるのか？」

「ぺふっ！」

お父さんが迷いながらソルに訊く。

「……そうか」

なぜかうれしそうに答えたソルに、首を傾げるお父さん。私も、ソルの気持ちがちょっとわからない。興味はあるけど、今は他の気になる事を訊いておこう。

「ソル、広場で術を解いてくれた事があったでしょ？」

「ぺふっ」

「その時に、もう術には掛からないって言ってくれたよね？」

「ぺふっ」

「でも、石に刻まれた魔法陣の術に掛かったよね？」

「……ぺふっ」

あっ、すごく落ち込んでしまった。これは、ソルも予測出来なかったって事かな？

「術に掛かったのは予想外だったの？」

「ぺふ〜」

あ〜、本気で落ち込んでいる。でも、訊いておかないと駄目だし。

「ごめんね、ソル。落ち込まないで、ソルのお陰で助かったんだから」

「ぺ〜」

ソルの頭をゆっくり撫でる。それでもなかなか気持ちが復活しないのか、目が悲しそう。

「てりゅ」

フレムの声が聞こえたと思ったら、机の上に飛び乗ったフレムはソルにそっと寄り添った。ソルも、フレムにプルプルと甘えだす。

「ん？」

スライムには雄雌の区別ってあるのかな？　お父さんを見ると、お父さんも驚いた表情でソルとフレムを見ている。どうも、知らない様子。まぁ、二匹をそっと見守っていこう。

「フレム、ありがとう」

ソルはフレムにお任せして、ここまででわかった事は。ソルは遠くの魔力を知る事が出来て、石に刻まれた魔法陣はソルですら予測出来なかった。あの魔法陣が相当な規格外って事になるよね。それに、異の国の記憶持ちとスキル持ちを狙っている魔法陣だった事を考えると。私たちの様な存在がいる事を、知っている人がいるという事になる。しかも、邪魔に思っている。そして最悪な事に、知らない間に排除されそうになっているのと……。何だろう、巻き込まれない様にしてきたのに、最初から中心に立たされている気分だ。これって逃れようがないよね？

「ソル、この村で魔法陣が使われていた事を、この村に来る前から知っていた？」

「…………」

お父さんの質問に、ソルは無言でお父さんを見つめている。

「…………」

ソルの冷たい目にお父さんが慌ててソルの頭を撫でる。

「悪い、ソル。えっと、ただの確認だから」

疑う様な訊き方をするから、ソルに冷たい目で見られるんだよ。

「ふふっ、ソル。一つ一つ疑問を潰しているだけだから許してね」

「ぺふっ」

えっと、ソルの事で今わかっている事を纏めると。ソルは魔力に興味があるし遠い魔力を感じる事が出来る。でも、その魔力がどんな種類の物かはわからないって事だよね。

「ソルは魔法陣を見たら、危ないものかどうかは確認出来るんだよね？」

「…………」

えっ、無言？　あれ？　魔法陣を見た時ってさっき……魔法陣じゃないとしたら……魔力？　……魔法陣の魔力？

「魔法陣の魔力で、良いものか悪いものかを判断してるの？」

「ぺふっ」

なるほど、本当に魔力だけで判断してるのか。何だか、話を聞けば聞くほどソルって不思議な存在だよね。遠くの魔力を感じて、窓から外を見つめるソル。魔力を食べるソル……ん？

「……遠くに感じる魔力を、おいしそうとか思っていたりして」

「ぺふっ！」

「「…………」」

なるほどね。そりゃ、哀愁も漂うよね。魔力を感じても、遠いんだもん。あっ、いや～まさかね……。

「ねぇ、ソル。感じた魔力が食べたくて、私たちから離れようと考えた事ある？」

「……………ぺふっ」

あははは っ、今のところ食欲より私たちが勝ってるみたいだね。

445話　テイムの条件

ソルのあの長い間に悲しいやら、選んでくれてうれしいやら。笑って自分を誤魔化したけど、何とも複雑な心境になってしまった。

「ぺふ？」

ソルの不思議そうな表情に、もう少し突っ込んで訊きたくなる。あとで悔やんだりしないかな？

……あ～、やっぱり気になる。

「えっと、最近は？　最近も離れようと思った事はある？」

「……」

良かった～。さっきの間の時みたいに悩む事なく、じっと私を見つめ返してくれた。一緒にいる事で、いい関係が築けたのかな。

「良かったな」

お父さんが、私とソルの頭を撫でる。それに頷くと、ソルもうれしそうにぷるぷると揺れた。

「それにしても、俺たちは真剣な話が続かないな」

そういえば、いつもなぜかゆるい話になるよね？　私が首を傾げると、なぜかソルも体を斜めにしてきょとんとした表情をした。可愛い。

「私たちらしいよね」

笑って言うと、「確かに」とお父さんが頷く。二人で笑っていると、ソラがピョンとお父さんの頭に乗ってくる。

「ぷっぷ～」

その声がちょっと不服そう。ソルとだけ話をしていたので、ちょっと拗ねているみたいだ。

「ごめんね。ちょっと大切な話をしていたから」

「ぷっぷぷ～」

ソラを撫でていると、フレムも傍に寄ってくる。順番に撫でると、みんな気持ち良さそうな表情をして体がプルプルと揺れていた。

「ソル、気になる魔力があったら教えてね。少しは希望に沿える様にがんばるから」

シエルやソラの希望で、道を外れて森の奥へ行く事は頻繁にある。ソルの希望で寄り道をしても、さほど問題はないだろう。みんなが満足する旅をしたいからね。

「ぺふっ！　ぺふっ！」

あっ、すごくうれしそう。ずっと我慢させてきちゃったのかな？　そっと頭を撫でる。

「あっ、えっ？　お父さん！　ソルに印が！」

ソルの頭を撫でていると、スーッとテイムの印が浮かびあがってきた。いや何で？　魔力なんて与えてないのに。

「すごいな」

お父さんが隣に来て、ソルの印に触れる。

「アイビーの魔力で間違いないみたいだ」

ソラとフレムがうれしそうに部屋中を飛び跳ねだす。シエルの尻尾が……あとで片付けよう。

「ソル、いいの？」

「ぺふっ！」

ソルもうれしそうなので問題ないかな？　それにしてもテイムの条件がさっぱりわからない。あの瞬間に何があったっけ？　ソルの事を知って、それでなるべくソルの希望に答えたいと思って……それだけだよね。

「お互いに寄り添う事がテイムの条件なのかもな」

寄り添う？　それは、一緒にいるんだから当たり前の事ではないかな？　どちらかが我慢し続ける関係はおかしい。

コンコン。

「ん？　ジナルたちか？」

そういえば、ジナルさんが団長さん宅へ行ってからちょっと時間がたっているよね。

「俺が出てくるな」

「うん。お茶の用意しておくね」

調理場へ行き、ジナルさんとエッチェーさん、二人分のお茶を用意する。

「お邪魔します」

あれ？　今の声はギルマスさんかな？

「アイビー、三人分頼む」

「わかった〜」

もう一つお茶の用意を追加して、お菓子も色々と用意する。何だかお腹が空いてしまった。食事をする部屋に戻ると、ジナルさん、ギルマスさんと初めて見る人が一人。

「えっ？」

シエルがそのままだけどいいのかな？　いや、よくないよね？　お父さんを見ると、苦笑を浮かべていた。

「えっと――」

「体の調子は大丈夫かしら？」

「えっ？」

目の前にいるのは、少し背の低い男性。なのに、女性の声が聞こえてきたので驚く。しかも聞こえてきた声は、何処かで聞いた事がある様な気がした。男性を見る。やはり知らない顔だ。声だけで考えてみる。

「エッチェーさん。えっ？　エッチェーさん？」

彼女の声にそっくりな事に気付く。

「えっ、何を……あ〜、ごめんなさい。変装してるんだったわ」

見た目は完全に男性なのに、女性の声。すごい違和感しかない。

「どうして、そんな恰好を？」

「私が誰かわからない様にする為よ。完璧でしょ？」

「はい」

何処をどう見ても、初めて見る男性だ。

「すごいですね。エッチェーさんだと思って見てもわからない」

「昔の仕事で活躍したのよ、変装！」

それって暗殺で、ですか？　なんて、訊けないよね。

「そうなんですか？」

「そう。近づけば近づくほど仕事がやりやすくて」

あぁ、完全に暗殺ですね。

「そうだ！　聞いたわ。体の調子がおかしいのでしょ？」

「えっ？」

「違いますよ。大丈夫か見てほしいだけです」

お父さんの言葉に、エッチェーさんがジナルさんを見る。

「あれ？　言い間違えた？」

ジナルさんの返答に、エッチェーさんが溜め息を吐く。

「まったく。まぁ、いいわ。体に魔力を流しておかしな所がないか調べるわね」

「はい。お願いします」

エッチェーさんだとわかっているけど、見た目が違う為、変に緊張してしまう。それに男性から、知っている女性の声が出てくるのも違和感しかない。ドキドキしながら、エッチェーさんに向かって両手を出す。彼女は私の両手を軽く握ると、目を閉じて私の体に魔力をゆっくりと流した。柔らかい魔力が体を通り抜ける。

「大丈夫そうね」

「ありがとうございます。医者だったんですね」

薬師だと思った時期もあったな。

「医者は色々と便利なのよ」

便利？

「医者って、何処にでも入り込めるから」

なるほど。エッチェーさんがお父さんの体を調べだす。心配で様子を窺うが、問題ないと言われていた。良かった。

「それにしても、すごい魔物が部屋にいるわね。本で見た事があるわ。えっと……アダンダラだったかしら？」

「お茶をどうぞ」

エッチェーさんが、シエルを見て感心している。

「あら、すぐに戻るわ。目を離すと馬鹿な事をする患者を一人置いてきているから。ふふふっ」

それって団長さんの事かな？　何をしたんだろう。今、本気で目が怖かったんだけど。

「何かしたのか？」

お父さんも気になったのか、エッチェーさんに訊くとニコリと音がしそうな笑みを向けられていた。訊かなくて良かった。

「あの馬鹿、自分も試す必要があるとか言って、魔法陣をあの体で発動させたのよ。ふふふっ」

こわい、すごく怖い。というか、団長さんも何をしているの！

「まぁ、今は王都から連絡がきていたから、馬鹿な事はしないでしょう」

王都からの連絡？　魔法陣についてかな？

「何か情報が？」

お父さんの質問にギルマスさんが頷く。

「この村以外にも、魔法陣の実験に使われた村が見つかったんだ」

「「えっ！」」

この村以外にも？

「被害は？」

お父さんの質問にギルマスさんの表情が険しくなる。

「全滅だ。森の中にある小さな村だったから、誰もその村の異変に気付けなかった。連絡が途絶えていた事で調査が入り、一週間前に発覚したらしい」

全滅。

「そうか。他には？」

「俺はこっちに来たから、それ以上は聞いていない。まぁ、団長が上手く情報を聞き出しているだろう」

ギルマスさんの言葉にエッチェーさんが笑う。

「そうね。団長は情報を聞き出すのが上手いから、必要な事を聞き出せていると思うわ」

後で色々と聞けるかな。

「さて、私は戻るわ。大丈夫だと思うけど、心配だから。本当に手の掛かる患者なんだから」

「信用がないな～」

「あるわけないでしょ」

ギルマスさんの言葉に、真剣な声で答えるエッチェーさん。これまでの関係があるからそう言うんだろうけど、いったい何をしてきたんだろう。訊いてみたい気もするけど、あの怖い笑顔を向けられそうだから止めておこう。

446話　三日後

ギルマスさんとエッチェーさんが、団長さん宅へ戻っていくのを見送ると、食事をする部屋に戻る。

「はぁ、話がどんどんデカくなるな」

ジナルさんの言葉に、お父さんが頷く。確かに、何だか手に負えない話になっている気がする。

いや、元々持て余しているか。

「嫌な感じだ。ドルイド、すぐこの村を離れられるか？」

えっ？

「少し片づけはあるが、問題ない。アイビーはどうだ？」

すぐ……は無理だけど。確認して、準備して。

「一日あれば大丈夫。この村から離れたほうがいいんですか？」

「まだ、わからないが。でも、準備だけはしておいたほうがいいだろう。もしもという事があるしな」

ジナルさんの言葉に、神妙に頷く。もしもとは何だろう？　ギルマスさんたちが、何かしてくる可能性があるって事？

「あっ、ギルマスたちは大丈夫だ。そうじゃなくて、何ていうか……この村には、魔法陣を調べる調査隊が来るだろうから、早めに移動したほうがいい様な気がしてな」

調査隊？

「ここにいた痕跡は消せないから、調査対象になるかもな」

お父さんの言葉に、眉間に皺が寄るのがわかる。犯罪者を調べる印象が強いから、調査対象は嫌だな。

「そうなんだよな。こればっかりは団長やギルマスではどうにも出来ないだろうからな」

迷惑を掛けてるな。一度、調査隊と話をしたほうがいいのではないかな？　ここで村を離れると、逃げたと思われる可能性のほうが高い様な気がするし。

「一回、話をしたほうがいいのではないですか？　逃げたと思われそうだし」

「確かに逃げたと思われる可能性は大きいな。だが、調査隊として来る相手がな～」

問題でもあるのかな？　でも、調査する人なんだから、しっかりした人が来るわけじゃないの？

「まともな調査員はどれくらいいるんだ？」

ん？　真面な調査員？

「あ～、半分……ぐらいか？」

残りの半分は真面ではないという事？

「それって……駄目な組織ですよね？」

半分が真面に仕事しないなんて、組織として完全に駄目だと思う。どうして、真面に仕事しない人を辞めさせないんだろう？　辞めさせられない理由でもあるのかな？

「そうなんだが、ちょっとわけありでな」

やはり、辞めさせられない何かがあるって事か。しかも、簡単には話せない事情で。怖いな。それより……ジナルさんの表情が怖い。この話になってから、どんどん纏う空気が冷たくなっていく気がする。訊かないほうが良かったかな？　それにしても、ジナルさんは色々知ってるなぁ。

「ジナルさんは物知りですね」

調査員とはそんなに情報通なのだろうか？

「ジナルは裏の仕事もこなしているから、そっちで拾う情報のほうが多いだろう？」

あっ、そっちですか。

「まぁな。王家や、その周辺からの依頼が多かったから。色々と知ってしまったという感じだな。普段は無視してるよ。関わってもいい事ないし、俺たちは中立の組織に属しているしな」

王家やその周辺か。あれ、話しても大丈夫なのかな？　普通は契約で縛られて、話せないよね？

「話をしても大丈夫なんですか？」

「大丈夫。契約には引っ掛からない様に話しているから」

さすが、と思っていいのかな？

「アイビー、契約書はしっかり読めよ？」

「えっ！　はい。ん？」

ジナルさんのいきなりの言葉に、驚いて返事をしてしまったけど、何？

「ちゃんと読んでるか？」

「読んでますよ」

契約書は、とりあえずしっかり読む様にはしているけど。

「いいか、自分が中心に契約されている事をしっかりと確かめるんだ」

自分が中心？

「例えば、何かの判断が必要な時はアイビーが駄目と言ったら駄目と判断される契約書かどうかだ。これがもし相手に判断する権利があったら、契約しない。わかったか」

えっと、私が駄目と判断したら駄目で、相手に判断させない。あっ、なるほど私が中心という事か。

「わかりました。うん」

「わかってるか？」

「……たぶん」

つまり、私が契約後どんな内緒の話をしても私が内緒にしてほしいと思ったら、第三者に漏らさないよう私が中心の契約を結べって事だよね。私が中心でない場合は、第三者に話される可能性があるから……だよね？　ん？　ちょっと頭が混乱してる。どうしてか契約書を見ると苦手意識が出てしまうんだよね。ここで見る契約書はとても簡潔なのに。ん？　ここで見る契約書？　……また、前の私の記憶が邪魔してる？　何だろう、細かい文字の数枚にわたる契約書……なんて、この人生で見た事ないのに。

「はぁ～」

「大丈夫か？　そんなに難しい話をしたか？」

ジナルさんが不思議そうに私を見る。それに首を横に振る。

「ちょっと、記憶がこんがらがってしまって。大丈夫です」

今の私の契約書を思い出した。とても簡単に書かれてあって、どれも一枚だ。しかも、私が中心になる様な一文が入っている。ジナルさんが用意してくれた契約書もだ。

「ジナルさん、ありがとうございます」

私が頭を下げると、にこっと笑って頭を撫でられた。ちょっと雑に。髪がぐしゃぐしゃになるんだけど、まぁいいか。

「髪が傷む」

お父さんの声と同時にパシリッという音がした。見るとジナルさんの手の甲が少し赤くなっている。

「……俺の誤解は解けてるよな？」

誤解？　あっ、子供好き。

「もちろん」

「だったら、良くないか？」

そうだよね？

「…………そうだな」

何、その間は。

「……アイビーが恋人を連れて来たら、大変そうだな」

ジナルさんがお父さんを見て、少し呆れた表情をしている。髪を手櫛で直しながら、首を傾げる。

恋人って、まったくそんな気配ありませんが。

「アイビーが選んだのなら、反対なんかするわけないだろ？」

何の話になってるの？　というか、信じてくれているようでうれしい。

「本当か？」

「あぁ、ただ俺より強くて、シエルといい勝負が出来れば問題ない。アイビーを任せられる」

「えっ？」

「……いや、それは反対してるだろ？」

「してないぞ。ただ、守れるぐらい強いか見るだけだ」

お父さんを見る。ものすごく真剣な表情をしてる。本気だ。ジナルさんもお父さんを見て、顔が引きつっている。

「シエルといい勝負って……どんな強者だよ、それ」

私もそう思う。シエルを見ると、なぜか目がキラキラしてる様な……。えっ、シエルもやる気？

「私、まだ九歳なので」

私の言葉にお父さんは頷き、ジナルさんは私をちょっと憐れんだ目で見てきた。何で、こんな話になったの？

「新しいお茶でも淹れてきますね」

雰囲気を変えて、これからの話をしよう。でも、団長さん宅からの情報を聞きに行ったギルマスさんが帰って来ないと、話は進まないかな。そういえば、そろそろお昼の時間だ。お腹をさする。

朝食を食べてなかったからお菓子を食べ過ぎた。

「お昼どうしよう」

コンコン、コンコン。

「出るから、大丈夫だ」

ギルマスさん宅の扉を叩く音に、ジナルさんが玄関に向かう。とりあえず、お茶だけ用意しよう。

「わかった、三日後には出発する」

お茶を入れて、部屋に戻るとお父さんの声が聞こえた。

「三日後？」

私が部屋に入ると、ギルマスさんが少し苛立っているのがわかった。

「アイビー、悪い。調査員がこちらに来ている事がわかったんだ。団長でも抑えられない」

ジナルさんの言うとおりだ。もしもが起きたという事か。

「わかりました。えっと、三日後にはこの村を出発するって事ですね」

「そうなる。準備で必要な物は俺たちも手を貸すから言ってくれ」

「はい」

とりあえず、三日あるから大丈夫。

447話　あっ、ギルマスだった

「悪いな。俺の分まで作ってもらって」

そう言いながら、サンドイッチにかぶりつくギルマスさん。

「いえ、簡単なので大丈夫ですよ」

私も、お皿に載っているサンドイッチに手を伸ばす。今日は、白パンを使ったサンドイッチ。お昼の話になった時に、久々に白パンが食べたいと言ったらギルマスさんが大量に買ってきてくれた。なので、野菜とお肉を挟んだサンドイッチを作る事にした。お菓子の食べ過ぎでそれほどお腹が空いてなかった筈だけど、久しぶりのサンドイッチはおいしい。

「これって、『さんどーも』か？」

「さんどーも」とは何？　ジナルさんの言葉に首を傾げる。

「知らないか？　この村に来る途中に寄った村で見かけたんだけど」

「いえ、知らないです」

「さんどーも」なんて名前は初めて聞いた。

「そうなのか？　アイビーが作ったこれみたいに、パンに野菜と肉が挟まっていたけどな。ちょっと人気の屋台だったから、何を売っているのか確かめたんだ。まぁ、挟まれている肉の量が少なかったから、買ってはいないんだけどな」

もしかして、また名前が少し変わったのかな？

「これは、『サンドイッチ』です」

私が作るのは「サンドイッチ」です。それにしても、「さんどーも」か。ボロルダさんたちが広めた「さんどいもどき」がどうしてそんな名前になっているんだろう？

「そういえば、これに似た食べ物がオトルワ町では『さんどいもどき』という名前で売られているよな？　『さんどーも』に『さんどいもどき』に『サンドイッチ』か。似てる様な、似ていない様な……」

ジナルさんが首を傾げる。確かに、似ている様な、似てない様な、微妙な変化を遂げてる。それにしても、サンドイッチが載ったお皿を見る。白パンを大量に買ってきてくれたので、大量にサンドイッチを作った。残れば、マジックボックスに入れて好きな時に食べられるから。そう思っていたんだけど……残りそうにないな。

「うまいよな～。挟んである肉の味付けがいいよな」

ジナルさんの言葉に、食べながら頷くギルマスさん。ジナルさんもギルマスさんも、肉の味が気に入った様だ。

「こっちの肉はちょっとピリ辛みたいだ」

「こっちは、甘めだな」

ギルマスさんとジナルさんの口にどんどん入っていくサンドイッチ。味が気に入ったのはうれしいが、この二人はお父さん以上に食べた。ジナルさんの食べる量にも驚くが、ギルマスさんはもっと食べた。一番年上の筈なのに、すごい。

「ご馳走様です」

お菓子を食べていた事もあって、いつもより少しだけ少ないがお腹が一杯になってしまった。

「もう？　もっと食べないと大きくなれないぞ」

ギルマスさんの言葉に、苦笑が浮かぶ。ギルマスさんを基準に考えると、誰もが少食になりそうなんだけど。

「お昼の前に、お菓子を食べていたので。もうお腹が一杯です」

「そうなのか？　でも、栄養面を考えると食事はしっかりとれよ」

ギルマスさんの言葉に頷く。

「これでもアイビーは食べられる様になったんだけどな」

お父さんの言葉に、ギルマスさんとジナルさんが私を見る。確かに、前に比べると食べられる様になったと思う。

「前はもっと少なかったのか？」

「あぁ、今の半分ぐらいか？」

お父さんの言葉に、気まずい表情になるのがわかった。森で生活していた時も、旅に出たあとも満足に食べられる時は少なかった。そのせいなのか、食べようと思っても量を食べる事が出来なくなっていたらしい。その事を気付かせてくれたのが、ラットルアさん。旅をしているわりに食べる量が少なく、同じ年齢の子供より背が低くて痩せていると言われて心配された。

「半分！　よく、倒れなかったな」

ギルマスさんの手がすっと伸びてきて、手首を軽く握られた。

「……確かに、細いな。もっと、食え」

「今はお腹一杯ですし、少しずつ食べられる量は増えているので大丈夫です」

ギルマスさんから解放された手首を自分で握ってみる。細いかな？

「ぷっぷぷ〜」

ソラの声に視線を向けると、用意したポーションを食べきったのか、満足そうにしているのがわかる。フレムも、満足している様子なのでホッとする。捨て場に行けていないので、ポーションの数がいつもより少なかった。

「お父さん、捨て場に行けるかな？　もう、ポーションの予備もマジックアイテムもないんだけど」

「あ～、行く事は出来るだろうが……」

操られたシャーミが暴れていたから、森へは出られなかったけれどそれも落ち着いた。だから、捨て場に行く事は出来る筈。ただ、捨て場に行っても必要な物が揃うかどうかがわからない。森へ出る事を禁止されていた為、捨て場へゴミが捨てられていない可能性がある。

「捨て場に何をしに行くんだ？」

「ソラたちのご飯の確保が必要なんだ」

お父さんの答えにギルマスさんが少し考え込む。

「それは森の中の捨て場ではないと駄目なのか？　村の仮置き場にも色々揃っていると思うが」

村の仮置き場？

「森へ出られない場合、仮置き場を作ってそこに置いておくんだ」

「だが、そこは監視があるだろう？」

監視？

「あるが、俺はギルマスだからどうにでも出来る」

ギルマスさんの言葉に、彼を見つめる。どうにでも？　あっ！

「あっ、そうか。ギルマスだったな」

お父さんも忘れていたみたいで、はっとした表情でギルマスさんを見る。

「ひどいな。この村では結構な力を持ってるんだが？」

ギルマスさんがお父さんを見る。

「まぁ、ははははっ。ギルマスとしての風格がな～」

お父さんの言葉に、肩を落とすギルマスさん。

「まぁ、しかたないか。情けない姿ばかり見せているからな。それで、いつ頃人払いしておいたらいい？　明日でいいか？」

ギルマスさんの言葉に「はい」と頷く。本当にいいのかな？　でも、森の捨て場より村の仮置き場のほうが今は必要な物が揃ってそうだし。

「ギルマスさん、ありがとうございます」

「俺たちも助かるよ。ゴミを持って行ってくれるんだから」

そういえば、この村のテイマーたちはどうなっているんだろう？

「この村のテイマーたちはどうなんですか？」

「ん～、よくないな。処理能力がかなり落ちている。それに自信をなくしてな」

「そうなんですか」

「一つ、確かめたい事があるんだけどいいか？」

「はい、何ですか？」

ギルマスさんに視線を向けると、彼はソラたちがいるほうを見ている。それに首を傾げる。

「ソルにテイムの印がある様な気がして」

「あっ、そうなんです。ソルが認めてくれたみたいで、テイム出来ました」

「……そうか」

　ジナルさんもソルを見ている。

「テイムの方法って一つではないんだな」

「そうだな」

　ギルマスさんがおもしろそうに笑うと、ジナルさんもつられたのか笑った。

「どうしたんだ？」

「この村にはマーシャという有名なテイマーがいたんだが、彼女の言葉を思い出した」

　ギルマスさんの言葉に首を傾げる。

「彼女の言っていた事は誰にも理解されなかったんだが、彼女は亡くなるまで『魔力を必要とするテイマーは二流だ。力で抑えつけるのは外道だ！』そう言っていたんだよ」

「えっ？」

「彼女は一〇代の頃からこの考えを変えなかった。周りからは随分と馬鹿にされていたのにな」

　今の言葉って。

「マーシャは、能力が高かったから王都でテイマーをしていたんだ。だが、テイム方法に真っ向から逆らった為に、追い出されたんだよ。その当時は、まだテイマーたちの価値は今ほど重要ではなかったから」

「すごいテイマーさんですね」

　周りに馬鹿にされても、王都から追い出されても自分を貫き通すなんて。本当に強い人だったんだろうな。

「この村に来てからも、その考えは変えてなかったよ。だからすごいと言われる割には、他のテイマーたちに忌避《きひ》されていた。だが、今思えば、もっと話を聞いておけば良かったんだろうな。今のアイビーを見ると、彼女が正しかったのだとわかる」

私も会ってみたかったな。

「この村のテイマーたちに、マーシャの言葉を伝えるつもりだ。遅いかもしれないが」

「遅い事はないと思います。そうだよね？　みんな」

「ぷっぷぷ～」

「てっりゅりゅ～」

「ぺふっ」

「……にゃ？」

あっ、シエルは話を聞いてなかったな。

448話　ぐしゃ、しゅわ～

「ここだね」

ギルマスさんが指定した時間に仮置き場に来たが、想像以上のゴミが積み上がっていたので驚いた。いったい、いつからこの場所が仮置き場になっていたんだろう。シャーミが村の近くで暴れだしたのは、私たちが村に来てからだと思ったんだけど違ったのかな？

「あっ、来た来た」

声がしたほうに視線を向けると、アーリーさんが手を振っていた。

「今日は、ありがとうございます」

「悪いな」

私とお父さんが軽く頭を下げると、慌てて首を振るアーリーさん。何だか、前に会った時より私たちを見る目がキラキラしてる様な気がするけど、見間違いかな？

「こちらこそ、ありがとうございます」

アーリーさんの言葉に首を傾げる。お礼を言われる様な事を、した覚えはないのだけど。口を開こうとすると、バッグがもぞもぞと動いている事に気付く。どうやらソラたちの我慢が限界にきたらしい。

「ソラたちを、バッグから出してもいいですか？」

「もちろんです。あっ、ちょっとだけ待ってください。用意するので」

アーリーさんは出入り口から外の様子を窺うと、扉を閉めて鍵をかけた。そして、何かのマジックアイテムを起動させた。

「それは何ですか？」

「この建物を外から覗けない様にするアイテムです。まだ、チョルシを捕まえていないので」

まだ捕まっていないのか。それにしても、厳重に守られている様な気がするんだけど、気のせいではないよね。私に話す事が出来ない事で、何かわかったのかな？

「ありがとうございます」

でも、それは気にしてもしかたないよね。バッグの蓋を開けると、勢いよく飛び出してくるソラとソル。それに続いてフレムも飛び出し、最後にシエルが出てきた。

「ぷ～」

「りゅ～」

ソラとフレムがうれしそうに鳴くと、ゴミの山に突進していく。ソルは無言で、さっさとゴミの山を登っていた。

「すごい勢いですね」

「昨日のお昼から我慢をさせてしまったので」

ギルマスさんたちに必要のないポーションを貰ったが、それほど数は集まらなかった。ポーションを拾いに行こうとしたが、村全体がバタバタしていて危険と言われた為断念。手が空いている人もおらず、ソラたちには半日我慢をさせてしまった。

「俺たちも必要な物を拾っていこうか」

お父さんがマジックバッグの一つを私に渡してくれる。

「うん」

よしっ！　旅の途中に違法な捨て場があるとはかぎらない。というか、あったら駄目なんだけど……。なかった場合を考えて、バッグの限界まで拾おう。それにしてもソラとフレムはすごい勢いで食べていくな。ゴミが大量にあって良かった。

「手伝います。えっと、青のポーションと赤のポーションを拾っていけばいいんですよね？」

「そうです」

「かなり変色が進んだ物はやめたほうがいいですか？」

アーリーさんが、変色した青のポーションを私に見せてくれる。持っていたポーションは、元は青のポーションだった事がかろうじてわかるぐらいに濁り青色も薄くなっている。

「大丈夫ですよ。問題なく食べるので」

「わかりました。それにしても本当に瓶ごと消化するんですね」

あれ？　初めてソラたちの食事する光景を見るのかな？

「不思議というか、違和感があります」

アーリーさんの言葉に、ポーションを拾いながら苦笑する。最初から瓶ごとだったので、本に載っている事と違う事には驚いたが、すぐに違和感は消えてしまった。普通のスライムに慣れている人には、ソラたちの食事する光景に違和感があるんだろうな。

ぐしゃ、ぐしゃ、しゅわ～、しゅわ～。

「ん？　何の音だろ？」

ぐしゃ、ぐしゃ、しゅわ～、しゅわ～。

いつもと違う音が聞こえたので、周りを見渡す。

「アイビー、ソルだ」

お父さんの声に、視線を向けるとゴミの山を指していた。そちらに視線を向けると、ソルがマジックアイテムをそのまま口の中に入れていた。

「ん？　あれ？　はっ？」

予想外の光景に、言葉にならない音が口からこぼれる。というか、あれ？　ソルは、魔力だけを食べるスライムだよね？　でも、視線の先にいるソルは触手を器用に使い、マジックアイテムをソルの体より少し大きいぐらいに分解しては口に入れている。

ぐしゃ、ぐしゃ、しゅわ～、しゅわ～。

音からして、しっかり消化しているのがわかる。

「すごいっ」

後ろからアーリーさんの驚く声が聞こえる。うん、確かにすごい。私もそう思う。お父さんがソルの傍に寄ると、近くにあったマジックアイテムを渡す。ソルは迷う事なく、分解しては口の中に入れていった。

「これってアイビーがテイムしたからか？　それとも進化したとか？」

お父さんの言葉に首を傾げる。テイムした影響で、食べる物が変わるなんて本で読んだ事はない。それにスライムの進化？

「進化するんですか？」

ソルの傍に寄って、食べている所を間近で見る。

ぐしゃ、ぐしゃ、しゅわ～、しゅわ～。

豪快な食べ方だな。

「聞いた事はないな。アーリーは何か知ってるか？」

急に話を振られたアーリーさんが、首を思いっきり横に振っている。

「そうか」

ぐしゃ、ぐしゃ、しゅわ～、しゅわ～。

それにしても、ソラの剣と同じ様に消化が速い。ソラとフレムを探すと、二匹はソルを気にする事なく食事を続けている。シエルも、ゴミから少し離れた場所で寝っ転がって、尻尾をふわふわと揺らして休憩している。というか、いつの間に元の姿に戻ったんだろう？　気付かなかった。

「問題はないみたいだね」

お父さんも、ソル以外の三匹の様子を見て頷く。

「ソル、マジックアイテムはおいしいの？」

「ぺふっ」

満足そうなソルの鳴き声に問題はないと判断して、ポーション拾いを再開する。

「そっちはどうだ？」

お父さんの言葉に、バッグに入れたポーションを思い出す。

「青と赤を半分ずつで、もうそろそろバッグの限界。お父さんは？」

「こっちも似た様なものだな。アーリーはどうだ？」

お父さんが、ポーションを拾いながらちらりとアーリーさんを見る。アーリーさんは、バッグの中を覗き込むとちょっと情けない表情を見せた。

「すみません。青のポーションが七割ぐらいです」

「わかった。アイビー、次は赤のポーションを多めに拾ってくれ。俺はマジックアイテムを拾っていくから。アーリーも申しわけないが、マジックアイテムを拾うのを手伝ってもらえるか？」

「わかった」

「もちろん手伝います」

しばらく無言でポーションを拾っていると、アーリーさんがゴミの山を降りてくる。限界まで詰め込まれたマジックバッグをシエルの傍に置くと、次のマジックバッグを持って今度はマジックアイテムを拾い出す。

「そうだ、ソルはマジックアイテムに拘りとかないのかな？」

ソラとフレムが特定のポーションしか食べない様に、拘りがあったりしないのかな？　私の言葉に、アーリーさんの動きが止まる。

「そういえば、そうだな」

ゴミの山から下りていくお父さんを見ると、マジックバッグをシエルの傍に置いていた。次のマジックバッグを持つと、ゴミの山をソルに向かって登って行く。

「ソル、マジックアイテムならどんなものでもいいのか？」

ソルはお父さんをちらりと見ると、傍にあったマジックアイテムを遠ざけ、それより遠くにあったマジックアイテムを傍に寄せて食べ始めた。

「拘りがあるみたいだな」

お父さんが、遠ざけられたマジックアイテムを手に持ち確認している。マジックボックスのようで、特に問題がある様には見えない。それでも、ソルがそれを遠ざけた以上は食べる気がしないマジックアイテムなんだろう。

「よっと。これで最後」

限界までポーションを入れたバッグを担いでゴミの山を降りて、シエルの傍にバッグを置く。シエルがちらりと目を開けて私を見る。

「ソラたちのご飯の当番をよろしくね」

「にゃうん」

手が汚れている為、シエルを撫でられないのが残念。

「もう少し待っててね」

次のバッグを持って、もう一度ゴミの山を登ると赤いポーションに手を伸ばした。

「ソル、これは？　こっちは？」

お父さんの声に視線を向けると、ソルの前に色々な種類のマジックアイテムを差し出しているお父さん。どうも、拘りがいまいちわからない様子でアーリーさんも困っている。

「わからないの？」

お父さんたちに近寄り並んでいるマジックアイテムを見る。

「そうなんだよ。困ったな」

「どれがいらないマジックアイテム？」

私の言葉にお父さんが、近くに置いてあった三個を指す。

「これがそうだよ」

手に取ってマジックアイテムを見る。新しいのか、傷も少なく中から感じる魔力も強い。

「あれ？　これはまだ使えるマジックアイテムじゃないのかな？」

私の言葉にお父さんとアーリーさんが順番に確認する。

「そうだな、これはまだ利用出来そうだな」

「捨てるにしては勿体ないですよ」

お父さんの言葉に、アーリーさんも同意する。

「もしかしてこっちもか？」

お父さんが残りの二個を確認する。

「まだ十分使えそうだな。さっきは使えるかどうかは気にしてなかったから、気付かなかった」

ソルが食べているマジックアイテムを見る。古ぼけていて、かなり年季が入っているのがわかる。

「使えるマジックアイテムは食べないみたいですね」

何ともすごい拘りだな。そういえば、ソラとフレムも正規品のポーションや正規品に近いポーションは食べないか。

番外編　お父さんの情報集め

「悪いな。準備のほうはどうだ？」

「準備はほぼ終わっている。仮置き場は助かった。ありがとう」

団長に礼を言い、正面の椅子に座る。仮置き場では予想外の事があったが、既に色々知られているので問題ない。ジナルがなぜ、重い罰がある契約書を使ったのかは今もわからないが、正直助かったと言える。最悪「死」の罰が下る契約だ。団長たちが、無茶をしないと言い切るほどの付き合いはないが、おそらく大丈夫だろう。ソラが、団長たちは大丈夫と判断しているしな。今の所、ソラの判断が間違った事はない。

「仮置き場と言えば、おもしろい報告がきた。ソルはすごいな」

「さすがに俺も驚いたよ」

しっかり報告は上がっているんだな。まぁ、ここで話すという事は後ろ暗い事はしないという事ともとれるのか？　目の前の団長を見る。寝たきりだった為やせ細ってはいるが、目覚めた時の様な儚げな雰囲気は一切ない。逆に今は、目力があり躍動感ある雰囲気だ。たった数日で随分と変わった。

「悪い。待たせた」

部屋にギルマスが入ってくる。今日会う予定になっていたもう一人だ。

「どうだった？」

「全員確保した。魔法陣のチェックも済んでいる」

「そうか。お疲れ様」

全員？　という事は、逃げていたチョルシも捕まったのか。これで安心して出発が出来るな。

「家の警護は？」

「ジナルたちに任せてあるから大丈夫だ」

俺の言葉に、頷く団長。ギルマス宅の警護には、ジナルとガリットに任せてきた。それと、シエル。家を出る前にアイビーを頼むと言ったら、かなりやる気になっていたのでアイビーの安全には問題ない。ただ、シエルに「生かして捕まえてほしい」と言い忘れてきたんだよな。もし誰かが侵入してきたら、間違いなく瞬殺だろう。仲間がいないか訊かないと駄目だから、生かしておいてほしいが……。失敗した。

「ドルイドは、アイビーがいないと殺伐とした雰囲気を隠しもしなくなるな」

「ここで、隠す必要があると感じなかった」

ギルマスの言葉に答えると、顔を引きつらせた。本当の事を言っただけなのに、引かれてしまった。

「まぁ、いいけどな。それでアッパス、わかった事は？」

「色々な方面に探りを入れてみた。この村の様に魔法陣の実験として使われた村は、全部で六つ。生き残れたのはこの村だけだ」

六つも被害に遭っているのか、多いな。

「その事は、いつ発覚したんだ？」

「二週間以内だ」

ギルマスの質問に団長が答えたが、首を傾げる。二週間以内？　という事は、この村と同じ頃から実験が行われていたという事か？　六つ同時に？

「同じころから実験が始まったのか？」

「いや、一年ぐらいの違いがあるそうだ。それと発覚するまでに一年掛かった村もあると聞いた」

発覚するまでに一年。人が訪れる事の少ない、森の中にひっそりとある小さな村という事か。ひどいな。

「調査隊が極秘扱いになっているのは、被害に遭った村が多かったからか？　それとも魔法陣だったからか？」

ギルマスは団長を見る。確かに、魔法陣は極秘扱いを受けている。その為、魔法陣を調べる調査隊が極秘扱いでも違和感はない。だが、団長の様子を見るかぎり、別の意味がありそうなんだよな。そして、そっちのほうの理由で極秘扱いになっている気がする。

「今、王家で問題になっている事があるだろう」

王家？　あの噂の事か？

「王位継承の事か？」

俺の言葉にギルマスの顔が歪む。

「そうだ。こちらに向かっている調査隊は二つ。それぞれ一番上にいる者が違う」

調査隊の上にいる者？　王位継承？　あ〜、つまり王家の人間が調査隊に命令を出したのか。

「ちっ。王位継承問題が絡んでんのか！」

ギルマスが苛立つ様に言うと、机の上にあった酒をコップに移して飲む。

「……アッパス、お前エッチェーに本気で怒られるぞ」

ギルマスの言葉に首を傾げる。団長は毎日、エッチェーさんに怒られているが……あれは本気ではないのか？

「これ、病み上がりが飲む酒じゃないだろうが」

ギルマスの言葉に少し酒をコップに移して口をつける。次の瞬間、喉がカッと熱くなる。

「確かにすごいな」

純度がかなり高いようだ。ただし、かなりうまい酒の様だ。とはいえ、今の団長が飲んでもいい酒では、絶対にないだろう。

「気にするな」

団長の言葉にギルマスが嫌そうにする。

「はぁ、もういい。怒られる時は一人で対処しろよ」

団長をじろりと睨むとコップに入っていた酒を、ぐっと飲み干した。

「話を元に戻してくれ」

ギルマスの言葉に、団長が大きな溜め息を吐く。

「この村で起こった事を解決したら、貴族たちからの支持が増えると見越したんだろう。相手より多くの情報を取る為に、それぞれが極秘で早急に調査隊を動かした。その為、こちらには二つの調査隊が向かってきている」

団長が言い終わると、何とも言えない雰囲気が漂う。

「魔法陣の被害が見えてないのか？」

そのとおりだ。それにしても二つか。この村に調査隊が到着してしまったら、身動きが出来ないだろうな。

「王家と教会は敵対関係で間違いないんだよな？」

ギルマスの言葉に団長が首を振る。違うのか？　あれ？　前に聞いた情報と違う様な気がするが。

「今の王と教会連中とは敵対関係にある事は間違いない。王は教会から、これまで随分と力を削いできた。だが、次の王子たちはわからない。既につながっている可能性もあるらしい」

人を人とも思わない教会と王位を狙っている王子たち。つながってそうだな。

「そういえば、教会はなぜ魔法陣の実験を行ったんだ？　何か企みでもあるのか？」

「それなんだが、なかなか情報が集まらないんだ。誰かに邪魔されている様だ」

邪魔か。団長の情報網は、かなり幅広い様だ。しかも話の内容から、かなり上の地位にいる者からも聞き出している気がする。それを邪魔出来るという事は、かなりの権力者という事になる。

「誰に邪魔をされているかわかっているのか？」

「さっぱり。ただし、無暗に探りを入れたらやばい事はわかる」

「だろうな」

団長の言葉にギルマスが酒を煽る。調査隊の事がわかっただけでも、ある意味すごい事なんだろうな。王位継承を持つ王子直々の極秘命令なんだから。

「そういえば、王位継承権を持つのは何人だっけ？　……二人だっけ？　あれ？　三人だったか？」

ギルマスの言葉に、団長が呆れた表情で息を吐く。その表情から、そっと視線をずらす。俺も知らない。王位継承を持つ王子とか、関わりないし。

「昔は四人いたが、今は三人。そのうち争っているのは二人だ」

二人だったか。それにしても四人いたが今は三人？

「一人は殺されでもしたのか？」

「あぁ、病気と発表されているが、どうかな？　王都では殺されたと言われていたよ。随分昔だ」

怖いな王家。

「王は信用出来るのか？」

「今の王はまだ信用出来るな。だが、王位継承権を争っている二人は信用とは無縁だな」

まあ、今までの話からそうだろうな。王は、教会連中とは戦っている様だし。

「教会と魔法陣か。それに王族の継承問題」

問題がどれも大き過ぎる。個人では太刀打ち出来ない事ばかりだな。それと、団長が判断した様に王は信用出来るのだろうか？　ジナルが言っていた。証拠があるのに、王は動かなかったと。

「調査隊が今、どの辺りにいるかわかっているのか？」

ギルマスの言葉に顔を上げて団長を見る。

「村から五日掛かる場所だ」

「五日？　一昨日も五日と言っていただろう？」

「それが、いい感じに調査隊同士で睨み合ってくれている。どちらも極秘の為動けない様だ。馬鹿だろ？」

「馬鹿だな」

団長とギルマスの表情が、何かを企む様なものになる。背中に冷たいモノが走るが、アイビーと逃げる為の時間稼ぎをしてくれそうなので応援しておこう。

番外編　お父さんの覚悟

「何をするんだ？」

「別に何もしないさ。ただ、噂が流れるだけだ。例えば、魔法陣によって暴走した魔物が森で暴れ始めたとか。逃げ出した者たちが魔法陣によって凶暴化しているとか。この村は今、色々な事があり情報が錯綜している。村の者たちが間違った噂をしたとしても、しかたない事だろ？　そう、思うだろ？」

団長の話す内容に顔が引きつる。森の中で待機している調査隊が、この噂でどれほど緊張を強いられるか。団長を見ると、何とも言えない悪い表情をしていた。

「だいたい、この村に必要なのは魔法陣を解析して対策を考えだす事が出来る者たちだ。二度と同じ事が起きない様にな。それなのに継承問題？　ふざけんなって、本気でぶっ飛ばしたくなる。まぁ、そんな事はしない。本当にしない。ただ……調査隊がきたら大歓迎しないとな。どうせ、こんな時に動く奴らだ。元々馬鹿の手先になっていた奴らだろう」

ここまで口が悪くなるのを初めて見たな。これが素か？　いや、団長の一部か。それにしても……馬鹿とは王位を狙っている王子の事だよな。そっと団長を窺う。これは、本気だな。

「止めないが、王家から睨まれる事がない様にな」

ギルマスは慣れているのか、特に気にしている様子はない。

「当然だ。魔法陣はまだまだわからな事が多いからな。何が起きても魔法陣が原因だ。いや、本当に魔法陣は不思議だ」

それは少し違う様な。まぁ、いいか。元々手先となっている調査隊の様だし。

「ドルイド。というわけだから。そうだな……明日か明後日の午前中までには出発してくれないか？」

それ以降に何かを仕掛けるというわけか。

「明日のお昼ごろに出発予定だ。アイビーとそう話していた」

「そうか。寂しくなるな。アイビーはいい子なのに」

「そうだろ。とてもいい子だ」

俺の言葉に、団長とギルマスがこちらをじっと見る。何だ？

「気付いているのか気付いていないのか、アイビーの話になると雰囲気が変わるな」

団長がおもしろそうに笑う。

「ここまで変わるとある意味すごいな。そういえば、昔この村で仕事をした事があるだろう？」

仕事？

「そんな事があったかもしれないが、覚えていないな」

昔について、正直あまり覚えていない。真剣に生きてきた記憶はない。ただ、仕事を依頼されたら考える事なく受けて、こなして、その繰り返しだった。

「この村の上位冒険者と合同で仕事をこなしてもらった事があるんだ。難しい仕事だったが、それでも問題なく終わる筈だった。だが、情報に大きな間違いがあった為死んだ者や大怪我を負う者が多数出てしまった。村に戻ってきた君たちは、ポーションを使い切った為怪我人への対応が出来ず、かなりひどい状態だったよ。なのにドルイド、君は血を流しながら平然と立っていた。色々な冒険者を見てきたが、あれば不気味だったから鮮明に覚えている」

ギルマスの話に記憶を探るが、どれがそれなのかわからない。確かに大怪我を負った事は多々あった。特に、アイビーと出会う前の約五年は、ひどいものだったと今なら思える。ギルマスの話した状態は、その五年では頻繁に起こった事なので、どれがこの村の記憶なのかわからない。

「悪い。思い出せない」

「別にかまわない。ただ、名前を聞いた時は驚いた。しかも雰囲気が変わり過ぎてて、最初は別人だと思ったしな。でも、顔が一緒だったから。変わったきっかけはアイビーか？」

俺自身も変わったと思うんだから、周りから見てもそう思うだろな。

「そうだ。アイビーは俺の命の恩人であり光だ」

俺の返答に団長とギルマスが顔を見合わせる。何か訊きたい事がある様だが、何だ？

「村の外の魔法陣の事だ。アイビーとドルイドが影響していたと聞いている。あれは本当か？」

訊かれると思ったが、急だな。さて、何処まで話すべきか迷うな。

「あぁ」

「そうか」

団長が答えると、少し間が開く。それに首を傾げる。もっと質問が来ると思ったが、意外だな。

「ドルイド、俺たちは何も訊かない。もしもの時の事を考えると、これ以上の情報は持っておかないほうがいいと判断した」

団長の言葉にギルマスが頷く。

「あの契約書で縛られていると言っても、絶対はないからな。もちろん、約束は厳守するつもりだ」

「ありがとう」

この二人は、本気でアイビーと俺を助けてくれるつもりの様だ。

「それと、この村で二人の事を知っている者たちに、もしもの事があった場合、各冒険者ギルトに伝言が流れる様にしておくよ」

もしもの時か。俺やアイビーの事を探りに来た者が、俺たちの知り合いを傷つけた場合という事だよな。そんな事が、なければいいが。

「わかった。伝言とは？」

「そうだな。何がいいと思う？」

考えてなかったのか？

「何かいい言葉はないか？　俺たちに何かした者たちが見ても問題ない文面じゃないと困るんだが」

確かにそうだな。

「「「………」」」

思い浮かばないものだな。何かないか？

「『ミンは確保済み。捜す必要なし』でどうだ？」

空を飛べるミンは、行動範囲が広くなかなか確保が出来ない小型の魔物だ。需要がない為捕まえる冒険者もいないが、時々だが捕まえてほしいと依頼がある。ここ一、二年は、そんな依頼もないからちょうどいいだろう。

「いいな、それ。それを読んでも、珍しい依頼があったんだなと思うぐらいか」

「そうだな」

団長とギルマスも納得してくれた様だ。とはいえ、そんな情報は耳にしたくない。

「ドルイド。アイビーはこれからも巻き込まれるぞ」

団長の言葉に、肩がびくりと震える。それは気になっていた事の一つだ。今回の村の外に置かれていた、石に刻まれた魔法陣。アイビーを直接狙ったものではないが、前世の記憶を持っている者を狙っていた。これからも、間接的に狙われる可能性が高い。

「だろうな」

「ドルイドもだろう？」

ギルマスに言われて頷く。

「確かにそのとおりだ。だが、俺は元冒険者だ。ある程度は自分で対処出来る。利用されるつもりも、殺されてやるつもりもない」

だが、アイビーは違う。

「アイビーは大人の事情に巻き込まれて、この道以外は選べなかった」

守ってくれる大人がいれば、きっと危険な旅に出る事はなかった筈だ。

「ソラやシエル、俺と出会う事で少しは安心出来る環境になってきたのに、また命を狙われる事になるとは」

俺の言葉に、団長とギルマスが息を吞む。そういえば、アイビーが生まれた村で殺されそうになった事は言っていなかったな。

「今度は俺が守る。絶対に守って見せる」

敵の姿が見えないから不安を感じた事もあるが、気持ちは迷わない。アイビーの心も体も守ってみせる。

「シエルたち、仲間もいるから大丈夫だ」

昔の俺なら、仲間がいる事をうれしく思う事などなかっただろうな。でも、今は彼らの存在が心

強い。

「安心したよ。ドルイドは既に覚悟が出来ているようだな」

「あぁ。敵が巨大過ぎて、どうすればいいのかは迷うけどな」

教会なんて何処にでもあるし、魔法陣は隠されてしまうと見つけられない。不安もある、でも俺は一人ではない。

「とりあえず教会の近くには寄らない事だな。不審な動きを見せる者も注意か。魔法陣に対しては難しいが」

ギルマスの言葉に団長が笑った。

「ソルたちの存在を忘れてないか？」

確かに、ソルやソラたちが何とかしてくれそうだよな。

「いいよな〜。俺もフレムみたいなスライムがほしい」

ギルマスの言葉に、団長が呆れた視線を送る。

「テイマーじゃないのに無理だろう？」

「いいだろうが思うぐらい。あっ、残念だったなアッパス。元の姿になったシエルを見られなくて」

ギルマスの底意地の悪そうな表情に、団長が睨みつけながら酒を煽る。酒の瓶を見ると、既に底のほうに少し残っているだけになっている。これって間違いなく、明日エッチェーさんに怒られるよな。

「そろそろ酒はやめたほうがいいのでは？」

「ドルイド、まだまだだ！」

団長が足元からもう二本、酒の瓶を出してくる。これはやばいな。付き合ったら、俺も一緒に怒られる事になるだろう。

「よしっ、飲むぞ」

ギルマスを見ると、目が少し据わっている。これは酔っているな。よしっ、帰ろう。ここにいてもいい事はない。

449話　ハタカ村を出発

「お世話になりました」

急に出発の日が決まったので、慌ただしくなるかと思ったがならなかった。なぜかナルガスさんたち『蒼』のメンバー全員で準備を整えてくれた。私とお父さんだけではそこまでしないよねっていう細かい所まで。そのお陰でテントや椅子にテーブルなど、新品みたいに綺麗になりました。まさかすべての道具を磨いてくれるとは思わなかった。

「色々と、ありがとうございました」

テントの事なども含めてナルガスさんに頭を下げる。

「こちらこそ、色々助けてもらって本当にありがとう」

ナルガスさんが少し恥ずかしそうな表情をする。それに首を傾げる。

「あ～、父ともよく話し合えたから。アーリーの奴も団長と話し合えたみたいだ」

その言葉に、アーリーさんもうれしそうに笑って頭を下げてくれた。この村では、魔法陣や教会の事で色々あったけど、いい事もあったみたい。良かった。

「あ～、いた！」

声に驚いて視線を向けると、メルメ肉の漬け焼き屋台のコウルさんとリジーさんが手を振ってこちらに駆けてくる。

「間に合って良かった。これ、お腹が空いたら食べてね」

リジーさんに、漬け焼きのいい香りがする包みを渡される。

「ありがとうございます。あの、屋台を開けている時間ですよね？」

今はお昼前。そろそろ屋台が混みだす時間の筈だけど。

「大丈夫、両親に少しお願いしてきたから。本当にありがとう。昨日も来てくれたのに、手伝わせてしまって……また、この村に来たら顔を見せてね」

リジーさんの言葉に首を横に振る。昨日メルメの漬け焼きを食べに屋台へお邪魔したのだが、なぜか急に客が増え大変そうだったので少し手伝ったのだ。固定客も増え、順調に売り上げを伸ばしているらしくコウルさんはうれしそうだ。

「ありがとうございます。きっと、またお邪魔しますね」

コウルさんとリジーさんと話しながら、お父さんを探す。すぐにその姿は見つけたが、ギルマスさんと何か話し込んでいる。お父さんの眉間に皺が寄っているので、いい話ではないのかもしれない。

「もう、戻らないと。また、会いに来てね」

「はい。また来ます」

リジーさんたちは、お店に戻るようで手を振ると走って戻って行った。

「帰りに寄らないか？」

ピアルさんがアーリーさんに、リジーさんの屋台に帰りに寄ろうと話しているのが聞こえた。冒険者たちにも人気になれば、きっとこれからも大丈夫だろうな。何せ、冒険者たちはよく食べるから。話が終わった様子のお父さんの傍に寄る。

「お父さん、何かあったの？」

表情をじっと見るが、それほど深刻ではなさそうかな？

「ん？　心配する様な事はないから大丈夫。ちょっとすごい味方がいたなと話していたんだ」

すごい味方？　よくわからないけど、あとで教えてくれるかな？

「じゃ、気を付けて。アイビーも……忘れてた。これ、アッパスから預かってきた。ただ、ほとんど使い切ってしまって、一個しか魔石として残っていないんだが」

ギルマスさんが袋を差し出す。受け取って中を見ると、道に転がっている様な石が一二個と魔石が一つ。この石に見える物は、きっと元魔石だろうな。

「こんなに渡していたんですね。もう必要ないですか？　実はあの後もソルが作ってくれて」

「いやいや、大丈夫。それにこの村にはこれから面倒くさい馬鹿の手先が来るから、見つかったらやばい物はないほうがいいんだ」

面倒くさい馬鹿の手先？　それって、お父さんから聞いている調査隊の事？　馬鹿の手先……まさか王子様？　そっとギルマスさんを見ると、何というか目を速攻でそらしたくなる笑顔。この笑顔は知っている。うん、関わったら駄目な奴だ。

「えっと、あまり無茶はしないでくださいね」

「ふふふっ。アイビーは本当に優しいね。でも、俺たちは大丈夫」

俺たちは……気にしない、気にしない。

「まぁ、ほどほどにな」

お父さんの言葉にギルマスさんが苦笑を浮かべる。

「大丈夫、加減は難しいが得意だから。あっ、そろそろ時間だな。道順は大丈夫か？」

「あぁ、シャーミの巣のほうから回っていけばいいんだろ？」

「あぁ、その左右に調査隊がそれぞれ待機していると情報が来ている。もしもの事を考えて、近くでジナルたちが待機しているが、問題がなければ彼らは動かないから、そのまま気にせず進んでくれ」

「わかった」

「それと、ドルイドたちがシャーミの巣を無事に越えて安全が確保出来たら、こちらが手配した者たちがある噂を話しながら、森の中を動き回る事になっている。この村からおかしな噂が流れても気にする事はないからな」

ギルマスさんが意味ありげに笑うと、お父さんが彼の肩をポンと叩いた。

「わかっている。大変だろうが、頼む」

お父さんの言葉に、ギルマスさんが真剣な表情で頷く。私たちの事を隠す為に、これからギルマスさんたちは大変なんだろうな。

「ギルマスさん、ありがとうございました。よろしくお願いいたします」

ギルマスさんに頭を下げると、ナルガスさんたちに手を振る。みんなに見送られながら村から出る。

「行こうか」

「うん。行こう！」

しばらくシャーミの巣に向かって歩いていると、バッグの中がごそごそと動きだした。そろそろ出してという合図だろう。周りの気配を探る。調査隊の場所は大まかに聞いてはいるが、予定外もある。

「大丈夫そうだね」

「そうだな」

バッグを開けると、シエルたちがバッグから飛び出してくる。

「お待たせ、今日からまた旅に出るね。みんなよろしく」

「ぷっぷぷ〜」

「てっりゅりゅ〜」

「ぺふっ」

「にゃうん」

みんなの元気な声にほっとする。そういえば、さっきは何をギルマスさんと話していたんだろう？

「お父さん、ギルマスさんと何を話していたの？」

「ん？　さっきか？」

お父さんの言葉に頷く。ソラとフレムとソルが、元に戻ったシエルの背中に飛び乗った。シエルは三匹の様子を確認すると、私たちの前を歩き出す。

「シエル、今はシャーミの巣を目指してね」

「にゃうん」

わかっているという風に頷くと、迷いなく歩き出すシエル。ギルマスさんとの会話を聞いていたのかもしれないな。

「魔法陣について、フォロンダ領主から詳しい事がわかったんだ。それとどうも彼は、王都でもかなり強い権力を持っているらしい」

「そうなんですか？」

「あぁ。教会と魔法陣の関わりや、魔法陣がどういうモノなのかという詳しい情報がなかなか集まらなかったから、俺がフォロンダ領主に直接『ふぁっくす』を書いて送ったんだ。直通だと聞いたし、大丈夫だろうと。内容は『魔法陣を使って娘が狙われた。魔法陣について何か知らないか』と」

ファックスの内容が大雑把なのは、誰かに見られた時に誤魔化す為かな？

「今日の午前中に俺宛に、『ふぁっくす』が届いたんだ。さっきギルマスが届けてくれたのがそれだ」

それは知らなかった。

「そこに『ふぁっくすでは魔法陣について詳しくは話せない。近く会いに行く』と書いてあった。あと、『貴族が関わってきたらすぐに自分の名前を出す様に』と『自分の名前を出せば、大概の貴族は引くだろう』とも」

それって本当にすごい力を持っているって事だよね？　大概の貴族？

「フォロンダ領主って何者なんだろうね？」

「何だろうな。ちょっと聞くのは怖いよな」

「うん」

すごい味方なのはわかったけど、正体は知らないほうがいい事もある。それに、

「会いに来てくれるの？」

「そうみたいだ。『村や町を移動したら、その都度ふぁっくすで連絡を頼む』と書いてあったよ」

わざわざ来てもらっていいのかな？　すごい人なんだよね？　まぁ、こちらから行くというのは無理なんだけど。

「まぁ、その辺りは気にせず待っていよう」

「そうだね」

しかたないか。

「あっ、色々あってみんなに『ふぁっくす』を送ってない。あれ？　送ったっけ？　返事をもらって……そのままだ！」

しまった。みんな心配しているかもしれない。

「あっ！」

お父さんが立ち止まって肩から提げたマジックバッグの中を探りだした。そして一枚の紙を取り出す。

「……やばい。連絡し忘れた」

お父さんの視線が彷徨い、そして大きな溜め息を吐いた。

「今更慌ててもしかたないよな。次の村に行ったら、すぐに『ふぁっくす』を送らないと」

「誰に送るの？」

随分と顔色が悪くなっているけど、誰だろう？

「色々あり過ぎて、アイビーにもまだ話してなかったな。義姉さんが妊娠したんだ」

お姉さんが妊娠？　あれ？　シリーラさんの妊娠は前に聞いたけど……。あっ！　ドルガスさんの奥さん？

「うわっ、すごい、おめでたいですね。……あっ、そっか。その『ふぁっくす』を放置……」

だからお父さんの顔色が悪くなったのか。

「忘れない様にしないとね」

お祝いも言いたいし。

450話　大っ嫌い！

「うわ～、すごい数のシャーミだ！」

シャーミの巣の近くまで来ると、木の上に多数のシャーミが姿を見せだす。

「あの洞窟で見た数より多くないか？」

周りの木を見渡す。確かに、数が多い様な気がする。

「何処かに隠れていたのかな？　もしくは逃げていたのが戻って来たとか？」

あれ？　毛の長いシャーミがいる。もしかして、あれが本当のシャーミの姿？

「逃げ出していたのが、戻ってきた可能性が高いな。動物は、命を懸けて住処を守る事がほとんどないからな」

ん？　それは当たり前の事なのでは？　あっ、違う。魔物は気に入った住処を、命を懸けて守る事が多いんだった。動物と魔物の違いかな？

「まぁ、弱い魔物はすぐに逃げるけどな」

動物と魔物というより、強さの違いが正解かな。魔物だって弱かったら、種を守る為に逃げるよね。

「ハタカ村の人たちが、この数のシャーミを見たら安心するだろうね」

「そうだな」

今回の事で傷ついたハタカ村の人にとって、この森の状態はいい報告になるだろうな。村の人たちは、シャーミの事が好きみたいだったから。……それはいい事だと思うんだけど、

「ものすご～く睨まれてるね……」

威嚇する鳴き声すら聞こえてくる。

「くくっ、敵と思われてるな」

上を見ると、睨みつける無数の視線。助けたつもりだけど、シャーミからしたらシエルに脅されたりして怖かったんだろうな。

「仲良くなれずに残念」

村の人たちの話では、傍に寄って来てくれる事もあったらしいのに。

「そうだな。次に来た時は仲良くなれるといいな」

「そうだね」

シャーミが警戒の目を向けてくる中、住処となっている洞窟まで来る。威嚇の鳴き声が聞こえる度に、シエルが視線を向けるのでいつの間にかそれもなくなっていた。

「洞窟の横に道があるらしいが……」

お父さんが、ギルマスさんから貰った地図を見ながら、シャーミの巣となっている洞窟の横を指す。近づくと確かに細いが道があった。

「この道沿いに、歩いて行くといいの？」

「あぁ、危険な道を回避出来るそうだ」

シャーミに手を振ってから、教えてもらった道を歩く。細いがしっかりと道になっている為、歩きやすい。

「木の根がないのがいいね」

あれは地面から突然飛び出しているから、気を付けていないと引っ掛かってしまう。しばらく、無言で歩き続ける。ギルマスさんたちの予定を狂わせるのは避けたい。

「村を出てから四時間も歩き続ければ、もう大丈夫だろう」

「そうだね。休憩しようか」

周りを見て、座れそうな岩を見つける。

「あぁ、それにしても結構歩いたな」

お父さんの言葉に足をくるくる回しながら頷く。村にいた時、隠れていたりとなかなか動く事がなかった為、足の疲れがいつもよりひどい。

「久しぶりに四時間を早歩きで歩いたね」

「そういえば、そうだな。ソラたちは大丈夫か？」

「ぷっぷぷ～」

「ぺふっ」

「にゃうん」

あれ？　フレムの声が聞こえない。シエルに近づくと、ソラとソルはシエルから降りているが、フレムはまだシエルの背中に乗っている。というか、寝ている。

「昔に比べると、起きてる時間は長くなったけどね」

フレムをそっと抱き上げる。

「てりゅ？」

「休憩しようか。まぁ、寝てたからずっと休憩中だったかもしれないけど」

「てりゅ～」

口を大きく開けて欠伸をするフレム。相変わらずだ。そっと地面に置くと、シエルがさっと立ち上がって毛を逆立てる。

「何かこっちに向かってきているな」

気配を探ると、かなり遠い場所にいる魔物を捉える事が出来た。

「どうする？」

「にゃ！」

お父さんの言葉に答えるシエル。尻尾が激しく揺れている。

「よろしくな、シエル」

「にゃうん」

尻尾をくるくると回すと、周りを見てぴょんと木の上に登っていくシエル。その姿が木々で見えなくなる。

「どうするんだ？」

「さぁ？」

シエルが隠していた魔力を出すと、森が少し騒がしくなる。

「シエルは完璧に魔力を隠せる様になったな」

「にゃ～！」

「本当だ。気にしてなかったから気付かなかった」

「うわっ」

「おおっ」

いきなり底から響いてくる様な低音が森に響き渡る。数秒静寂に包まれる森。次の瞬間、周辺の森の中にいた生き物たちが暴れ回りだした。

「すごいな」

「うん。すごいけど……」

やり過ぎではないかな？　確かにこちらに向かってきていた魔物は逃げていったけど……。それ以外の動物たちと魔物たちが、大混乱で逃げまどっているのが気配からわかる。

「にゃうん」

木の上から颯爽と下りてくるシエル。その満足そうな表情に、笑ってしまう。

「ご苦労様。周りが落ち着くまでここで休憩しようね」

ソラとフレムが楽しそうにシエルの周りを跳び回っている。ソルは、少し離れた所で明後日の方向を見ている。

「ソル、気になる魔力でも感じた？」

「…………」

ソルの場合は、感じていないから無反応なのか、魔力を探るのに必死で聞こえていないのかわからないな。

「そうだ。ギルマスに聞いたんだが。はい」

お父さんにメルメの漬け焼きとおにぎりの載った皿を渡される。出来立てのおいしい匂いが、空腹のお腹にくる。

「いただきます。何を聞いたの？」

メルメの漬け焼きを食べながら、お父さんを見る。

「俺たちがどうやって魔法陣の術に掛かったか」

あっ、そういえばまだわからないって言われていたんだった。いったん食べるのを止めて、お父さんのほうに体を向ける。

「サリフィー司祭が原因だったみたいだ」

サリフィー司祭？　確か、体に刻まれた魔法陣が動き出してギルマスさんが呼び出された原因になった人だったよね？

「体に刻まれた魔法陣を団長が調べてわかったんだが、あれは周辺にいる人物を洗脳する為の魔法陣だったらしい」

「周りにいた人？」

「そうだ。広範囲に影響を及ぼす事はないそうだが。気付かれない様に術をゆっくりと掛けていくそうだ」

「サリフィー司祭という人に会った事があるのかな？」

「ないと思うぞ」

ない？　それで、どうやって私たちは術に掛かったんだろう？　近くにいる必要があるんだよね？

「夜中に広場を歩き回っていたらしい」

……なるほど。寝ている間に術に掛かっていたのか。

「すごく怖いね。そんな事が出来るなら、被害が増えそう」

「それが、洗脳の魔法陣を体に刻んで生き残れるのは、ほんの一握りらしい」

「えっ？」

「ほとんどの者は、体に魔法陣を刻んだ瞬間に気が狂うそうだ」

「……そんな怖い事を、サリフィー司祭はやってたんだ。確かグピナス司教も体に魔法陣が刻まれていたと聞いてるけど」

「あれは、守りの魔法陣だったらしい」

守りの魔法陣？

「自分に害を与えようとする者が近くにいると、姿を隠す事が出来る魔法陣だったらしい」

自分に害を与える？　それって、捕まえようとする人から姿を隠せるという事？

「一人で、逃げるつもりだったという事なのかな？」

「そうだろうな。捕まった日は必死に隠したそうだが、二日経っても魔法陣が発動しないから混乱して自ら魔法陣の力がどういうモノか話したらしい。まぁ、教会では司教の地位に就いていたが小物だな。ペラペラ聞いてもない事を話したらしいから」

発動してたら、逃げられていた可能性があるんだ。良かった、魔法陣が動かなくて。

「サリフィー司祭は？」

「彼から話を聞く事は、もう出来ないそうだ」

それって、気が狂ったという事？　もしくは既に亡くなってしまったとか？

「はぁ、すっきりしない事件だったね」

「そうだな」

おにぎりを頬張る。塩おにぎりは、漬け焼きのお肉と相性がいい。すごくいい。

「おいしい」

イライラ、ムカムカするけど、もうどうする事も出来ない。グピナス司教という人に会って思いっきり罵倒したいけど、それも無理だし。前世の記憶がある事で、狙われてるみたいだし。でもだからといって、前世の記憶がなかったら良かったとは思わない。だって、前世の記憶がなかったら、今ここに私はいないと思うから。お皿に載っている二個目のおにぎりにかぶりつく。……食べ物に当たったら駄目だよね。

「ふぅ～。魔法陣と教会なんて大っ嫌い」

「俺もだ」

「ぷっぷぷ～」

「てっりゅりゅ～」

「ぺふっ」

「にゃうん」

「へっ？」

気持ちを切り替える為の行動に返事があり、驚いてお父さんとソラたちを見る。

「何だ、お前たちも同じ気持ちか？」

「ぷっぷぷ～」

「てっりゅりゅ～」

「ぺふっ」

「にゃうん」

お父さんの言葉に、はっきりと返事をするソラたち。見ると、ソラとフレムは頬が膨れているし、ソルは目が吊り上がっている。シエルに至っては、背中の毛が逆立っている。みんなの姿に唖然とし、次の瞬間笑ってしまった。

番外編　森の中の調査隊

―調査隊　ビグ視点―


「よぉ、ビグ。向こうの動きはどうだったんだ？」

この調査隊に入って、そろそろ五年。同じ時期に入って比較的一緒にいる事が多いタビルが、酒が入ったコップを渡しながら訊いてくる。

「向こうもそろそろ動き出しそうだという話だ。お前、昼間っから酒かよ」

特別な魔除けを持っているとはいえ、少し油断し過ぎだろう。まぁ、俺も飲むけど。受け取った酒を飲む。まぁまぁの味だな。

「問題ねぇよ。それより久々だな、先遣隊に入るの」

「そうだな。あとからくる奴は気楽でいいよな～」

今俺たち調査隊は、二つに分かれて行動している。俺たち先遣隊が村へ先に入り、調査と状況を確認。後から来る仲間たちが、すぐに動ける様に整えておくのが仕事だ。とりあえず、先遣隊は面倒くさいから好きじゃない。

「隊長命令には逆らえないからしかたねぇよ。俺たちもそろそろ移動なんだから用意は？」

「そこ」

タビルが指すほうを見れば、先遣隊全員の荷物が既に纏められていた。

「さすが。タビルはこういう仕事が早いよな」

俺の言葉に、コップの中の酒を飲みながら肩を竦める。酒が手放せない事以外は、完璧なんだけどな。

「なぁ、この間の問題はどうなったんだ？」

タビルの言葉に、視線を向けるとこちらをじっと見てくる視線と合う。

「王子に解決してもらった」

「そうか。いつも通りか」

この調査隊は、王子の指示によって作られている。仕事も王子からの命令で、王家からの正式な命令ではない。正式ではないが、王子からの命令。誰かに止められる事はない。しかも王子は、俺たちのやる事を止めない。その結果、少しやり過ぎたり、ちょっと羽目を外し過ぎてしまう事が起きてくる。ある時、調査隊員の一人が取り調べの時に、村の人間を二人殺してしまった。さすがに焦ったが、何と王子が守ってくれてお咎めなし。あれには驚いたが、王子には調査隊員の全員が感謝した。

「それより、今回の事件は魔法陣関連だって話だが本当か？」

「そうらしい」

「本当なのか？　前も嘘だったろ？」

俺の言葉にタビルは酒を飲み干す。

「今回は本当に魔法陣関連の様だ。既に魔法陣によって気が狂った者がいるらしい。死者もな」

本当だったのか。最悪だな。

「あ～、今回の仕事は外れか～」

王子の命令は多岐にわたる。その多くは、気楽に出来る仕事が多い。王子命令で動いていると言えば、情報もすぐに集まるしな。だが、魔法陣関連の事件だと本当に調査が必要となる。これが、面倒くさいんだよな。

「これから行くのは、ハタカ村だっけ？　その村は王子派？　それともあっち？」

「調べたが不明だ」

つまり中立の可能性があって、調査に協力的ではないかもしれないという事か。

「あ～、やっぱりこの仕事外れだ！　最悪！」

空になったコップをタビルの前に突き出す。酒を入れろ～っと念を送ると、コップに酒が満たされる。

「ビグも飲むんじゃねぇか」

「飲まないとやってられるか」

二人でコップをカチンと合わせ乾杯する。喉を通る酒の味にとりあえず満足していると、慌ててこちらに駆けてくる仲間の姿が目に入った。

「何かあったみたいだな」

「大変だ！」

こちらに慌てて駆けてきたのは、この調査隊で後輩にあたるワルビ。

「何があったんだ？」

息を調えたワルビは、周りを見ると小声で話し始める。

「俺と、チッピが周辺の森の調査をしていたんだけど、三人の冒険者を見かけたんだ」

三人の冒険者？　ハタカ村の冒険者か？

「チッピと様子を見ようという事になって見ていたら、慌てた様子で二人の自警団員が現れて。どうも冒険者たちを探していたみたいで」

何だか嫌な予感がする。当たるなよ。

「慌てていたんだろうな、周りを警戒しながら話していたんだが声がちょっと大きくて」

相当焦っていたという事か？　うわ〜、本気で聞きたくないな。

「村でまた隠されていた魔法陣が発動して、その術に掛かった者たちが村で大暴れ。数人が森に出てしまったらしいんだ」

「はぁ？　本当に？」

「待て、落ち着け。罠じゃないのか？」

俺の焦った声にタビルが落ち着いた声でワルビに問いかける。

「俺も最初はその可能性も考えたんだが、自警団員たちの様子から嘘をついている様には見えなくて」

「チッピは？」

「隊長の所に説明しに行っている。それと……」

「まだあるのかよ！」

俺の声にワルビの肩が揺れる。

「落ち着けって」

タビルが俺の肩をポンと叩く。タビルもワルビもいいよな、強いから。でも俺は、二人ほど強くない。だから、嫌なんだよ。戦うとか。

「それで他にも何かあるのか？」

タビルがワルビに訊くと、ワルビは少し俺の様子を見たが口を開いた。

「自警団員たちと冒険者たちが森の調査を続けるべきか話し合っていたら、森の奥から三人の冒険者が慌てて駆けてきて、洞窟で魔法陣が発動し、そこにいた魔物が凶暴化した可能性があるから村まで一旦引き上げたほうがいいと」

「「えっ」」

魔法陣で魔物が凶暴化？　ゴミで魔物が凶暴化するのは知っている。魔法陣でも？　……そういえば、隊長がそんな話をしていた様な……。

「彼らは冒険者たちの話を聞いて、すぐに村に引き返した。この話はあっちの奴らも聞いてたみたいだ。こっちに戻ろうとした時に、向こうの奴と目が合ったから」

それはある意味、失敗したという事だがそれはしかたない事だよな。魔物が凶暴化したなんて話を聞いたばかりなんだから。

「だ、大丈夫だよ。魔物除けがあるし」

そうだ、落ち着け。俺たち調査隊員は、王子から特別な魔物除けを貰っている。これがすごいマジックアイテムで、どんな魔物も寄ってこない。だから、大丈夫。貰った魔物除けがあれば。

「いや、ゴミによって凶暴化した一部の魔物には、魔物除けは効果がなかったらしい」

えっ？

「本当に？」

タビルの肩を手で掴む。彼は俺を見ると一つ頷いた。

「あぁ、他の調査隊が調べた報告書に載っていた。同じ様な報告が数件あったとも聞いているから安心はしないほうがいいだろう」

嘘だろ。

「おい、集まれ」

隊長の声に、体がびくりと震える。

「話はワルビから聞いたな？」

「「はい」」

「あちらが動くかどうか、様子を見る」

はっ？　森には凶暴化した魔物がいるのに？

「すぐに村へは向かわないのですか？」

タビルが隊長にすっと近づく。

「森に凶暴化した魔物がいるんですよ」

「まだ、確定したわけではない。その情報が罠の可能性も捨てきれない」

そうだよな。そうだ。……でも、何でそんなウソの情報を流す必要があるんだ？

「それはそうですが」

「タビル、怖いのはわかるが落ち着け」

ん？　タビルが怖がっている？　こいつが？

「すみません」

俺の横に戻ってきたタビルを見る。こいつが怖がっているのを見た事がない。本当に？

「凶暴化した魔物って、考えられないほど強くなるらしいぞ」

俺の耳元でタビルが話す。その内容にびくりと体が震える。なるほど、それを知っていたからタビルでも怖かったのか。

「あちらの調査隊に弱い所など見せられない。俺たちの行動が王子の顔に泥を塗る事を忘れるな」

泥を塗る前に、死んだら意味がないだろうが。あ～、でも隊長が決めた以上あと数時間はここで待機か？　最悪だ。

「なぁ、タビル」

「何だ？」

「凶暴化した魔物の特徴は他にもあるのか？」

「気配が薄いらしいぞ」

隊長に報告しに行っていたチッピが、俺たちの元に来て言う。

「気配が？」

ワルビの顔色が悪くなる。

「チッピ、それは本当か？」

俺の言葉に何度も頷くチッピ。何だよ、気配が薄いとか。それじゃ、探せないじゃないか。

「とりあえず、装備を整えよう。あと武器の確認だな」

タビルの冷静な声に全員が頷き、各自戦う準備を始める。隊長を見ると、少し青い顔をした補佐と何か話し込んでいる。

「はぁ、早く森から抜けたい」

緊張感が続く中、二時間。そろそろ限界だ。

「大丈夫か？」

声のする方向に視線を向けると、タビルが周りを見回している。こいつはもう落ち着いたのか？

さっきは怖がっていたのに……。

「ここから村までどれくらいだっけ？」

俺の言葉に首を傾げるタビル。何で疑問に感じるんだよ。早く安全な場所に行きたいのに。

「二時間弱だな。おそらく」

二時間弱……。

「なぁ、そろそろ隊長――」

「びゃ～！」

不意に森に響き渡った低い低い鳴き声。

「ぎゃ～！」

「うわ～」

「ひっ」

「ん？」

周りを見るが、森に響き渡った鳴き声の出所はわかりづらい。

「何だ？　何なんだ？」

「村へ行くぞ、すぐ行動！」

隊長の声に慌てて荷物を持つ。くっ、重い。置いて行きたいが、それは出来ない。早く、早く。

まるで駆ける様な速さで村へ向かう。しばらくすると、がさがさと聞こえてくる音。それに恐怖感を煽られていると、視線の先にもう一つの調査隊の面々が。

「あっ」

「あっ」

隊長たちの視線が合ったが、無言で村まで急ぐ。

「村に行ったら、こっわ～い人たちが待ってるんだけどな～。ご愁傷様」

左斜め後ろから、小さな声が聞こえた。小さ過ぎて内容までは聞き取れなかったが、気になったので視線を向ける。

「どうした？」

タビルが、俺の顔を不思議そうに見る。

「いや、今何か言わなかったか？」

「……こっちに魔物が来ている様な気がしてな」

「なっ！　早くそれを言えよ」

気配を探ると、確かに魔物がこちらに向かって走ってきているのがわかる。

「隊長、魔物がこちらに向かってきています」

「「い、急ぐぞ」」

二人分の隊長の声が重なると、二つの調査隊員たちが村に向かって走り出す。

「ぷっ」

耳に何か不思議な音が聞こえたが、後ろを見る余裕はない。急がないと、凶暴化した魔物が！

番外編 ✿ 奇跡だろ？

The Weakest Tamer
Began a Journey to
Pick Up Trash.

―ギルドマスター　ウリーガ視点―

飲み屋の奥。出入り口からは見えない席に座って、一人酒を飲む。慌ただしい毎日が、少しずつ落ち着いてきた。ハタカ村の村人たちも、心に大きな傷を負ったが前に進み始めた。

ハタカ村は、これまで教会に心を寄せている者が多かった。その教会が、彼らを裏切った。それも最悪な形で。

「もっと早く、教会から村の人たちを引き離せていたら」

「それは無理だろう」

独り言に返事が返って来た。まぁ、驚く事はない。近づいてくる気配に気付いていたからな。

「いいのか？　飲み屋なんかに来たら、エッチェーに怒られるんじゃないか？」

横に座ったアッパスを見る。彼は少しずつだが、元の体格に戻してきている。だが、失った時間は長い。彼が前の様な体格を取り戻すのは、まだ先になるだろう。

「大丈夫。エッチェーの指示通りの食事と運動を続けてきたから、二週間に一回ぐらいなら軽く飲んで良くなった」

アッパスの言葉に驚く。そこまで戻ってきているとは思っていなかった。見た目が……まだ病人寄りだからな。

「良かったな」

「あぁ。それで？」

アッパスが酒を注文すると、俺に視線を向ける。その視線を避ける様に、酒の入ったコップを見る。

「何がだ？」

「何を後悔しているんだ？」

やはり気付かれていたか。まぁ、長い付き合いだからな。

「色々だ。でも、大丈夫だ」

コップの酒を飲む。このところ、酒の量が増えている。なのに、酔えない。

「酒に溺れてもいい事はないぞ。残るのは、むなしさだけだ」

「ははっ」

きついな。わかっているさ。でも、考えてしまう。もっと、上手く立ち回れていたんじゃないかと。そうしたら、ここまで被害を大きくしなくて済んだ筈だ。

「俺が、奴らの操り人形になっていなければ」

魔法陣で洗脳されていた、だからしかたない。そんな言葉で許される筈がない。俺は、この村のギルドマスターだ。その俺が、仲間を……。

「そうだな。ウリーガが洗脳された事で、多くの冒険者が被害に遭った」

「あぁ」

「でも、ウリーガが洗脳されていたお陰で多くの冒険者たちが助かったと思っている」

「……はっ？」

何を言っているんだ？　俺が洗脳されていたから、多くの冒険者が助かった？　そんなわけがあるか？　俺がもっと警戒をしていれば、良かっただけの事だ。

「ウリーガ。サリフィー司祭がこの村に来た年を覚えているか？」

サリフィー司祭。体に魔法陣を刻んだ、今回の犯人の一人。

「奴は……あれ？」

魔法陣による洗脳で、色々な事を忘れてしまった。それでも必死に思い出した。まぁ、まったく思い出せない事も多々あるが。

「覚えていないな」

サリフィー司祭については、思い出せないみたいだ。グピナス司教は、最近思い出して五年前に村に来た事を思い出したが。

「一〇年前だ」

「えっ？　一〇年？」

アッパスを見る。視線が合うと、苦笑する。

「そうだ。一〇年前の書類に奴の名前があった。だから一〇年前には、この村にいたんだ。なぁ、俺たちはいつから魔法陣の影響を受けていたと思う？」

えっ？　いつから？

「最初は、二年ぐらいという話になっていた。でも、調べていくともっと昔からだとわかる。おそらく一〇年以上前からだ」

一〇年以上も前から？　そういえば、サリフィー司祭が傍にいるだけで魔法陣の影響を受けるんだったな。

「ウリーガ。奴らはこの村を実験場にしていた。おそらくサリフィー司祭が色々試していたんだ。俺はその影響で、ウリーガの警戒心が薄れていたんじゃないかと思っている」

それは……そうなのか？

「わからない」

コップに入っている酒を見る。

「だが――」

「グピナス司教は、俺とウリーガを殺す予定にしていたみたいだ」

えっ？

「なぜだ？」

「なぜって、俺とお前が死んだほうが、早くこの村を好きな様に出来るだろう」

「でも俺がいたほうが、冒険者たちは動かしやすいだろう？」

ギルマスとして、冒険者たちからの支持はあったからな。

「それは正常な時の話だ。既に魔法陣の影響が、出ているとわかっていたら？　それなら、ウリーガである必要はなかった筈だ」

そうだな。洗脳は何度も繰り返されたらしい。そんな面倒を掛けるより、最初から自分たちの為に動く者を置いたほうが楽だ。

「ではなぜ、ウリーガを洗脳する事になったのか。ウリーガが言っていただろう？　ツイール副団長のあとを追ったと。おそらくウリーガがツイール副団長を追って来たのは予定外だったと思う。そして、まだ殺す時ではなかったから、洗脳して見た物を忘れさせたんだろう」

そうなのか？　そういえば、どうしてあの日教会の傍にいたんだ？

「確かあの日……そうだ。洗脳される数日前に冒険者たちが寝泊まりしている広場でサリフィー司祭の姿を見たいんだ」

前は思い出せなかったけど、思い出した。俺は、サリフィー司祭が広場を歩き回っている姿を見たんだ。

「一時間ほど広場を歩き回っていたから不審に思って、調べようと思って。あれ？　その事を誰かに相談した気がする。あれは誰だった？　アッパスか？」

アッパスを見るが首を横に振られる。アッパスではないとしたら、誰だ？

教会の事を相談出来る者は少ない。かなり信用している者にしか、しない筈だ。誰だった？

ちっ。また記憶が抜けている。サリフィー司祭を広場で見て、それで……誰かに声を掛けられて。

いや、その前に視線を感じたんだ。その時に感じた気配は……。

「元ギルマスのチェマンタだ」

「んっ？」

「広場で不審な動きをしているサリフィー司祭の事を、アッパスに相談しようと思ったんだ、でもその前に、元ギルマスのチェマンタに会ったから相談したんだ」

あの時、元ギルマスのチェマンタが敵側にいるなんて思わなかった。だから、信じた。だってチェマンタは、このハタカ村を長く支えたギルマスだったから。一緒に教会の事を調べた事もあったから、だから大丈夫だと思い込んでしまった。

いや、本当に？　今の俺なら、それほど信用したか？　あ〜、今の判断はあの時と状況が違い過ぎる。もう裏切り者だとわかっているから、どう考えたってあの時と同じ気持ちにはならない。

「奴か」

「そうだ。相談して『俺のほうが動きがしやすい。だから俺が調べる。ウリーガは動くな』って、言ってくれたから頼んだんだ」

あれ？　おかしい。チェマンタが調べてくれると言ったのに、どうして教会の傍にいた？　たまたま遭遇しただけか？

「あの日、ツイール副団長……あっ、チェマンタと一緒にいる所を見たんだ。その時のチェマンタの様子に違和感を覚えて。そうだ、あの日チェマンタを追ったんだ」

信用していたのに？

「チェマンタを？」

アッパスが俺を見る。

「あぁ、俺が追っていたのはチェマンタだ。途中で見失ってしまったけどな。そうだ、奴を探している途中で、ツイール副団長が教会に入るのを見たんだ」

あの時、もう少し警戒していたら。というか、どうして無防備に教会に入ってしまったんだ？

……魔法陣の影響か？

「やっぱり魔法陣の影響があったんじゃないか。ただ影響下にあるのに、チェマンタに違和感を覚えたという事は、魔法陣が完璧な物ではなかったか。もしくは、ウリーガのギルマスとしての矜持《きょうじ》が働いたのか。それは、わからないけどな」

そうなのか？　本当に、魔法陣の影響を既に受けていたのか？　……はぁ、今となってはすべて想像だ。

「そういえば、どうして『俺が洗脳されていたお陰で多くの者たちが助かった』なんて言ったんだ？」

今までの会話からはわからないんだが。

「もし、ウリーガが死んで教会が送り込んだ者がギルマスになっていたら？　ジナルたちもナルガスたちも、新しいギルマスに違和感を覚えなかった筈だ。つまり、今回の事が発覚するのがもっと遅くなった可能性がある」

「だが、ドルイドとアイビーは洗脳に気付いていた。そして、ジナルたちも洗脳を解かれていただろう？」

ドルイドから聞いた話だが、ジナルたちの次にナルガスたちの洗脳が解かれていた。

「そうだな。で、次に誰を助けるかと考えた時に、ウリーガの名が挙がった。もしギルマスが教会側の人間だったら？」

「それは問題だが、ジナルの事だ。きっとおかしいと気付いて、ギルマスの事を調べて敵だと知るだろう。そうなったら次に助けたのはアッパスだ」

少し時間が掛るが、最終的には同じ結果になった筈だ。

「言っておくが。俺があんな動きをしたのはウリーガが動き回れたからだからな。俺一人だったら、かなり危なかったと思っている」

そうなのか？

「ウリーガを信じているから、俺は洗脳された冒険者たちや自警団員たちに集中出来たんだ」

「……そうか。そういえば、俺やアッパスは殺す予定だったのに、どうしてあんなに中途半端だったんだ？」

すべての準備が整ったら殺すと思うんだが。

「ウリーガは洗脳して、上手く利用出来る様になった。俺は殺す事には失敗したが、死んだも当然。まぁ、手を下す必要はないと思ったんだろう。あの時、村全体を既に手に入れた様なものだったから」

もしドルイドとアイビーがこの村に来なければ、ジナルたちを巻き込んで全滅していただろう。

「よく、生き残ったな」

「あぁ。あの事件を調べれば調べるほど、生きている事を奇跡だと思うよ」

アッパスの言葉に、ふっと笑みが浮かぶ。そうだ、奇跡だ。生きている事ではない。

「あの二人が、ハタカ村に来た事が奇跡だろう」

「ははっ。確かに、それが一番の奇跡だな」

そうだ。また、この村に来てくれると言っていた。過去を振り返っている時間はないな。いつ来てもいい様に、この村をもっと元気にしないと。

「久しぶりに、ゆっくり眠れそうだ」

「それは良かった。飲み過ぎるなよ」

「あぁ」

大丈夫だ。もう、酒に酔いたいとは思わないから。

あとがき

皆様、お久しぶりです。ほのぼのる５００です。この度は『最弱テイマーはゴミ拾いの旅を始めました。九巻』を、お手に取ってくださり本当に有難うございます。イラスト担当のなま様、九巻では真剣な表情がかっこいいドルイドや、コロコロと丸い姿になった可愛いソラとソルを、ありがとうございました。

九巻は、ハタカ村で起こった物語の解決編となります。この村の問題は、当初の予定より大きくなりましたが、そのお陰で、魔法陣がこの世界でどういう物なのかを、描くことが出来ました。無事に解決させる事も出来、ホッとしています。

そして、九巻ではソルが大活躍します！　可愛いのにこの子、凄いんです！　そして、ソルの黄昏《たそがれ》ている理由が、とうとうわかります。実はその原因を、二通り考えていました。一つはちょっとシリアスな事が原因。もう一つが今回採用した原因なのですが、九巻が、全体的に暗い内容になっていたので、明るいほうを選びました。正解だったと思います。

そして、八巻で疑われた『風』のジナルさん。九巻でカッコよくしようと思ったはずなのに。あれ？　思ったより活躍する場がなかった！　彼らはこれからも登場するので、どこかで「さすがジナルさん」とアイビーに言ってもらえるよう頑張ります。

また九巻では、番外編が少し多めになりました。ハタカ村の団長とギルマスの苦悩をはじめ、いろいろな人の内面を描きました。アイビーから見た世界だけではどうしてもフォロー出来ない部分があったので増えました。それぞれの内面を描くのは面白いのですが、大変な部分も沢山ありました。でも、それなりに上手く描けたと思います。

TOブックスの皆様、九巻でも大変お世話になりました。担当者K様、今回も色々とありがとうございました。皆様のお陰で九巻も無事に発売する事が出来ました。

最後に、この本を手に取って読んでくださった方に心から感謝を。引き続き一〇巻もよろしくお願いいたします。『最弱テイマーはゴミ拾いの旅を始めました。』はコミカライズも、好評発売中です。また、『異世界に落とされた…浄化は基本！』のライトノベルに、コミカライズも、よろしくお願いいたします。

二〇二三年六月　ほのぼのる５００